清客

The guests

于仁秋 著

图书在版编目(CIP)数据

请客 / 于仁秋著. —北京：人民文学出版社，2018
ISBN 978-7-02-014463-1

Ⅰ.①请… Ⅱ.①于… Ⅲ.①长篇小说—中国—当代 Ⅳ.①I247.5

中国版本图书馆CIP数据核字(2018)第187139号

策划编辑	杨　柳
责任编辑	刘　稚
装帧设计	刘　远
责任印制	徐　冉

出版发行	人民文学出版社
社　　址	北京市朝内大街166号
邮政编码	100705
网　　址	http://www.rw-cn.com

印　　刷	三河市宏盛印务有限公司
经　　销	全国新华书店等

字　　数	160千字
开　　本	787毫米×1092毫米　1/32
印　　张	9.75　插页1
印　　数	1—10000
版　　次	2007年2月北京第1版
印　　次	2019年5月第1次印刷

书　　号	978-7-02-014463-1
定　　价	35.00元

如有印装质量问题，请与本社图书销售中心调换。电话：010-65233595

恒常的日常
——序《请客》

夏志清

《请客》是一部很耐看的小说。

作者于仁秋,是我的学生唐翼明、查建英的好朋友,一九八〇年代中期,他们和其他几个大陆留学生组织了一个文学团体"晨边社"。他们的第一次活动,是座谈留学生文学,由于仁秋主讲。我当时在报纸上读了他们的座谈纪要,就有印象。他们讨论了钱锺书、於梨华、陈若曦等人的作品,这些作者及其作品我都曾写过文章的。我读于仁秋在座谈会上的发言,知道他很认真地读过我的著作。我看了那篇"座谈纪要",对唐翼明说，此文收集了很多资料，再扩充一些便可以做成一篇硕士论文，这样子拿去在报纸上发表未免可惜了。那次座谈中，于仁秋已经谈到观察美国社会、观察美国人，注意到很多留学生作品在这方面的肤浅，又强调要刻画人物刻画人性。那时我就觉得他很喜欢读书想问题，讨论作品也有些独到的见解，现在读了他的小说，觉得可以说，他从那时起就着手准备写《请客》了。

仁秋的专业是历史，不是学文学的。他来写小说，是因为他喜欢写、想写小说。我读他的小说，感觉得到他是一个热爱生活、兴趣广泛、感觉敏锐的人。我相信，他一定是感到，他在美国生活多年所积累的种种感受和观察没有办法在专业的学术著作中表达出来，所以才选择写这部长篇小说。恰恰因为他是专业的历史学者，对美国华人的历史有透彻的了解，他这部反映美国华人生活的《请客》才写得这样有趣，又有历史感，是一部与众不同的小说。

仁秋《请客》写好后，送来请我看，我看了很喜欢，答应为他写篇序。我叫他把发表过的中、英文著作都拿来供我参阅，以便对他有更深入的了解。仁秋在他的历史专业领域里，有很出色的成就。他在纽约大学（NYU）读博士时，曾经修过 McGeorge Bundy（邦迪）的课。邦迪做过肯尼迪总统的国家安全顾问,三十多岁就在哈佛大学当文理学院院长,是极其聪明的人。仁秋好几年一直听他的课,常常和他交往请教,一定会学到很多东西。这种和一流人物交往的机缘,绝大多数人一辈子都碰不上,可以说是仁秋的奇遇。仁秋在NYU攻读中美关系史,博士论文写一群纽约市的洗衣工人在抗日战争时期支援祖国抗战、保护自己权益的历史,出版之后,得到一个由"亚美研究学会"(Association for Asian American Studies)颁发的"优秀历史著作奖"。这个题目是个小题目,但以前大家都不是很了解这方面的历史,仁秋把它写出来,写好了,得奖不是偶然的。他对美国华人的历史有真切的了解,因而他小说中华人的形象和故事都很动人。

《请客》的两位主角,吴国忠和周强,是大学时的好朋友,来美国留学,拿了学位之后找工作,定居下来,只是两人的经历大不一样。这两位主角的故事都很有趣,吴国忠的故事特别有意思,像他这样的文学形象,以前的留学生小说中还没有人写过。以前的留学生小说,是很少写华侨的。以前的留学生其实很不懂华侨,很少和他们接触,觉得他们无非是开餐馆、洗衣馆、做小生意的下等人,和他们有交往也是被迫的,见到他们的子女，也看不惯，没有交流，没有沟通。《请客》里的吴国忠，被命运摆布，成了唐人街广东华侨家里的女婿，我们从他的故事中得知很多华侨的历史，他们的家庭生活，还有中国优良传统在他们身上、家庭中的延续。

我们不妨说，吴国忠到唐人街做华侨女婿之后，才重新认识到中国文化、中国传统的优点。吴国忠从大陆来，大陆经过几十年的批判扫荡，传统的东西已经不多了。老派中国人的优点，反而在海外华人社会中保留得多一些。吴国忠的故事当中最感动人的，是他大病的时候，李秀兰对他无微不至的照顾，又全力支持他读完博士，对自己有个交代。他们结婚之后，李秀兰对他的完全信任，连他亲口所说的年轻时的风流韵事都不愿意相信。李秀兰的这种纯朴、贤惠、善良，使得吴国忠在和王岚岚"外遇"之后的内疚格外深刻沉重，所以他在自己最喜欢的情人面前，也要硬起头皮袒护自己的妻子。这个男女感情瓜葛的故事，和其他故事非常不一样，它的独特之处，是吴国忠很自觉地守住一个底线：女人不是给男人玩的，不能玩女人。有了这个底线，这个故事的境界就提升了。吴国忠惭愧内疚，是对李秀兰贤惠善良的感恩；但李秀兰贤惠善良到连吴国忠的忏悔都不要听，都不信，吴国忠就只能自己内心痛苦，自作自受。

由于小说用的是会话体,在描写人物内心时受到限制,如果作者选择用叙述体,在人物动情的地方,还可以写得更加舒展饱满。

不过,会话体也有它的好处,作者通过一场一场的对话讲一个又一个的故事,叙述他对美国华人社会人生百态的观察。《请客》的另一位主角周强,算得上是一帆风顺,读博士、找工作、拿终身职,都很顺利。周强在大学教书,和美国人有很多来往,常常和他们相互往来地请客吃饭。周强是个观察者,是个有好奇心的观察者,不停地观察周围的人和事,处处留心种种细节,对各类人物都有兴致,有批判的眼光也有宽容的态度,《请客》里他所经历的事和他所讲的故事都很生动有趣。

周强的故事是仁秋编的,仁秋在编这些故事时不可避免会使用到他自己的经验。仁秋自己在事业上也是一帆风顺,拿了博士学位就在纽约州立大学珀切斯校(College at Purchase)历史系找到了工作,一年后博士论文出版,只工作了三年便获得终身职、提为副教授,接下来又做了一任历史系主任,不久又升为正教授。〔我自己也曾在纽约州立大学波茨坦校(College at Potsdam)任职英文副教授四年(1957—1961)。波茨坦在加拿大边境,冬季实在太冷太长,并不太理想。〕尤其难得的是,仁秋还是一位很受欢迎的教授，完全靠教书教得好，给学校捐进差不多两百万美元——有一位美国亿万富孀，生前旁听仁秋的历史课，很喜欢，每年捐十万元钱给学校，连捐数年；死后遗嘱上留给学校一百万元钱，完全是因为她喜欢仁秋的课。不管是中国人还是美国人，只靠教书教得好便给学校捐进巨款，这种事很少听说。那位亿万富孀住在纽约市北面的斯卡斯迪尔镇（Scarsdale），生前常请仁秋夫妇到家里做客，或是到私人俱乐部吃饭，所以仁秋见识过很多宴席场面，描写起来得心应手。仁秋写周强夫妇在美国社会扎下脚跟，和美国人交朋友，全是写他们怎样和各种各样的人一起吃饭——他们怎样学着到别人家做客不丢面子，怎样在家请客，怎样学会各项社交宴请的礼仪规矩。这些仿佛琐碎的日常生活，恰恰是文化融入的重要内容。文化融入是一个过程，把这个过程通过一次又一次的请客呈现出来，是一种很独特巧妙的方式。周强夫妇请客，赴宴，见识了人生百态，慢慢地失却了留学生的天真，慢慢地认识了美国人和美国社会，逐渐由文化的边缘移向中心，自然而然就成了美国社会的一分子。

但是文化融入并不是一件容易的事。请客吃饭，有快乐欢愉的经验，也有烦恼尴尬的时刻。有些中国人拼命努力要打入美国社会，过犹不及，令人哭笑不得。《请客》写孟千仞得意忘形的嘴脸，真是写得好。这样来写某些教育程度高的中国小人的得意忘形，好像还没有人写过。周强夫妇应邀到孟千仞家做客，庆祝他的女儿哈佛大学毕业，儿子获得总统学者奖和被哈佛大学录取。这本是极高兴的事，不想无意中撞到孟千仞同事的太太丽莎，听她讲孟千仞得意忘形到连人类基本同情心都没有的地步，当然会很吃惊。作者对孟千仞这类人有很敏锐透彻的观察，而下笔时仍心存忠厚，有所克制，读来很真实。作者选择用会话体讲故事的方式，也帮助了文笔的克制。

我前面说到会话体小说的种种限制，特别是写到人物动情时的不易展开，并不表明我对这种文体有偏见。其实我对任何文体都没有偏见。一个小说作者选择他自己得心应手的文体，成功地完成他心中计划的作品，就很好了。仁秋会讲故事，他用会话体讲故事的办法，来呈现他对美国华人社会、生活的观察，是他的选择，照我看他这个选择大体上是对的。他的整个小说的所有故事都写得不错；从第十五章"乔迁之喜"到第十九章"人生就是请客吃饭"这一串故事尤其写得好。这五章只写一顿家宴，但出场的人物不少，一共有二十来人，形形色色，各有个性，每个人都写得有声有色，几个场面也写得很热闹，很有层次，这很不容易，需要作者有很强的组织能力和文字功夫。这一串起伏有致的故事，高潮是几个在"文化大革命"中成长的中年人在一起大唱他们小时候唱的革命歌曲。他们一唱再唱，不是怀旧。他们的人生际遇各不相同，在一起大唱老歌，是共同宣泄他们想要脱胎换骨而不得，或是被迫脱胎换骨的万般无奈、种种挣扎。作者是这群人中的一个，但他却能时时抽身出来做旁观者，他既投入又保持距离，一个故事正说又反说，会话体正好提供一个恰当的方式，让作者对各种观点、各种视角都给予同情的理解和呈现。

《请客》这部小说的一个长处，是作者对许多人情世态，有自己的独特见解，写了很多没有人写过的东西；他娓娓道来的一个个故事，生动有趣又有历史感、文化感。也许因为作者是一个历史学家，他讲的故事便有历史感。但我们不能说，一个人有历史感、文化感，便写得出有历史感、文化感的小说来。一部小说要有真实感人的细节，才称得上是小说。林语堂先生一九四八年用英文写的小说《唐人街家庭》（Chinatown Family），也写华人洗衣工人，只是他没有什么生活体验，对华人洗衣工的历史，也缺乏了解，在他笔下，细节便不真实——

他让洗衣工人整天背诵《道德经》和《论语》来表示他们的文化包袱。细节不真实，作品便肤浅。林语堂写他不熟悉的洗衣工人，结果在他的小说中读到的，不是洗衣工人的生活和感情，而是林语堂对他们高高在上的怜悯。《请客》写吴国忠妻子李秀兰家的故事，祖父李启荣是正派老实的洗衣工，去世的时候有几百名从前的顾客来参加他的葬礼，这个故事很动人，写出普通华人在艰难谋生中怎样保持自尊和赢得别人的尊敬。《请客》描写李秀兰一家的日常生活，有些细节很感人。譬如说，有一段描写李秀兰给她长年在火热的厨房炒菜而害了眼病的父亲滴眼药水，便是极有人情味的细节——它再普通不过，我们却从这个细节看到一个最体贴人的女子。除了生活细节，作者也叙述了这家人的历史：李秀兰家四代移民美国，代代都是新移民，每一代都是在中国出生长大后才到美国来，一切从头学起做起，这样李秀兰一家人的相依为命，就不仅是中国文化传统的延续，还有了海外华人历史的深度。吴国忠在这样的家庭里回归传统，重新学做中国人，不自卑，不怨天尤人，踏踏实实地过日常日子，这样有真实可信的细节的故事人物读起来才亲切有味。

　　细节写好了，日常生活写好了，小说才耐看。有许多用英文写美国华人生活的作家，不懂得这个道理，不会写日常生活，于是专门在文化符号上做文章，写关公啦，花木兰啦，禅意啦，其实和文化、传统没有什么关系。如果只是讲文化符号，恐怕许多中国人都讲不过《请客》里那位研究中国古典文学的洋博士秦汉唐（Harold King），他肯定比许多普通中国人要懂得更多中国传统文化。《请客》里也提到，对中国传统文化，有些日本人比中国人还要研究得深，懂得的多。但洋博士和日本人究竟不是中国传统文化孕育出来的，他们虽然懂得中国文化的符号，但是他们在日常生活中的言谈举止，毕竟是洋博士和日本人。一个中国人，如果在日常生活中已经不再遵循中国的情义礼节，言谈举止已不像中国人，却在嘴上夸夸其谈中国文化符号，那他到底和中国文化、中国传统是一种什么关系，就成了一个疑问。

仁秋是学历史、教历史的，文化符号、历史大叙事、大历史的长远眼光等等，他自然是很熟悉的。他来写小说，难得他懂得小说艺术中细节的重要，自觉避开文化符号和历史大叙事，只用种种活泼有趣的细节来描绘日常生活和刻画人物。一个写小说的人，通常都有敏锐的观察力，能够注意到一般人注意不到的地方。仁秋也有敏锐的观察力，而且他对他所写的题材——食物和宴席，是真的有兴趣,做过认真的研究。仁秋曾对清朝的宫廷宴席做过研究,写过一篇有关乾隆皇帝在承德避暑山庄万树园宴请蒙古王公的英文文章,刊载在一本研究清朝历史的文集中。他对"杂碎"在美国出现的历史和传说,也做过研究,写过一篇极有见地的考证文章《"杂碎"考》。

《请客》里面的绝大部分故事和细节,我都很喜欢。但并不是所有的细节我都觉得真实可信。举例来说,周强学校的教务长坎尼思在家设宴,邀请周强夫妇做客,坎尼思自己烧咖喱牛肉,不时舔一下用来烧菜的木勺子。这个舔木勺子的细节,我知道作者是用来讥刺坎尼思的粗鄙,可是我觉得难以置信。一般说来,美国大学官员多是学者出身,为人或许粗鄙,举止总还是讲究的,坐相、站相、吃相大体上文雅,过得去。我很难想象,一个人做到了教务长的位子,还有当着客人的面舔木勺子的粗鄙举止。当然,我在哥伦比亚大学几十年,学校在纽约市区里面,同事们见面吃饭都是上馆子,几乎没有在家里请客的,所以我没有机会观察大学同事在厨房里的举止表现。另外,我已退休多年,也许在我退休之后这许多年,世界已经有了很多变化。

我现在年纪大了,又有心脏病,不能再像青壮年时期那样精力充沛地读书写文章了。我为仁秋的《请客》

写这篇序，主要是觉得这是一部写得很细致的小说。这是仁秋的第一部长篇小说，他写了很多别人没有写过的东西，他有很多自己的独特的见解。他冷静而又兴致勃勃地描绘家常生活、日常人生，将他眼中所看到的人生真实用明快清爽的道地中文叙述出来。小说中虽然有不少喜剧场面，有讽刺，有幽默，但作者是极其认真诚恳的。他写人生的喜怒哀乐，感情丰富，却并不感伤。作者显然认同两位主角周强、吴国忠在不同处境中做的同样的选择——"人生苦短，做人要有底线"，但他也冷静地暗示，周强和吴国忠所做的选择，只是在他们个人的生活中和情感世界里，才有意义。"底线"是什么，怎样守住"底线"，本是现代人的困境，更是那些处于文化激荡中心的海外华人的特殊困境。作者对于这种困境的出路何在，并没有给予任何肤浅的乐观的解答，他也不可能有什么正确的答案，他只是将他的敏锐观察如实写下来。他对他自己及他的同类，以及他们所处的困境，有清醒的认识；他也看到了下一代（吴国忠的儿子及周强的女儿）所面临的种种挑战和困惑，对他们的命运和前途有极深的关怀，和爱莫能助的同情与悲悯。

二〇〇六年十二月二十九日　纽约

目　录

恒常的日常
　　——序《请客》/ 夏志清 001

1. 不速之客 / 001

"我在美国瞎混这么多年，堂堂国际关系研究的硕士，卖过保险、地产，开过加油站，都不行。可留在国内的，和九十年代初就狗鼻子灵敏跑回去的，现在都发了，财大气粗，牛得不得了！"

2. 吴国忠舌战政论家 / 010

"美国总统的庸俗你更想象不到！当年约翰逊总统动手术，医生在他的肚子上切了一长道口子。记者来访问他，他就解了裤带，亮出肚皮上那道手术口子。一时间全美报纸上都是总统的肚皮，都说他庸俗不堪。"

3. 正宗美国牛排 / 018

"像我们这样两种文化结合的家庭的孩子,都兴复合姓,父姓加母姓,或是母姓加父姓。我们推敲了几天,是用 King-Wang 呢,还是用 Wang-King。King 就是王,王就是 King,中文也好,英文也好,都称王!"

4. 想一想这次该请谁 / 025

周强瞧不起赖瑞急巴巴的馋相,又讨厌他说话的腔调。明明是他在钓饭,听起来却像是他多么看得起你,愿意被你请。周强心想,我并不欠你的,你别想说几句好话就骗我老婆给你烧饭吃。

5. 罗森夫妇 / 035

还有一道点心,用煮熟的鹌鹑蛋白切成两半,用一半蛋白做底,中间放进不知和什么调味料搅拌过的鹌鹑蛋黄,上面配俄国黑鱼子,入口冰凉,鱼子滑,蛋黄香,蛋白脆,口感极佳。

6. 一口三鸟 / 043

"前不久雷蒙在欧洲买了些亚洲春宫画回来,一直唠叨说要叫水野来帮着看看。等一会儿他们三个老家伙上楼去看春宫画——你不要跟着去,留在下面和我们这些美丽的活生生的真女人喝酒聊天。"

7. 吃饭是次要的 / 058

"年轻漂亮？韩慧年轻漂亮？她那张长脸那么长，'去年一滴相思泪，至今尚未到腮边'，漂亮不漂亮我不知道，我只敢说够挂一张履历表的。"

8. 唐人街的家宴 / 064

"去白宫参加宴会，本是我这么多年赴宴活动中最风光的事，可千不该万不该，我不该让我丈母娘缠着跟我一块去，把我跟克林顿总统单独合影的机会弄没了，真是糟糕透顶。"

9. 野味，就得有点野味 / 079

秦汉唐教课，给学生放中国电影《红高粱》。演到"我爷爷"把"我奶奶"抢了，撂在高粱地里，那些从小看好莱坞电影，习惯了热吻——脱衣——床上翻滚的程序的美国大学生，连连发问："他们做了吗？他们做了吗？"

10. 吴国忠的故事 / 086

吴国忠内心激荡，感情脆弱，一下子身体便垮了，发高烧，说胡话，全身疼痛，两个月没下过床，全靠李秀兰父女照顾。等吴国忠身体慢慢恢复健康，重回学校考口试，最终拿了博士学位，他也成了李家的一个成员。

11. 副团级潘贞丽 / 099

"真有意思，在唐人街看门的，在衣厂打工的，在餐馆跑堂的，说起来出国之前全都有头有脸。虽然眼下在美国混得不怎么样，要是回中国，请朋友吃满汉全席、宫廷大菜，一点问题也没有！"

12. 真话说不得 / 110

"你别想糊弄我，对别人你可以不说真话，对我你可要说真话。什么了不起的事，对我不能说？你说，你那点荒唐事到底是怎么个荒唐法，你连我都不愿意告诉？说，说，你说！说给我听听嘛！"

13. "波波族"周末 / 126

吉米一边装子弹，一边对周强说，这一带住的都是些共和党人，周末在自己的宅地上用猎枪打野火鸡、野兔、松鼠，自以为是回到了美国拓荒时期的大西部。"我们是民主党，"吉米笑眯眯地说，"可我们也喜欢打猎。"

14. 口音不是问题 / 138

"我知道我说英语有口音，曾经下决心纠正。可是我那死鬼丈夫却说，我就是有这么点口音才迷人，才可爱，叫我要保留我的可爱。他在世，大家都恭维我，说我的口音迷人，等他死了，我才晓得有口音的麻烦。"

15. 乔迁之喜 / 151

"我们的钱,都是一分一分省下来的。我在唐人街做事这么多年,除了工作需要迫不得已,我全是带头天的剩饭做午饭。所以这次我们买房子,头款便付了五十万,贷款三十万。"

16. 诗与药 / 164

"别人家的狗我不知道,我家养的狗,绝对不吃屎。它不仅不吃屎,甚至连肥肉都不吃。我每次喂它生肉、熟肉,都要把肥肉剔掉。它最爱吃的是炖小牛排和炖猪扒,他妈的比人还要挑嘴。"

17. "枫桥夜泊霜满天" / 172

贾喜的足底按摩推出之后,宾客如云。她用半生不熟的英语,向顾客大讲"知足常乐",老美听得似懂非懂,却对她那些暧昧不清的解释越发着迷,呼朋引伴而来,贾喜的生意越做越大。

18. 红烧狮子头和汉唐首都 / 187

"老吴,大家都在海外走江湖混日子,何必那么认真?不就是一个汉代吗,去掉有什么了不起?唐代对了,就行了。你何苦跟我过不去呢?"

19. 人生就是请客吃饭 / 196

"我仿佛又闻到了村庄里的气味：牛粪、炊烟、人畜混合的气味，很遥远又很熟悉。当年拼命要离开农村，就是要摆脱那些气味，后来努力挣扎在美国留下来，也是因为那些气味。今天我才发现，这些气味其实还都在记忆里，挥之不去。"

20. 琴韵入商音 / 202

施韵芬苗条身材，瓜子脸上略施淡妆，穿一套黑色丝绸唐装，齐齐整整缀着一排红色布扣。她朝大家微微一笑，缓缓坐下。待她垂下眼光，注视着身前的古琴，悄悄作一深呼吸的时候，教室里的叽叽喳喳全然消失。

21. 吃辣椒，上哈佛 / 216

"那间自助餐店每月给我分红五千元，加上我杂货店的收入、我的工资，送两个孩子上哈佛没问题。美国一年赚十万元以上的家庭只占百分之六，我家现在就是那百分之六的家庭之一，也算是打入美国主流社会了！"

22. 一锅咖喱牛肉和两根胡萝卜 / 237

坎尼思用一个木勺子搅拌锅里的咖喱牛肉，伸出舌头舔了一面，再舔另一面，然后又把勺子放回锅里去搅拌。赵玉敏看了，顿时恶心起来。

23. 赵玉敏辞职 / 251

忽然听得周强抽了一下鼻子,赵玉敏伸手一摸,摸到周强脸上湿乎乎的一片,便柔声问道:"你怎么了?"周强哽咽着说:"我多么想用中文对女儿说,你妈妈是个有骨气的人。多么希望她能听得懂!"

24. 可怜天下父母心 / 265

"你儿子内向敏感,也许到青年时期会转变。我女儿的毛病,我这个当爸爸的都羞于启齿,连对你这样的老朋友都说不出口。"

25. 人在变,请客不变 / 275

"中国人也是人,美国人也是人,中国人要吃饭,美国人也要吃饭。只要没有坎尼思那样的混蛋,咱们请自己的朋友吃饭,欢欢喜喜的,担心什么呀!"

26. 这次客没请好 / 282

"你刚工作、我刚来美国那几年,咱俩去别人家吃饭也好,请别人到咱们家吃饭也好,都高高兴兴的,可真是快乐了些日子。现在不知道怎么回事,好吃的东西越来越多,会做的菜也越来越多,请客吃饭却不带劲了。这到底是怎么回事呢?"

1. 不速之客

"这次客没请好。"赵玉敏一边洗碗一边说。

"其实,还行啦。"周强将一摞盘子从餐厅搬到厨房,体贴地对妻子说,"你忙了一天,歇会儿吧,我来洗。"

赵玉敏说:"我倒不累,只是整晚上看那个张洪喧宾夺主,满屋子就他一个人说话,心里别扭。"

张洪本是不速之客。周强、赵玉敏夫妇在一次聚餐时认识了市立大学经济系的钱宇和他的太太廖爱莲,以及在市政府航管局做计算机程序的刘文正和太太赖玉珍,赵玉敏聊天时说起怎么做清蒸鲥鱼,廖爱莲和赖玉珍都很感兴趣,赵玉敏和她们交换了电话号码,找了今天约他们两对夫妇过来吃饭。

已经是下午四点了，刘文正突然来电话，说他有个朋友张洪，是他当年插队最要好的朋友，刚巧从华盛顿来看他，不知是否可以一起赴席。周强说，当然一起来啦。

客人进门后，寒暄几句，三个女人便到厨房去了。赵玉敏说，德拉瓦河每年春季有大量肥美的鲫鱼，各地超市都在贱卖，便宜得不得了。因为鲫鱼小刺多，老美不耐烦折腾它，以前只是印第安人吃，现在华人和墨西哥人也买来吃。这种鱼超市有两种，一种是整鱼，另一种是剔过刺的鱼片。一定要买整鱼才好吃。不能打鳞，要带鳞片细嚼才有味道。若是可能，买些猪网油把整条鲫鱼包起来清蒸，最是鲜美。赵玉敏因买不到猪网油便试着用bacon（咸猪肉条）代替，吃起来也别有风味。廖爱莲和赖玉珍边听边问，三个女人叽叽咕咕说成一团。

饭菜上桌，四个男人还在继续他们客厅里的谈话。张洪喝了两瓶啤酒，话匣子打开便收不住了："文正，你还记得姜卫东那小子吗？鸡胸、四眼田鸡，咱们插队时常说他'文不像棒槌，武不像鸡巴'——喔，对不起，女士们，对不起——好家伙，这小子现在是地区副专员了。上个月我回国，他闹了辆奔驰送我去北京，一路上凭他那车牌，什么关卡都不用交费，'噌'就过去了。到了北京,也不知他玩的什么花样,愣开着车到中南海里转了一圈出来。"

张洪叹一口气,说:"当年我们在村子里想着回城,抽着烟流着泪唱《洪湖赤卫队》里那两句:'三十年河东,三十年河西。'哪想到三十年不到,就全他娘的河东河西啦!我看着姜卫东那小子人模狗样的,再想想当年他那副可怜相,真跟做梦似的。我在美国也转悠十几年了,每次看着要发了到底也没发起来。唉,我这辈子,什么都赶上了:'文化大革命'停课没读几年书、下乡插队、回城赶考、匆匆忙忙又闹了一次洋插队,什么都赶上了,就是发财没赶上!"

赵玉敏嫌他只顾自己滔滔不绝,不理会其他客人,便趁他吃菜时转换话题,问刘文正:"你在市政府工作,同事都是些什么人?"

刘文正说:"有几个台湾人、香港人,也有一些印度人、爱尔兰人。"

周强微笑着看了赵玉敏一眼,接着问:"大家相处得怎么样?"

刘文正说:"还行,多数也就是点头之交吧。"

周强欲待再问,张洪却抢过话题说:"文正,你那些朋友有什么聊头。坐下来喝酒吃饭,怎比得上当年的插队朋友！我给大家说个段子听听。现在国内段子多了去，都好笑得很。有个段子描绘各级官员的嘴脸：低级的喝白酒，打白条，摸白腿；中级的喝红酒，收红包，吻红唇；高级的喝黄酒，收黄金，搂黄毛；超级的喝绿酒，办绿卡，戴绿帽。"

大家听了，哄堂大笑。张洪补充说："官做大了，岁数也就大了，身边的年轻女人太多，戴绿帽是免不了的啦。"

刘文正问他："那你呢？你的嘴脸呢？"

张洪说："我是喝啤酒，夹皮包，拉皮条。我靠的是一帮警察朋友，他们是喝杂酒，收杂费，当杂种。"

大家听了，又是一乐。赵玉敏看张洪笑得贼不兮兮的样子，心下又是可笑又是可恼。

待大家笑声甫停，张洪道："说正经的，现在国内遍地都是发财的机会。我在美国瞎混这么多年，懵懵懂懂也拿过一个国际关系研究的硕士，卖过保险、地产，开过加油站，都不行，都做不大。留在国内的，九十年代初就狗鼻子灵敏跑回去的，现在都发了，财大气粗，牛得不得了。不过，咱们现在就想办法，也不算晚。"

接下来张洪便说起这次他回国看了多少投资项目：

皮革厂、家具厂、假古董厂、减肥药厂，数出十多项来。又神神秘秘地说，他有一些关系，"若是凑些钱以外资身份回去，一定会赚，准赚翻不可。诸位若是认识在银行做事的人，拜托给我介绍介绍。"

钱宇说："你难道准备所有这些项目一下子全都上马吗？"

张洪笑道："钱兄不愧是经济学教授，果然是懂行的。我是先摸一下情况，看哪一个项目行，就上哪个。我当然知道，要集中力量打歼灭战。伤其十指，不如断其一指。经商也像打仗一样，要在战略上藐视它，在战术上重视它。要先搞调查研究，不打无把握之仗……"

周强见他口若悬河、神情亢奋，听起来却像是在背"毛选"，甚觉惊异，听着听着便走了神，到后来便不知张洪说了些什么。

赵玉敏把用水冲净后的碗碟放进洗碗机里，接着对周强说："都说我们中国人谦虚，可你看张洪那自我中心的恶心样，说来说去都是说他自己，也不见他问别人一句话。哪有这样到别人家做客的！"

周强正要弯腰关上洗碗机，赵玉敏忙拦住他："你别管了，你那腰不好，什么都别管了，我来收拾就好了。你到沙发上坐坐，喝杯茶吧。"

周强呷了一口茶,说:"今晚要是吴国忠在就好了,就热闹了。我们这些人都太客气,所以张洪就霸道了一晚上。"

赵玉敏笑起来:"他要是在的话最好不过,可惜他不在。我们也没请他。"

吴国忠和周强是大学同学,八十年代初一起念国际关系,一起念英语、日语,两人长得差不多一样高,都一米八左右,喜欢打篮球、踢足球,经常在一起聊天、玩儿。吴国忠学英语颇有天分,考试从来都是第一名。大学四年级时,他被指派去陪同一位来访的美国教授,为他做了几天翻译。美国教授爱其才华,帮他办手续,拿奖学金,来美国念书。吴国忠念硕士时,一个月给周强写一封信;后来去读博士,信件便慢慢少起来。周强在国内念完硕士工作两年后,也得到一个机会来美国念博士,写信给吴国忠,他已搬家,就此两人失去联络。

十多年后,周强拿了博士,在纽约市北郊的一间公立大学找到一份工作,赵玉敏带着他们的女儿杰西卡也来了美国,一家人慢慢安顿下来。有一天,周强到纽约市开会,散会后顺便去唐人街买点东西,走过一家海鲜店,看见一个中年男子在买鲜鱼,嘱咐卖鱼的:"打鳞、剖肚、不要冲水。"听那声音很熟,再定睛一看,正是吴国忠,一切仿佛都是老样子,只是头顶开始秃了。

周强笑吟吟走上前去打招呼,吴国忠起初自然有些吃惊,瞬间却显示出饱经历练之镇静,几句话过后竟又恢复了年轻时的豪气,两人便去饭馆喝起酒来。

老朋友多年不见,周强急着要知道吴国忠这些年的经历。吴国忠却道:"你先说你的故事!"

周强说:"我的故事很简单:来美国念了个社会学博士,找到工作后就把老婆孩子接来,运气还不错,三年就拿了个终身职。"

吴国忠问:"三年就拿了?怎么那么快?"

周强说:"所以说运气不错。我念研究院时,交了个朋友,吉米,是个希腊人。他比我早两年毕业,先在这所大学找到事。我还没毕业他就帮我申请这份工作。等我开始教书,他又拉我申请经费,巧的是我们的项目报上去居然就批了,三年的研究计划得了四十五万元,学校领导眉开眼笑,提前就给了我终身职。"

吴国忠说:"这么说,你学会了找钱的本事,学校看重你了。"

周强说:"我哪里会找钱!不过是个歪打正着的巧事!吉米有个老朋友,理查,最熟悉美国基金会的运作，又是个老谋深算的人，他那年自愿到一家基金会的审批委员会工作，投进去无数的时间，为的就是认识人，以后他自己申请经费时有熟人照应。我们的项目报上去，正好是理查主审，马上就批了。钱拿到手，校长、副校长、院长都乐哈哈的，对我客气得不得了。可是我那个暑假差点没累死。吉米鬼灵精，会出点子，但基金会能批钱的项目却不是我熟悉的东西。我们那个项目叫'中国的现代城市规划与文物保护'，写申请不难，做起研究来才知道不容易，得看好多东西。"

吴国忠看着周强，听他说话，看着听着，两眼润润地有些潮，说道："十几年不见，你还是那样子。老朋友就是老朋友。"

周强呷了一口酒，也有些动感情，问道："你这些年怎么样？说来听听。"

吴国忠道："我在教中学。"说完拿起茶壶倒茶，先给周强倒，然后给自己倒。

周强慢慢拿起茶杯，看一眼吴国忠，笑笑说："教中学？那咱们都是教书的同行了。在哪间中学呢？"

吴国忠答道："就在这附近。学校不算大，学生不是很多。"他顿了一下，左手五指在餐桌上轻轻点拍了几轮，然后定睛望着周强，慢慢说道："我读完国际关系硕士，觉得没意思，便去历史系念博士。博士学位拿到之后，在纽约附近找不到工作。我去过俄克拉荷马、爱达荷这样的地方，工作给了我，我却不愿意要。我在那些系主任、教授的办公室和他们谈话，看他们满墙挂着学士证书、硕士证书、博士证书，和那些牙医、律师差不多，心头一凉，再回到纽约，到东河边吹吹风，到麦迪逊大道走一走，不用多想，就留在纽约了。"

周强问："结婚了？有孩子了吗？"

吴国忠答道："结婚了。有个男孩子。"他左手五指又在餐桌上轻轻点拍起来，欲言又止，接着说："我的故事，以后慢慢告诉你吧。什么时候有空，到我家来吃顿饭。"

周强笑道："那是自然。找时间也请你和太太来我家玩玩。"

2. 吴国忠舌战政论家

周强撞见吴国忠之后一星期，有位保险经纪人陈建军周末在自家后院烤肉请客，遍下请柬，周强说起吴国忠，陈建军连说叫他一起来。

周强、赵玉敏到陈建军家时，大多数客人已到了，陈建军夫妇和自愿帮忙的几个朋友正在把腌好的鸡腿、鸡翅膀、鸡胸、猪扒和意大利香肠、热狗等往院子里搬，又提出几袋新鲜玉米。烤炉的炭火已经烧红，准备烤肉了。陈建军太太郑蓉蓉满面笑容，招呼客人喝啤酒，吃花生米、马铃薯片，又吆喝陈建军："先烤鸡腿，等会儿王岚岚还带牛肉来。"

先到的客人有原来认识的，也有刚刚才见面的。第一次见面的无非都是那几句客套话：什么时候来美国的？在什么地方工作？住哪儿？有一两位做地产生意的，拿了一堆名片，逢人就送一张。

来客中有一位经常在当地中文报纸上写评论文章的姚常德，五十多岁，矮胖身材，对众人爱理不理的，只和太太欧阳丽在主人的客厅里看看字画、家庭照片，后来到院子里坐下，拿了杯汽水喝，先是谈几句时事，跟着就开讲中美文化不同，凡说到美国就赞，一讲起中国就贬。众人听了不是味道，有人委婉地说，文化之间的不同，不好讲得太极端，其实都有好有不好，彼此彼此。姚常德见有人反驳，越发来了精神，越说越起劲，别人驳了的，他一定要辩；别人没驳的，他也自己找个反面观点，然后大发议论，说这观点怎么不对。众人都开始有点儿烦。

恰在此时，吴国忠到了。周强迎上前去，问："太太没来？"吴国忠说："临时有点儿事，来不了。"周强给他向各人逐一介绍，抽空悄悄在他耳边说："那家伙叫姚常德，很讨厌，你给他点颜色看看。"说着，做了个手势：右手成掌，往前一插。这是他俩在大学玩篮球时的一个暗号"猛虎掏心"。他俩一个打中锋，一个打前锋，能抢善投，配合默契，他们的班级队打遍全校无对手。若是对方有君子风度，他俩便手下留情，不让对方输得太多而难堪。若是对方输不起，比分落后之时玩小动作，两人便做此手势，满场跑动起来，把比分远远拉开，让对方输得垂头丧气。有一次玩得兴起，投球极顺手，竟把另一班级的球队打得落花流水，赢了四十五分。那次赛后，两人在浴室里洗澡，逐一评点场外同班女同学的呐喊助威声，说某某是"河东狮吼"，某某是"娇喘连连"，少年雄奇，有不可一世之概。

吴国忠说："姚常德？我读过他的八股政论，平庸之至，这种人我是不和他理论的。"

周强说："开开玩笑，开开玩笑嘛。"就推吴国忠在姚常德旁边坐下，又给他拿来一瓶青岛啤酒。

吴国忠一边喝啤酒一边听姚常德高谈阔论。这时姚常德说到美国领导人是怎样的优雅高贵，而中国领导人是如何的庸俗。他说："一个领导人在西班牙，在全世界媒体的摄影机前梳头，真是不可想象！"

吴国忠喝一口酒，慢条斯理地说："美国总统的庸俗你更想象不到！当年约翰逊总统动手术，医生在他的肚子上切了一长道口子。记者来访问他，他就解了裤带，拉开衬衫，亮出肚皮上那道手术口子。一时间全美报纸上都是总统的肚皮，舆论哗然，都说他庸俗不堪。"

姚常德说："你说的这个例子，正好证明美国民主的长处，说明总统的平民化，不摆架子，接见记者就跟邻居聊天似的。这个例子我将来写文章用得着。"

吴国忠说："那中国领导人的平民化你怎么就不能容忍？当众梳头，其实是想礼数周全一些，跟制度没什么关系。"

姚常德道："中国领导人写诗，居然有'不须放屁'这种大俗话，从古至今，只有他写得出来。"

吴国忠说："那美国总统呢，水门事件期间的尼克松，一天到晚三字经不离口，有录音带为证。杜鲁门总统表面上客客气气的，背地里骂一位记者是'一罐猪油'，也够歹毒的。"

众人在旁听他二人斗嘴，甚觉有趣，待吴国忠说出"一罐猪油"，大家转眼看矮矮胖胖的姚常德，都笑出声音来。

姚常德不舒服起来。平时他到任何场合，都被介绍为"著名政论家"。他发议论，别人都顺着他，附和他，绝少有人像吴国忠这样针锋相对地逆着戗他。姚常德便问："刚才忘了请教，这位吴先生在哪里高就啊？"

吴国忠答道："我在唐人街附近教中学。"

姚常德听了，喉咙里干咳一声，说道："年轻人，还是要多读书啊。不读书，不好好读书，就不知道中国几千年专制制度的厉害,搞得我们中国人一盘散沙,奴性十足。有些人到了这里,也还是奴性十足的样子,真让人可怜。"

吴国忠说:"姚先生,你先等一下,我去拿瓶啤酒。"拿了啤酒回来坐下,吴国忠道:"姚先生,我已经不那么年轻了,我早就过了不惑之年。"

姚常德说:"看不出来,看不出来。你看上去也就是三十出头,总之是比我小。"

吴国忠说:"那是自然。我当然读书不多,不过对中国人'一盘散沙,奴性十足'的说法,我倒是有些想法。难得大家今天相聚,我索性讲了出来,实话实说,也不讲什么客套。说中国人一盘散沙,奴性十足的,有三种人:革命家,传教士,政论作者。革命家像孙中山,革命失败时就叹气道,中国人一盘散沙。但我猜想他要是成功了,给他一段时间治理国家,这种话他就不会再天天讲了。梁启超也用这种话来批判中国人,也是因为失败的次数太多,苦闷得太久,只是他文章写得好,笔锋常带感情,影响了后世无数写文章的人。传教士中,最有影响的是那个叫明恩溥的Arthur Smith,他那本《中国人的特性》,被无数人引来证明中国人有奴性。但如细读该书,便会发现明恩溥所举的例子,大都是他身边的仆人、用人。这些仆人、用人，原是被迫侍奉满人的汉人，那种种小奸小坏，《红楼梦》里描写得入木三分，比明恩溥的分析不知精彩多少倍。这些人本是中国人中的一部分，不是所有的中国人都是那个样子。我们不要忘了，抵抗满洲人入侵的中国人，也狠狠地打过几十年。往前说，蒙古人征服了大半个地球，唯有在中国遭到最强烈、时间最长的抵抗。你叫我说我的这些祖先奴性十足，打死我也不说。"

姚常德冷笑道："鲁迅就说过，中国人只有过两种时代：一是想做奴隶而做不成的时代，二是做稳了奴隶的时代。难道鲁迅错了？"

吴国忠笑道："鲁迅犀利，但是他复杂得很，不是'对''错'就能简单概括的。他批判专制黑暗毫不留情，可他也明明说过佩服曹操。曹操何尝主张过民主、自由？鲁迅又欣赏孔融的见解。在以孝治国的风气中，孔融说，母亲像个瓶子，把里面的孩子倒出来，关系就算了结了。但在现实生活中，鲁迅侍奉他母亲，侍奉了一辈子，也算是个孝子。可正是他母亲，亲手包办了他的婚姻，使他大半辈子感情生活极其痛苦。这些事，很难说是对是错。"

这时欧阳丽走进来说肉已烤好，叫大家取盘子去拿。吴国忠便道:"怎么样,不说了吧,去吃烤肉吧。"周强在旁边看老朋友与姚常德过招,正看得过瘾,忽听叫停,甚觉意犹未尽,趁着酒兴,又伸右掌,往前连戳三下,示意吴国忠再讲几句痛快话,着实修理修理姚常德。

吴国忠本来已欠身欲起,见到周强的手势,童心复炽,遂说道:"其实鲁迅最得意的,是有人称他是文体家,他自己还专门为文讲解了stylist这个词的意义。现在的好多政论家,哪里还懂得什么文体,不过是某种思维和语言惯性的奴隶,重复些八股套话而已。"

周强听了,心下叫声好,转眼去看姚常德,以为他会暴跳如雷,没想到姚常德居然笑了笑,说:"小吴这小伙子,有点歪才,有点歪才。"周强见他转眼之间竟然又是居高临下起来,与吴国忠四目相视,无可奈何地一笑。其他人都饿了,有听得半懂不懂的,也有对这些话完全不感兴趣的,大家纷纷离座去烤炉旁取肉吃。

姚常德和欧阳丽在烤炉旁转了一圈,拿了几个烤熟了的玉米回来吃。郑蓉蓉过来招呼他们,问他们怎么不拿肉,是不是吃素。欧阳丽说:"哪里会吃素,我们只是不喜欢美式烧烤,从来不吃,只吃中国炒菜。"郑蓉蓉觉得不好意思,便请他们随便吃点沙拉。沙拉有好几种:

蔬菜、土豆、水果。岂料欧阳丽和姚常德也一概不动，说凡是用了美国沙拉酱的他们都不吃，他们也从来不吃沙拉，吃蔬菜一定要吃煮熟的。郑蓉蓉不免有些吃惊，愈加不好意思，悄悄请他二人到厨房去，用开水泡了两碗海鲜方便面，两人却吃得津津有味。这烤炉边就有人议论起来，说他俩已在美国住了十几年，又是一切崇拜美国，美国食物却一口不吃，也够怪的。

郑蓉蓉回到烤炉旁，对大家说，留着点肚子，后面还有牛肉。正在此时，前边门铃响起，郑蓉蓉笑道："正宗美国牛排到了！"跑去开门。

3. 正宗美国牛排

只见一个三十出头的中国少妇,和一个中等身材、留着络腮胡子的中年白人男子,跟着郑蓉蓉走过来。那少妇头发梳得齐齐整整,脑后绷一个髻,面目姣好,眼波流动,天生一段风流;上身穿一件浅灰色暗花中式对襟无袖衬衫,后摆恰好收在臀部将起未起之处,下身是一条墨色棉纱裤,若紧若松,显出一双长腿和紧紧鼓鼓两片丰臀。她那相貌打扮,仿佛古典,却又紧跟潮流,是那种苦心经营过的漫不经心。在场的其他女人,或短袖上衣,或 T 恤衫,或牛仔裤,或各式裙子,相形之下,未免见拙,又看到男人们的眼光全朝她射过去,心下都有点不舒服,有的便悄悄咬耳朵:"周末大家随便烤肉,何必打扮得像个模特似的!"

郑蓉蓉给大家介绍:"这是我的好朋友,王岚岚,这是她先生秦汉唐。"

欧阳丽笑道:"汗糖?汗里面都有糖,那就不仅是'甜心',而是通体透甜了。"

大家哄然一笑,郑蓉蓉忙说:"不是那两个字,人家的名字雅致得很。让他自己解释一下吧。"

王岚岚的丈夫把手上捧着的一个长方形铝盘子放到烤炉旁的桌子上,对众人说:"小姓秦,名汉唐。是秦时明月汉时关的'秦''汉',唐朝的'唐'。"

大家听了,都不禁有点佩服。吴国忠走上前来,笑着说:"哎哟,秦先生,你真不得了,不仅娶了我们中国的美女,还用了我们历史精华做你的名字。能不能告诉我们,是谁给你起的这么雅致的名字?"

那秦汉唐浓眉却是个小眼,戴一副深度近视眼镜,未语先笑,斯斯文文露出一排白牙,说话细声细气的,虽然四声不是很准,普通话说得还算流利:"我的英文名字原是 Harold King,我在大学念中文时,老师给我依谐音取了个中文名字'金哈德'。我用了几年,跟人自我介绍都是说:我姓金,名哈德。可这听起来就是个洋名字,'金'字又隐隐有点铜臭气,我很不喜欢。后来读博士,我就自己改成秦汉唐了。不是完全谐音,但是比较中国化。"

吴国忠说："何止中国化，你这名字太道地了，太妙了。说实话，我是第一次见到这么巧妙的名字。"

两人正说着，王岚岚在旁边用英文说："亲爱的，你该去烤牛排了。"她接着提高声音叫："Mr. Chen，陈先生，今天我先生要教你烤正宗牛排的手艺了。"她那一声"陈先生"，用英文娇滴滴地叫出来，听起来就像大多数美国人所发的音，仿佛是"钱先生"。大家看她夫妻二人，美国丈夫喜欢讲中文，中国太太却尽量说英文，说中文偏要带些洋腔，甚觉有趣。吴国忠跟着秦汉唐到烤炉旁，帮着他把牛排放上烤架，两人接着聊天，一会儿说中文，一会儿说英文。

只听王岚岚在这边说："陈（钱）先生，我们答应过你和蓉蓉，要教你们烤正宗美国牛排。说起来也很简单，我们家的秘方是烤肉的头一天用意大利沙拉酱把牛排先腌起来，然后一烤就好了。"

陈建军说："这么简单？"郑蓉蓉在旁问："用哪种牌子的意大利沙拉酱呢？烤出来会不会酸呢？"

王岚岚说："不会的啦，等一下烤好了你尝尝就知道了。"

郑蓉蓉问："怎么不把女儿带来呢？"

王岚岚说:"她今晚有小提琴课,等会儿还得去接她。"

郑蓉蓉说:"你这当妈的真不容易。你们这么忙,今天还特地赶来,真是谢谢你们。"

王岚岚说:"看你说的。讲了多少次了,要教你们烤正宗的美国牛排,今天我们就来把这个小秘密告诉你们,以后你们就知道了。"

郑蓉蓉又感谢又羡慕的样子,对众人说:"下次叫他们夫妇把宝贝女儿带来,大家看看,那可真是中西结合的上品,又漂亮,又聪明,会背唐诗,会拉小提琴,可爱得不得了!"

郑蓉蓉又说:"她们的女儿,名字也取得漂亮,不信叫岚岚给你们解释解释。"

王岚岚说:"现在的孩子——我是说,像我们这样两种文化结合的家庭的孩子,都兴复合姓,父姓加母姓,或是母姓加父姓。我们推敲了几天,是用King-Wang好呢,还是用Wang-King。本来两样都好,King就是王,王就是King,加在一起,中文也好,英文也好,都称王!后来觉得King-Wang读起来更响亮一些,"她大声读了一遍,"Wang"以美国腔发音,听起来像是"玩"。"我们最后用了King-Wang。所以我们女儿的名字,英文叫 Amy King-Wang，中文叫秦王月——我先生舍不得'秦时明月汉时关'里的那个'月'字。"

大家都赞这中美复姓响亮好听，又奉承秦汉唐毕竟是中国古典文学博士，中文了得。

王岚岚嫣然一笑，拿出带来的一个盒子，对郑蓉蓉说："我还给你带来了些新鲜花样，让你们也尝尝正宗的美国甜点。这是我婆婆教我做的，以后有时间我也教你做。"她打开盒子，倒出些巧克力草莓来，郑蓉蓉赶紧分几个纸盘子装上，请大家尝。那巧克力草莓是用新鲜大粒的草莓，裹一层巧克力糖浆，以巧克力的苦甜配草莓的新鲜香气，别有一种滋味。大家尝了，纷纷称赞。有人却悄悄嘀咕，这种巧克力草莓在超级市场也买得到，算不上特别稀罕。

王岚岚问："你们家俩小子呢？怎么不叫来也吃点东西？"

郑蓉蓉说："游泳去了，怕是玩疯了，还没回来呢。"

王岚岚说："我们家艾咪今天下午也去游泳了，是去她爷爷奶奶家的游泳池游的，小丫头已经游得不错了。"

郑蓉蓉说："有你这个游泳健将妈妈，她自然游得不错了。"

王岚岚说："其实，我现在是陪她泡水，哪里谈得上游泳。她爷爷奶奶的私人游泳池那么小,小孩子玩玩还可以,我游泳就不行了。"

郑蓉蓉说:"那你可以去公共游泳池游,那里池子大,伸展得开。"

王岚岚说:"公共游泳池我是不去的,我好多年都没去了。美国人毛病多,艾滋病什么的,公共游泳池会传染的。"

客人中有人想说艾滋病应该不会通过游泳池传染,结果还是没说出来。王岚岚坐了一会儿,略吃些食物,又闲聊了一阵,便和丈夫告辞走了,说是要去接女儿回家。

王岚岚夫妇一走,便有一位男客人说:"这位王女士,已经很洋化了,听她介绍自己,像是'玩女士',听起来好像是我的美国老板的腔调。"接着他便"玩女士、玩女士"重复了几遍,"嘿嘿"干笑了几声。

又有一位男客说:"她那洋化也真邪门儿,她每天一根洋鸡巴进进出出,不怕得艾滋病,到公共游泳池游泳,她就怕得艾滋病了。"

众人听了都笑起来,有人笑得痛快淋漓,有人笑得尴尴尬尬。有女士骂道:"要死了!这么缺德!"却也跟着畅笑。有人站起来,准备告辞。陈建军夫妇忙将早已准备好的保险单拿出来，分发给众人：有的是家里有老人来探亲，该买旅游保险；有的是调整了人寿保险数额，从五十万调到一百万，每个人的单子都打印得整整齐齐，各项资料一目了然。有的客人当场就爽快地签了字，说第二天就寄支票；也有的含糊其辞，说要回家再琢磨琢磨。于是大家打着饱嗝，纷纷道晚安，散了。出了陈家，有人路上说，陈氏夫妇今晚请客，卖了那么多保险，起码赚了几千上万元，下周末再请另一拨客人，还得赚几千元。有人笑道："今年他们不会再请我们了，不过明年一定会再请。"

4. 想一想这次该请谁

星期六早晨,赵玉敏开车送女儿去学芭蕾舞,回到家时周强刚好把当天的《纽约时报》看完,两人便一边喝咖啡一边聊起来。

赵玉敏说:"我们下星期要请一次客了,欠的人情太多了。昨天我在校园里碰到赖瑞,他还跟我提起什么时候大家聚一聚呢。"

周强说:"赖瑞?赖瑞先不着急安排。他也老跟我说要聚一聚,说了几个月了。先别理他。这些年我也慢慢看出来了,这赖瑞是个赖皮,最会说漂亮话,其实是 fishing for a dinner invitation(钓饭)。我们请过他好几次了,现在他每次见面都说要聚,又不约时间,又不明说是他请客,那意思是我们得请他。咱们做人礼尚往来,他什么时候请咱们,咱们再回请他。"

赖瑞是周强那所大学的副校长助理,四十多岁的白人男子,负责学生注册、设置新课程等。周强在工作上和他合作倒也顺利,只是不喜欢他油嘴滑舌,每次见面都奉承赵玉敏的厨艺,差点就明说想到他们家来吃家常中国菜。周强把赖瑞看透之后,很瞧不起他急巴巴的馋相,又讨厌他说话的腔调,明明是他在钓饭,听起来却像是他多么看得起你,愿意被你请。周强心想,我并不欠你的,你别想说几句好话就骗我老婆给你烧饭吃。近几个月来,周强学着赖瑞的口气,每次和他谈完公事便亲亲热热地说:"怎么样,我们什么时候聚一聚?"但就是不和他定具体日期,也不说要请他到家里来。倘若赖瑞憋不住,直夸起赵玉敏做的饺子怎么鲜美,周强便接住话头,恭维赖瑞每次为同事聚餐而烧的炖牛肉是如何可口,又半开玩笑半认真地说,他和赵玉敏最喜欢法国菜和意大利菜。赖瑞便拍胸脯,说要带他们去几家好馆子,后来却总是没有下文。

赵玉敏听周强这么一说,也觉得可笑,便道:"其实赖瑞人也不坏,又风趣健谈,我们也不必和他认真计较。请客多他夫妇二人,我也不在乎。"

周强说:"我没说赖瑞是坏人。我只是说,礼尚往来，彼此是个尊重，往来多了，大家就成了朋友。若是同事之间要钓饭，他钓我，我也钓他，这样大家平等。"

赵玉敏其实也赞成"礼尚往来"的原则，于是便将此话题打住，说："那要不要请一桌中国人？你说了几次了，要请你的老朋友吴国忠和他太太来吃饭，不如下星期就请他们。只是不知道再请其他哪几位，搭配要好才行。"

周强说："是，这客人搭配也要紧得很，不然话不投机就没意思了。要不咱们叫上康叔叔、谢阿姨？"

赵玉敏说："哎哟，你又要请那两个老家伙了，唠三叨四的，每次都讲些同样的老话，我都烦死了。说实在的，我怕听他们教训人。而且你刚才还说，话不投机就没意思了，吴国忠的嘴那么厉害，万一斗起嘴来，那才不投机，才没意思呢。"

周强说："你放心好了，吴国忠斗嘴是看对象的，他不会轻易伤人。再说他陪老丈人和太太一起来，无非就是闲话家常，大家和和气气消磨一晚。康叔叔、谢阿姨你是知道的，最是好心肠，嘴是碎点，却又正好讲些不紧要的家常话，不谈女人，不谈政治，随随便便的有什么不好？"

赵玉敏说："康叔叔、谢阿姨不谈政治？依我说，他们全是在谈政治，一会儿说要打入美国主流社会，一会儿又说别忘了中国文化的根，这难道不是政治吗？"

周强说："住在美国的中国老人，说来说去不就是这几句家常话吗？哪里说得上是什么政治？康叔叔、谢阿姨这种难得的好人，其实你在心里比我还尊重他们，是不是？"

赵玉敏嗔道："你别胡扯！他们是好人，帮过你的忙，对你有三饭之恩，可就是好人唠叨起来才要命。"

康叔叔叫康弘毅，他太太叫谢兰芝。周强是来美国第一年认识他们的。那时周强住在学生宿舍里，每天吃美国饭菜，到了周末，有香港、台湾同学邀他去教会。开始周强找借口不去，后来那些信教的同学说，去听宣道之前，可以吃一顿中国饭，周强便禁不住引诱，去了几次，都是在康弘毅、谢兰芝家里吃饭。到了寒假，学生宿舍要关闭三星期，周强初来乍到，人地生疏，又没有钱，想了许多办法，还是找不到一个便宜的临时住所，彷徨颓丧，焦虑万分。康弘毅夫妇得知后，二话不说就让周强到他们家的地下室去住，还让他一起同桌吃饭，也不收他房租伙食费。周强后来和赵玉敏聊天，提到平生遇到的好心人，总是说康弘毅夫妇对他有"三饭之恩"，没齿难忘。找到工作，买了房子之后，周强夫妇不时请康弘毅、谢兰芝来坐坐，或设家宴，或下馆子，一年总要见他们几次。

周强开始便恭恭敬敬地叫他们"康叔叔""谢阿姨"，来往这么些年，其实并不知道他二人的背景。只约莫知道他们年轻时离开大陆，到了台湾，后来又来了美国。他们和教会关系很深，但不是神职，也不知具体做什么工作谋生。他们不说，周强、赵玉敏也不问。

赵玉敏原来敬他二人是丈夫的三饭恩人，后来发现康、谢说话多是重复，逐渐觉得有些不耐烦起来。康叔叔每次必谈华人要关心政治，要投票，要团结，要顾全大局，要打入主流社会。然后一定要强调学习好英文的重要性。虽然他自己说不了几句英文，但他总是鼓励别人："说英文要够胆量，决不要害怕；不要用大字眼，不要用长句子，尽量用容易的词，用简单的句子，清清楚楚地把自己的意思表达出来就行了。"康叔叔爱说一个笑话，赵玉敏在不同场合听了不知多少次：

老华侨教新华侨说英文，说有三句是最要紧的，学会了在美国就够用了。第一句是"good（好）"，别人说good, good，你就跟着说good, good！好，妙！第二句是"bad（坏）"，别人说bad, bad，你也说bad, bad！坏，糟糕！第三句特别重要，学会了就不会吃亏："You too

（你也是）。"假定别人说"你今天很漂亮"，你就回一声You too，这样便不会失礼；如果有人欺负你，说你是丑八怪，你也回他一声You too，这样就没有吃亏。总而言之，凡是听不懂的时候，就说一句"You too"，是绝不会错的。学会了这三句话，走遍美国都不怕！

赵玉敏头两次听了，跟着众人一起大笑，听多了，便私下里对周强说："你现在英文已经好到许多美国人都以为你是在美国生长的了，老听康叔叔这走遍美国都不怕的三句英文笑话，不烦吗？"

周强说："我第一次听他说这笑话，是来美国念研究院的第一学期，我在国内考试过关斩将，全是拿高分。可刚来美国修研究生讨论班的课，听又听不懂，说又说不出，明明知道自己的专业底子比那些美国同学强，就是表达不出来，仿佛成了白痴，心里委屈难受。听了康叔叔的笑话，大笑一场，居然有一种豁然开朗的感觉。现在听他说，当然不再有那种感觉了。但怎么知道新来的人初听此笑话，会不会也有那种感觉呢？"

赵玉敏说："可是你不觉得他是个不长进的人吗？在美国住了那么多年，英文还那么破，却又那么喜欢教训别人要好好学英文。"

周强说："小敏，你听我说。我们在幼儿园学一加一等于二，后来我们学了高等数学，也还得感谢那些教我们一加一等于二的老师，虽然这些老师不懂高等数学……"

赵玉敏说："别教训我！别教训我！如果现在你的幼儿园老师还在每天教你一加一等于二，你也不烦吗？"

周强一时语塞，慢慢说道，"我哪敢教训你呀，小敏。康叔叔、谢阿姨几十年来帮助接济新来美国的人，不知有多少，往少说，起码有几百人。他们帮人帮成了习惯，说话也说成了习惯，这是他们的了不起，也是他们的可怜。他们帮过的人，扎下根了，发达了，就嫌他们啰嗦了，再也不和他们联络了。你也知道，他们唯一的女儿搬去加州之后，每年才来看他们一回。我们一年见他们几次，也是个安慰。你知道，我是说，对我自己是个安慰。"

赵玉敏叹一口气，对周强又恼又同情，说："只是他们二老年纪越大，越要讲究保持中国传统。我们女儿也长大了，不爱听他们的教训，怎么办呢？"于是两人便同时想起旧事——

大约一年前，康氏夫妇来做客，逗周强和赵玉敏的女儿杰西卡，问她是美国人还是中国人，杰西卡说："是华裔美国人。"谢兰芝又问："你爸爸妈妈呢？"杰西卡答道："他们一大半是中国人,一小半是美国人。"谢兰芝笑起来,再问:"你愿意爸爸妈妈继续做中国人吗?"杰西卡说:"我要帮他们慢慢变成美国人。"谢兰芝便说:"你千万不要逼他们做美国人,他们要是变成美国人,就会把财产全部留给狗,你什么都得不到了。"大家当她说笑话,笑笑便过了。

岂知送走客人之后,杰西卡说出一番话来,令周强吃了一惊。杰西卡说,康爷爷、谢奶奶在美国住了半辈子,其实完全不懂美国社会,只有一些 stereotype(刻板印象)而已。她说:"他们真可怜。我今后要帮助他们了解美国文化。"

回到卧室,周强对赵玉敏说:"糟糕了,我们这女儿染上了美国传教士的毛病了。"

赵玉敏问:"这话怎么说?"

周强说:"你听她说的那两句话:第一句,'他们真可怜',是怜悯的口吻;第二句,'我今后要帮助他们了解美国文化',有那种斩钉截铁的自信,活脱脱就是传教士的口吻,居高临下,要拯救天下人,虽然她对天下人一无所知。"

赵玉敏说:"瞧你说的。杰西卡还是个孩子,随口说几句话,用得着你这样摆架势分析半天吗?"

周强说："唉，就是她无意中说出来的那种口吻，我听起来才不舒服。没法子了，咱们这女儿养成了个小美国佬了。下次回中国，别对爷爷奶奶、姥爷姥姥也用这种怜悯的口气说话就行了。可怜康叔叔、谢阿姨，一辈子同情帮助有困难的人，到老了竟被咱们家十来岁的毛丫头怜悯起来。"

他叹口气，接着说："这事不是我过度反应，小敏，你听我说。在美国住久了，我最烦那些对新移民居高临下的白人。他们的那个心态，他们说话的那个语气，总是在怜悯你，总是在准备帮助你。老子凭本事干活吃饭，要谁可怜！认认真真大家较量较量，说不定老子比你还强，哪轮得到你来可怜老子！有时候没办法，也只得和这种人打交道，表面上客客气气的，心里其实真憋得慌。你想，杰西卡来美国时有两岁了，其实也是个中国人，后来归化成美国人，现在竟然完全是美国心态、美国口气了。她是咱俩亲手拉扯大的，以后要是她也用居高临下的态度对待咱们，咱们怎么办呢？"

赵玉敏听了，想想自己和白人同事打交道的经验，心下也是一惊，嘴上却说："怎么办？我知道怎么办？其实在中国，人老了成了老小孩，大家就敷衍他们，也是一种怜悯。"

周强说:"不一样,不一样,这太不一样了。我们对老一辈的唠叨也烦,不理睬他们,他们的种种毛病,我们也看得清清楚楚,只是由他们去了。但是不管怎么说,我们心里头对他们存着一种尊重,就算是我们可怜他们,也是在可怜他们的同时常常想起他们的可敬。你听听杰西卡那口吻,要帮助这两个老人,说得信心满满,断然决然,哪里对他们有什么尊重,我听了心里真是发毛。"

赵玉敏说:"你发什么毛?整天和女儿黏黏叽叽的,亲成那个样子,心里却害怕老了女儿不敬你。要是女儿不敬你,那是你没本事!别瞎操那份心了,你呀,今晚犯了职业病了,就像你平时整天批评你那些同行一样,把小事过度理论化了。别瞎琢磨了,睡觉吧。"

——现在两人想起旧事,周强便说:"怎么样,要不咱们这次让杰西卡到朋友家去,等客人走了再去接她回来?"

赵玉敏断然拒绝:"那不行。杰西卡最喜欢我做的菜,我忙活一天,她吃不上我做的菜,我不干。"

周强想想,说:"要不咱们下周先请罗森夫妇,再加一两对美国夫妇,请一桌美国人?"

5. 罗森夫妇

罗森夫妇是周强刚工作不久认识的。那时"国际扶轮社"的当地分社找到他的大学，要请一位教授去给这些商人讲讲中国的现状。周强是该大学聘任的第一位中国人，自然就请他去讲。周强准备了一些幻灯片，在扶轮社每月例行的午餐会上讲了一次。原来约定请他讲一个小时，后来因为扶轮社自己的事多，只给了他三十五分钟。周强客随主便，将原先准备好的稿子删掉一半，三十五分钟也就讲完了。周强讲完坐下，扶轮社主席罗森先生上台说："周强教授是我们的贵宾，我们却强人所难，毁约砍掉他一半的时间。如果不是他有随机应变删繁就简的本领，今天我们的午饭就吃不成了，下午饿着肚子上班吧。"大家听了一笑，一片鼓掌声。罗森下来坐在周强旁边,又一再道歉,一再感谢,一再称赞周强处事的机变能力,做事富于弹性。

周强说:"罗森先生……"罗森打断他:"席德尼,叫我席德尼。"两人从此交上朋友。

那之后不久,赵玉敏带着女儿来美国,罗森夫妇便请他们到家里做客。那是周强、赵玉敏第一次被请到郊区上流人家赴宴,着实出了一次洋相。

那天是星期六,周强、赵玉敏带着两岁的女儿开车找到罗森住宅,发现那是一所两层楼豪宅,门口四根大白柱子,周围全是高大的古树。再细看门前停的七八辆车,全是宝马、奔驰、凌志。周强于是转了几个圈子,把他那部破旧老爷车停在另一条街道上,两人才抱着女儿,提着半打青岛啤酒去按门铃。

门一开,周强、赵玉敏便傻了眼:一屋子二十来人,男人全是西装革履,领带齐整,腮帮子刮得溜青;女人则珠光宝气,浓妆艳抹,衣裙光鲜,各呈其艳。当时周强穿的是一件半新不旧的高领羊毛衫,套一件普普通通的外套,下边是一条棉布裤子,穿一双球鞋。赵玉敏则是里面一件最普通的红色毛线衣,外边一件春秋衫,一条深蓝碎花裙子,未施脂粉,耳环、项链、手镯、戒指一概皆无,头发在后面绑了个马尾,一双旧皮鞋，看上去一副大学生模样。

席德尼迎上前来打招呼，笑吟吟地向正好站在旁边的两位客人介绍："这是我的朋友周强和他的太太、女儿。周教授口才一流，又有幽默感，而且他的幽默，有美国式的，有中国式的，也有二者混合的。"一下子便把周强、赵玉敏的尴尬卸掉了一半。席德尼太太爱丽丝则抱起杰西卡又亲又赞，然后仿佛不经意地说："今晚我们大人们瞎聊，杰西卡可不会容忍我们太久，我给她找个伴吧。"她去打了个电话，不一会儿来了个十四五岁的白人小姑娘，领着杰西卡到楼上玩去了。幸好杰西卡并不认生，见了新奇的玩具便高兴地玩起来。

席德尼将周强夫妇引到客厅左手边的酒吧，说："喝点什么吧。"又给他们介绍，两位酒保都是捷克人，正在某间大学读研究院。那两位年轻捷克酒保满脸堆笑，问他二人喝点什么："威士忌？伏特加？马提尼？血腥玛丽？红酒？白酒？"周、赵二人各要了一杯红酒。

走入客厅，只见客人们或二人坐在沙发上对谈，或三四人一组站着聚谈，都在喊喊喳喳地聊天。有两位客人也在扶轮社听过周强的演讲，走过来自我介绍，周强和他们慢慢聊起来。赵玉敏则由爱丽丝介绍给两位去过中国旅游的太太，也东一句西一句地聊起来，无非是说些长城宏伟、故宫壮丽之类的话。其间有两位白人美艳金发少女，一位身材高挑、曲线玲珑的黑人少女，三人都身着黑色套装，外罩白色兜裙，托着装了各式饭前开胃点心的盘子，娉娉婷婷、摇曳多姿地穿梭于客人之间，请大家用开胃点心，又随时把客人用过的小碟子、餐巾纸、酒杯等收回。赵玉敏暗暗留心，当晚的开胃小点心就有十来种，全都精致可口：熏鲑鱼片、菠菜合子、蘸西红柿海鲜酱吃的大虾、带辣味的烤鸡翅、用一种"比利时菜叶"托着的鲑鱼子、油炸咸猪肉条裹鲜贝、夹生金枪鱼和夹烤鳗鱼两种日本寿司，还有一道点心，也不知道正式名称是什么，用煮熟的鹌鹑蛋白切成两半，用一半蛋白做底，中间放进不知和什么调味料搅拌过的鹌鹑蛋黄，上面配俄国黑鱼子，入口冰凉，黑鱼子滑，蛋黄香，蛋白脆，口感极佳。那两位太太又告诉赵玉敏，三位送点心的小姐，两名白的是罗马尼亚来的，黑的是海地来的，都在念大学，周末到这类party上做事，赚点钱。

正餐是牛排，两面烤得有焦香味，里面还极鲜嫩尚带些微血水，最有嚼头。到后来上甜点法式巧克力蛋糕时，赵玉敏已经吃不动了。

回家路上，赵玉敏嗔道："瞧你这土包子，来美国这么些年也没个长进，去这样的宴会还穿这样的大球鞋，什么规矩都不知道，连我和女儿都跟着你一起懵里懵懂丢尽了脸。"

周强赔笑说："人不就是懵里懵懂长大的吗？下次就学会了，穿双皮鞋，打条领带就是了。"从此赵玉敏开始留心，买了些能上场面的衣服、首饰，也知道了去正式家宴不能带小孩。

谁知那爱丽丝极是体恤人，第二天就打电话来说，正式着装的宴会未免拘束，她也不很喜欢，又请周、赵夫妇下周末去吃饭，"就我们两对夫妇，不打领带，随便穿着，随便吃点什么，随便聊天。"周、赵依嘱而去，果然是一切随便，由此而慢慢知道正式和非正式的区别：正式的不说，非正式的才要特别叮嘱"不打领带"。以后在家款待爱丽丝夫妇这一类客人，也学会了提前数星期约日子，用他们的方式表示是正式还是非正式的。有些时候爱丽丝会特别叮嘱他们把杰西卡带来，看她满屋子跑，只是笑。

席德尼七十二岁，已是半退休，每星期去曼哈顿工作两天。他喜欢旅游，去过世界上大部分地方，他亦喜闲谈，闲谈时不愿意再谈他的投资生意。他说："我做了一辈子银行投资家，每天上班想的就是'风险'二字。

现在有了空闲，我得好好享受空闲。"他喜欢饭前喝一杯加冰的威士忌酒，坐在客厅里或聊往事，或谈时下新闻，神色闲畅，一派绅士优雅。他说话慢慢悠悠，不经意似的处处藏着美式幽默的机锋。

每次周强或赵玉敏被宴请后第二天打电话谢他，照例说几句客气话："下次该我们请客了，我们将很快给你们再打电话。"席德尼会回答："好极了。从现在起我就会守在电话机旁，静候召唤。"赵玉敏观察到他喜欢吃牛肉，请他们夫妇时便炒一道沙茶牛肉，加上麻婆豆腐、酸菜苦瓜炖排骨等家常菜，笑说："我们这是农民菜。"席德尼吃了，非常满意地笑道："从此我便是你这家人民公社社员，什么时候你做农民菜，什么时候你给我打电话。"

彼此熟了，席德尼、爱丽丝又请周强、赵玉敏去他们的高尔夫俱乐部进餐。这家高尔夫俱乐部位于威郡与长岛之间的海滨，餐厅靠海一面全是落地玻璃墙，黄昏时分朝外看去，蓝天之下白帆点点，闪烁在落日余晖中，极是悦目。那天，由席德尼安排，爱丽丝与周强坐一部车，席德尼与赵玉敏坐一部车。老头子笑着说："这种安排，我不知道，我是吃了大亏呢，还是占了便宜。"

到了俱乐部，只见多是些六旬以上的老人，身着精致的休闲服,笑嘻嘻地彼此打招呼,开玩笑。席德尼说他参加这俱乐部已四十多年。他加入时,先交一万五千元会费,然后每年再交年费,每月还得来此餐厅用餐数次。现在,基本会费已涨到十几万,年费亦涨到两万多元,可在等候名单上的人仍不计其数。

那晚说是吃龙虾,但各种开胃小吃、各类肉食、沙拉琳琅满目,戴着白帽子的服务员穿梭来往为众宾客点酒送菜,竟好似一盛大宴席。

席德尼、爱丽丝的独女贝蒂也来了。贝蒂四十出头,在一家投资银行当副总裁。她不吃龙虾,看赵玉敏跟她母亲去拿新鲜蚬汤喝,一喝两杯,不禁皱眉。她走过小吃台,看那些腌肉卷、烤鸡肉串、熏鱼片、红鱼子、黑鱼子,也皱着眉。她走到熟食台,看那些烤牛肉、烤猪里脊肉、火鸡肉、香肠、牛舌、火腿、龙虾,叹一口气,只拿了一根玉米,一点生菜沙拉回来吃。

爱丽丝看看她,没说啥,拉着赵玉敏去拿龙虾回来慢慢吃。

席德尼问:"贝蒂,有什么新鲜事?"

贝蒂说:"没什么新鲜事。上星期我去了趟法国。是我们的客户请客,请我们坐'协和'飞机去巴黎,三小时就到了。然后去法国南部泡了几天海水。"

爱丽丝说:"怪不得你看起来有点黑。还有什么新鲜事?"

贝蒂说:"我现在新雇了一个私人教练,他用新法子教我练举重。他说我再练三个月,这两块松肉就会紧起来。"说着说着她用右手摸摸左上臂那条赘肉,又用左手摸摸右上臂,"到那时我就可以穿面条挂带式的连衣裙了。"

回家途中,爱丽丝告诉周强,贝蒂二十八岁时结婚,不到三个月就离了。后来交过一些男朋友,但都不是结婚的对象。半年前认识了一个男人,动了心,还把他带回家让父母见识。"是个胖家伙,"爱丽丝说,"我和席德尼背地里叫他'大冰箱'。贝蒂说他有两千多万元的身家,离过两次婚。我和席德尼左看右看,看他不像是个对女人有承当的男子汉,担心贝蒂还是结不成婚。"

"唉,"爱丽丝幽幽地说,"我们多么希望,贝蒂像你们这样,有个小家庭,周末来看看我们,多好。"

周强把这段对话告诉赵玉敏,两人从此对席德尼、爱丽丝竟生出些感情,越来越珍重他们家常饮宴闲聊背后那份情意。杰西卡嘴乖,见到席德尼、爱丽丝便甜甜地叫"爷爷、奶奶",听得老两口乐滋滋的。不知为什么,每逢这样的欢乐时光,周强心中却隐隐有凄凉之感。

6. 一口三鸟

来往多了，周强、赵玉敏开始更多地知道了些席德尼和爱丽丝的家人和朋友。

席德尼有一个弟弟，叫雷蒙，比他小五岁，是个珠宝商人，就住在离席德尼家不远的拉奇芒镇上。两兄弟感情很好，经常见面，一见面便彼此开玩笑。

闲谈中，席德尼和爱丽丝告诉周强和赵玉敏，雷蒙大学一毕业，就和一个珠宝商的独女结婚，慢慢跟着岳父学着做生意，后来岳父过世，他夫妇俩继承了珠宝生意，很有钱。五十多岁时，雷蒙和太太去地中海坐游船度假，一天早上醒来，方知太太已在昨晚睡梦中死去。过了一年，雷蒙和一个比他小二十五岁的女人结婚，五年之后离婚。雷蒙现在的太太是位法国人，也比他小二十五岁。雷蒙前两位太太共生了五个子女，都已长大成家，分散住在美国各地，没有一个住在纽约。第三任太太也是离过婚的，和前任丈夫生过一个孩子，她现在过了四十岁，也许不会再要孩子了。

雷蒙的法国太太叫茱丽娅，是个专业摄影师，活泼开朗，总是乐哈哈的。席德尼叫她"小鹿"，暗讽雷蒙已过耳顺之年，还要找活蹦乱跳的年轻女人。茱丽娅和雷蒙常一起到哥哥嫂嫂家吃饭，说说笑笑的，却是从来不去席德尼的高尔夫俱乐部用餐。茱丽娅对周强和赵玉敏说，她是法国平民家庭出身，最反对排他性的俱乐部，决不去这种地方。她自己爱打网球，也只去公共球场或是学校的球场，决不去俱乐部。周强、赵玉敏听了，佩服她做人有原则，但觉得自己受席德尼之邀去俱乐部吃顿饭，本是朋友之间的交往，又满足自己的好奇心，也不感到惭愧。

见过几次面之后，周强、赵玉敏有一次请雷蒙和茱丽娅与席德尼、爱丽丝一起到家里来吃饭。茱丽娅也极喜爱赵玉敏做的所谓"农民菜"，跑到厨房里看赵玉敏做菜，问东问西，很是热乎。她告诉赵玉敏，她也喜欢下厨做菜，临走时拉着赵玉敏的手亲亲热热地说，日后找时间请赵玉敏、周强到她家吃饭。

有一年，才八月底，茱丽娅就打电话来约定赵玉敏、周强到她家过感恩节。

那次被请到雷蒙、茱丽娅家过感恩节的，除了赵玉敏夫妇、席德尼夫妇外，还有两对日本夫妇，一对是六十多岁的水野和太太庆子，另一对是三十多岁的早川和太太杉子。水野原是三井公司派驻美国的一名经理，现已退休。他喜欢美术，退休之后到处去看纽约市的各种展览，定期给日本报刊写美术评论，自称是"美术鉴赏评论家"。水野太太庆子是办过个人作品展览的摄影师，还会绘画，和茱丽娅是多年的老朋友了。杉子则是茱丽娅打网球认识的球友，她丈夫早川是日本某公司驻美国的粮食采购商。早川经常飞去中西部各城市收购小麦、玉米，杉子闲着没事，差不多每天都去打网球。

还有一位客人，是一个叫韩慧的中国女人，三十多岁，瘦高身材，瘦长脸，戴着一副眼镜，头发不长不短发梢刚好垂及肩头，操着南方口音的普通话，嗓音圆润悦耳。韩慧原在中国结过婚，生过一个儿子。来美国念硕士，爱恋上自己的导师柯恩教授，于是和国内丈夫离婚，儿子也让给丈夫。她念完硕士念博士，柯恩则慢慢地打离婚官司。韩慧拿了博士，开始在一家大学教书之后，柯恩才离成婚。韩慧和柯恩结婚只有一年，他就心脏病突发死了。柯恩是雷蒙的中学同学，所以这次感恩节，雷蒙、茱丽娅也请了韩慧。

那天周强、赵玉敏迟到了二十分钟，是最后到达的客人。只见雷蒙、茱丽娅的房子位于林木深处，比席德尼的房子还要宽敞，屋后还有一个面积不小的自然湖。正是初冬时分，群花早已落尽，草木萧索，那房子周围的一大圈砌石，格外显得坚稳结实。

进得屋来，主人一一介绍，众客人纷纷握手寒暄。中等身材、娇巧玲珑的茱丽娅满面春风，亲亲热热问候大家，给初次见面的客人做介绍，分寸拿捏得恰到好处，又有如火的幽默。她给赵玉敏介绍杉子，极口称赞杉子的网球球艺，又对杉子说，赵玉敏做的中国家常菜，纽约市任何中国馆子的厨师都做不出来。茱丽娅替周强介绍了水野之后，踮起脚在周强耳边悄悄地说："这老头是江户时代春宫画专家。前不久雷蒙在欧洲买了些亚洲春宫画回来，就放在楼上的收藏室，一直唠叨说要叫水野来帮着看看，哪些是日本人的，哪些是中国人的。等一会儿他们三个老家伙上楼去看春宫画，"她努努嘴，用眼角瞟了瞟雷蒙、席德尼和水野三个将花白稀疏头发梳得齐齐整整的老男人，"你不要跟着去，留在下面和我们这些美丽的活生生的真女人喝酒聊天。"说着，顽皮地看着略显腼腆的周强,用胳膊肘轻轻撞了撞他的腰,笑得花枝乱颤,一路笑着走到厨房去了。

雷蒙一一询问诸客人,想喝什么酒,然后他去酒吧间取了来送给大家。他笑嘻嘻地对赵玉敏说,自从娶了这个有社会主义平等思想的法国太太,请客时他就要自己做酒保,因为茱丽娅凡事喜欢自己动手,不愿像他哥哥嫂嫂席德尼爱丽丝那样雇很多人来服务。今天客人不多也不少,茱丽娅只请了一个老年女佣在厨房帮着打杂。"做酒保也好,"雷蒙拍拍自己的肚子说,"走来走去给大家送酒添酒,锻炼锻炼,也帮助我缩小肚子。"

每人手里有了一杯酒,雷蒙便请大家到客厅沙发上环形坐下。席德尼倚老卖老,抢先发话。他说今天第一次见到韩慧,很高兴认识她,很想知道她在做些什么有趣的事。

韩慧答道,她最近忙极了,除了教三门课,她两个月前去中国参加过一个学术研讨会,一个星期前又去加州出席了一个学术会议。"我现在手上正在编第三本书,忙得天昏地暗。"

爱丽丝接着问:"你拿到终身职了吗?你主要研究什么呢?"

韩慧坐在沙发上,身子往前倾,双手把裙子往下抻了押,头朝右微微一甩,一头秀发稍稍晃动了一下,笑着答道:"还没呢,也快了,我今年开始准备材料,后年五月应该会拿到了吧。我的研究专题,是教育心理学和比较教育。中国的教育心理学还在起步,我要花很多力气把这门新学科介绍到中国去。我做比较教育研究很多年了,我的博士论文就是写中美教育的不同。"

"你有哪些发现呀?"水野问,他的英文有浓重的日本口音。

韩慧见众人的注意力都集中在她身上,很是得意。她用双手把头发往后面理一理,手放下来时,顺便又在胸前把那件大红抢眼毛衣提了一提,说:"我的研究发现,美国教育注重分析,中国教育强调记忆,美国老师鼓励学生自由发展,中国老师要学生乖乖听话,这就是为什么美国人创造性比中国人高的原因。中国教育落后于美国,这是最根本的问题。我现在写论文,编文集,都呼吁中国政府和教育界注意这个问题,采取措施改进,不然中国永远赶不上美国。其实日本、韩国受中国影响,也有同样的问题,也需要改进。"

周强、赵玉敏听了,没吭声。席德尼、爱丽丝、雷蒙看着韩慧神采飞扬侃侃而谈,都微笑着,面带嘉许。水野一边听一边嘴里"哦,哦,哦"有声音出来,也不知他是赞成还是有疑问。其他三个日本人，很有礼貌地机械性点头，一声不出。

爱丽丝夸奖韩慧："你真了不起，英文不是母语，现在说得那么好，又用英文写博士论文，到学术会议上去发表论文，真是个聪明能干的女孩子！"

韩慧说英文其实还有不少问题，语法、时态、人称常有错误，口音也挺重，但她听了爱丽丝的社交场合恭维话，却是很受用，挺着个胸脯子说："我来美国，拿了博士，当了教授，我证实了我自己！"

恰在此时，茱丽娅走过来，请大家到餐厅上桌，先吃一道法国开胃菜，鹅肝。只见餐桌上摆着两个瓷盘，盘里盛着切得薄薄的鹅肝。每个瓷盘旁边放着一个小竹筐，里边装着刚从烤箱里烤出来的热面包，都是一切为四的小方块。大家谦让着，轮流拿鹅肝往小方块面包上搁，放进嘴里，一迭声就赞叹起来，尤其是那两个日本女人庆子和杉子，鼻子里哼出"嗯……"的调调来，是那种表达至乐至喜欲仙欲死的女人的声音。

大家吃得高兴，见瓷盘里排得整整齐齐的两排鹅肝，分量还多，也就不客气，接着一片又一片地吃起来。韩慧坐在赵玉敏旁边，只吃了一片鹅肝就停住了。她见赵玉敏一片一片地吃，连吃七八片，便轻声用中文说:"这东西胆固醇高,少吃为妙。"赵玉敏笑笑,也轻声说:"管他呢,先吃了再说。"赵玉敏心里想,在座的这么多老人都不在乎,我为什么要在乎?

庆子眼尖,看到这两个中国女人的不同,就朝坐在她对面的赵玉敏挤挤眼睛,拿起一片鹅肝,友好地对赵玉敏示意。赵玉敏会意了,也拿起一片鹅肝,两人放进嘴里,相视一笑。

赵玉敏咽下鹅肝,喝了一口酒,笑着问茱丽娅,这道鹅肝是怎么做的。茱丽娅快言快语地答道,鹅肝在一般的超级市场买不到,要到专门的店邮购。这道菜最难做的地方,是去掉鹅肝上的筋络。留着筋络,就不能嚼了。若是筋络处理得不好,扯掉筋络之后鹅肝就散开不成形,没法好好烹制。只要筋络处理得好,其他的事就很容易了:把鹅肝泡在加了几种香料的雪利酒中,放在冰箱里一个晚上,第二天拿出来放进烤箱烤四十五分钟,但一定要把鹅肝放在一个四周可以放水的烤盘里,要不然鹅肝会烤老。待那烤熟了的鹅肝凉了之后,再把它放回冰箱两三天,让那些香料和雪利酒慢慢浸透它,上桌一两个小时之前从冰箱里取出来,凉着吃,但又并不是冰凉。大家听了七嘴八舌地议论,如此说来,这道菜知易行难,非法国人恐怕做不出来,又纷纷感谢茱丽娅诚恳待客，下那么多功夫做这道法国鹅肝款待大家。

雷蒙见大家夸他太太的厨艺，很是得意，笑嘻嘻地说："茱丽娅做法国菜自然是没的说了，她做美国菜也有一手。今天她烧了一道最新创造的美国菜，大家也一定会喜欢。"说着，雷蒙去厨房端出一只大火鸡，放到餐桌旁的小桌子上。这当儿，那老女佣出来把大家吃鹅肝的盘子撤下，换上新盘子。

只见雷蒙右手操一把锋利的扁细长刀，左手拿一只长把叉子，指着那只大火鸡说："这可不是传统的火鸡，这是 turducken（'火鸡鸭子鸡'）——火鸡肚子里装了只鸭子，鸭子肚子里装了只鸡，今年刚刚发明出来的新菜式。这火鸡、鸭子、鸡都是去了骨的，一般的超级市场没有，要找到专门的店才买得着。"接着雷蒙便小心翼翼一刀一刀切那只"火鸡鸭子鸡"，尽可能一刀切出火鸡、鸭子、鸡三位一体的一圈肉下来，他嘴里还慢慢解释，火鸡和鸭子之间，鸭子和鸡之间放了不同的香料，鸡肚子里放的填充料和火鸡肚子里的填充料也不一样，大家吃的时候，慢慢体会，自有别样滋味。

大家都很专注地听雷蒙讲解，韩慧却又低声地用中文对赵玉敏说："你也会这么舍得花时间做饭吗？"赵玉敏低声答道："有时也做。"韩慧说："我是职业女性，我从来不花时间做饭。"赵玉敏心想,这里坐着的女人除了整天打网球的杉子,谁不是职业女性?笑笑没答话。周强隔着桌子听到了,不动声色,心里却是不大高兴。

水野撺了几片"火鸡鸭子鸡"放到他的盘子里,仔仔细细切了,用叉子同时叉起火鸡、鸭子、鸡三种肉,放进嘴里慢慢咀嚼,好一会儿才咽下肚去,慢慢说道:"好味道,好味道。"他赞叹完了,转头对坐在身旁的周强说:"我记得你们中国有个成语,'一石二鸟',是不是?"水野说英语口音重,周强没怎么听懂,请他再说一遍。水野索性掏出纸笔,写下"一石二鸟"四个字。周强笑着说:"是有这么个成语。"水野说:"我今天是一口三鸟。"说着在纸上写下"一口三鸟"。周强看了笑了起来,席德尼等人看他二人纸上"笔谈",急着要知道他们说了些什么。周强于是用英文给大家解释了一遍,众人听了都笑。在座的日本人听周强英文流利道地,远胜于韩慧,不禁佩服。周强讲完,觉得水野这日本老头竟有点幽默感,也有点佩服他。

吃过沙拉、甜点,喝了咖啡,酒足饭饱之后,大家又回到客厅里坐下来。那善于体恤人的爱丽丝,见众客人都有机会说话,唯有杉子和丈夫早川极少说话,觉得他们受了冷落。在餐桌上,爱丽丝想引杉子说话,几次拉起话头，杉子都是以手遮嘴笑笑问一句答一句，串不成对话。这时大家坐回到客厅沙发上，爱丽丝又试图让杉子说话，谁知杉子还是一副羞怯模样，说不出几句话来。

茱丽娅也是个最会察言观色的女主人，总要让所有客人有宾至如归之感，她晓得爱丽丝的心思，这时便以老朋友和女主人的双重身份，向大家说杉子不仅是网球高手，还会弹一手好钢琴，大家都会意了，鼓起掌来，请杉子奏一两支曲子。杉子稍微忸怩了一下，也就坐到摆在客厅一角的钢琴前，先弹肖邦，后弹莫扎特，一听就是从小练起的功夫，听来顺耳。大家端了餐后酒，慢慢呷着，欣赏杉子的钢琴曲，那早川一晚上显得拘谨的脸，这时也缓缓舒展开来。

数曲奏过，大家鼓掌叫好。那水野又取出纸笔，写下"大珠小珠落玉盘"几个字，问周强杉子的琴声有没有这么点意思。周强看了，大为高兴，说是有那么点意思。

水野盯着周强说："会背吗？"

周强说："白居易这首《琵琶行》很长，我只记得其中几段，全诗背不下来。"

水野还是盯着他说："第一句，行吗？"

周强于是用中文背诵道:"浔阳江头夜送客。"刚诵完,水野便请他用笔写下来。

周强写完这几个字,笑着用中文对赵玉敏和韩慧说:"今天这个日本人让咱们背唐诗,咱们只得背给他听。"接着用英文对水野说:"《琵琶行》实在是太长,我也确实背不下来,让我背诵一首李白有关音乐的诗吧。"于是周强朗声背诵李白的《听蜀僧浚弹琴》:

蜀僧抱绿绮,西下峨眉峰。
为我一挥手,如听万壑松。
客心洗流水,余响入霜钟。
不觉碧山暮,秋云暗几重?

诵毕,用中文在纸上给水野写了。水野仔细读了一遍,在"为我一挥手,如听万壑松"二句下面重重画了两道线,说:"好!好!"然后说:"我来背一首。"便用汉字写下孟浩然的《春晓》:

春眠不觉晓,处处闻啼鸟。
夜来声风雨,散花知多少。

周强看了，说："您这也许是古代的某一版本，我们现在知道的是'夜来风雨声，花落知多少'。"

水野说："这是我小时候念书学会背的。现在的日本年轻人，都不再背了。"他转身问赵玉敏、韩慧："你们也会背吗？背两首来听听。"茱丽娅、爱丽丝等在旁边说，虽然听不懂，但听周强背诵出来，音节好听，也怂恿她俩背。于是赵玉敏背诵了一首"慈母手中线"。韩慧先是说"这些古老旧东西，我一点都不懂"，经不起大家的劝诱催促，也清清脆脆背诵了一首"床前明月光"。大家听了都鼓掌。

席德尼就发议论说："你们中国人保持自己的传统，真是不得了，唐诗出口成诵，真是好。我和雷蒙两兄弟，本是犹太人，但从小父母只强调我们学好学校的课程，不给我们机会多学犹太人传统文化。现在年纪大了，回想起来，总觉得生命中缺少点什么。和你们相比，我们没有文化呀。"周强听了，和赵玉敏相视一笑。他俩知道，席德尼、雷蒙都是哈佛大学四十年代的毕业生。只有这种背景的人，才会说自己没有文化。

茱丽娅也发议论说："你们中国人真是太幸运了，语言文字绵延几千年，一千年前的诗歌，随口就背得出来。我们法文就啰嗦麻烦了，我读十八十九世纪的小说，一点问题都没有，但是十五世纪以前的诗歌，用的是古法语，不翻译成近代法语我根本读不懂，更不要说背诵了。"

大家说着说着，慢慢就分成小堆，或二人或三人一组，各有各的话题，你一语我一语，轻轻松松闲聊。

那水野却继续缠着周强不放。他拿着那几张他和周强写下唐诗的纸，指着那句"为我一挥手，如听万壑松"说："这一句，形容钢琴曲，确实比'大珠小珠落玉盘'更形象一些。"

周强见其他人都换了话题，不欲和水野再谈唐诗，但也不愿唐突他，就闲闲地说："'大珠小珠落玉盘'，形容莫扎特，也很好。"

水野歪着头想了一下，说："对，对，对，说得不错。"

水野接着说："周强君古典文学好，见解又高，今晚认识你我真高兴。"说着他把头凑到周强耳边，斜看着对面沙发上坐着的韩慧，低声说："没有记忆，哪有见解，哪来分析？"

周强听了，心想，日本人认真起来，果然厉害，果然麻烦。当下也不附和他，也不和他辩论，笑眯眯地问："水野先生，我看你能喝酒。我向你请教一下，喝日本清酒，怎么样热才好，热到什么度数最好？"

水野盯着周强看，嘴里先是"哦，哦，哦"几声，接着脸色慢慢松弛下来，把身体靠回沙发背上，对周强说，清酒有热着喝的，但他自己更喜欢喝凉的。又说，清酒讲究新鲜，在美国卖的都是从日本运来几个月的陈货，喝起来不新鲜。他每次去日本，回来时都要抱几瓶新鲜的清酒带回美国。水野说："下次我从日本带回新鲜的清酒，请你和太太，还有雷蒙、茱丽娅来我家一起品尝。"周强爽快地答应了。

过了半夜，众客人纷纷起身，感谢茱丽娅、雷蒙热情丰盛的招待，茱丽娅也非常愉快地感谢大家的有趣谈话、音乐表演和诗歌朗诵。大家站在门口，客气的道谢话讲了一遍又一遍，又笑着学茱丽娅的样子，相互吻别，都是左右脸两吻，茱丽娅格格笑着，和男客们干脆三吻四吻，大家在一片说笑中互道晚安，告别回家。

7. 吃饭是次要的

话说周强、赵玉敏夫妇星期六上午商量请客的事，商量了好一阵还没有个眉目。赵玉敏突然问了一句："要是咱们请席德尼、爱丽丝他们来，要不要也请上韩慧？他们都认识，爱丽丝好像也喜欢韩慧。"

周强答道："爱丽丝喜欢不喜欢韩慧我不知道，我倒是不想见她。"

赵玉敏笑着说："人家年轻漂亮，你真的不想见呀？"

周强道："年轻漂亮？韩慧年轻漂亮？她那张长脸那么长，'去年一滴相思泪，至今尚未到腮边'，漂亮不漂亮我不知道，我只敢说够挂一张履历表的。"

赵玉敏大笑起来，冲到周强旁边用拳头擂他，骂道："你什么时候学得这么坏呀？你这张嘴怎么变得这么损呀？"

周强鼻子里哼了一声，说："我不喜欢见那些履历表挂在脸上的人，不管是男人还是女人，中国人还是美国人。你记不记得那晚上韩慧那个肉麻样，"他学着韩慧的腔调，"我发表了论文！我去学术会议发了言！我正在编第三本书！"又学着韩慧扭腰摆臀挺着胸脯子的样子，"'我证明了我自己！我证明了我自己！'什么证明了你自己，倒不如说是美国证明了它自己。"

赵玉敏继续笑着说："怎么说，人家也在编第三本书呀！你的第三本书呢？"

周强答道："你这句话问得好，正好说明我刚才所说，其实是美国证明了它自己，一点都没错。韩慧跟她那个美国老公，学了美国当下学界的那种黄鱼三吃——不，黄鱼三十吃的本事，找一个话题，找几个人，开个学术会议，然后把那些发言整理成文字，凑在一起就算是本书。编三本书，她就是编三十本书也还是原地打跟头，没什么新见解，书出版了没人读，自己也不要读第二遍。"

赵玉敏说："我看你也太武断了一点，你连人家的书还没读过，怎么就下结论说人家没有新见解？"

周强说："你不是也亲耳听了她说的研究结论吗？'中国人教书只讲记忆，美国人注重分析。'这种套话，不知道有多少人讲过多少遍了,当然不是新见解,我根本不用看她编的书,就能知道。他们韩家老祖宗韩愈说过,'唯陈言之务去,戛戛乎其难哉。'看到这么一个满嘴陈言的韩家后代,我才真正有点懂得韩愈为什么要用'戛戛乎其难哉'这么强的感叹句。"

赵玉敏说:"你那张狗嘴,越说越没谱,越说越刻薄了。再怎么说,人家单身一个女子,挺不容易的,你也不要这样损人家。你自己当年独自一个人在美国念博士、找工作、求终身职,难道就没有做过些夜行人吹口哨,自己给自己壮胆子的事?你也不要拿人家的姓、拿人家的祖宗来开玩笑。你们周家的老祖宗周公,要是看到你现在这副德行,这么点出息,而且居然已经跑到美国来变成了个什么'美籍华人',我看他老人家怕也要伤心难过高兴不起来。"

周强讥讽韩慧,潜意识里讨厌那晚上韩慧仗着自己有个博士学位,举止言谈颇有看不起只有硕士学位的赵玉敏的意思,本想以贬低韩慧来间接安慰赵玉敏,不想赵玉敏忠厚笃实,不把这件事放在心上,还对单身的韩慧有些同情关怀,周强于是笑着对赵玉敏说:"你说得不错,你说得不错,我是五十步笑百步,五十步笑百步。"

赵玉敏白了他一眼,说:"行了,你不要再胡说八道了，咱们还是认真商量这请客的事。"

赵玉敏道："我们这几年请席德尼、爱丽丝来家里吃饭，每次都是同样的几个菜，我都烦了。这次他们来，我想弄几个不同的菜，换换花样。"

周强说："你打算换些什么菜呢？"

赵玉敏说："凉菜咱们可上一个蒜泥茄子、一个红油肚丝，主菜不妨上一个你最拿手的清蒸活鱼……"

没等赵玉敏说下去，周强已经打断了她："算了，咱们还是像往常一样，酱牛肉片、素鸭做凉菜，热菜还是炒鸡丝笋丝、清炒大虾，大家都喜欢吃，别换了。"

赵玉敏说："你自己吃同样的菜两天就会烦，为什么请客就让我几年做几道同样的菜呢？"

周强说："嗨，大家在一起聊天是真的，吃东西倒是次要的，你不要折腾了。"

赵玉敏说："吃东西是次要的！那你为什么不请人喝茶就得了！请客就是吃东西，给客人吃点好东西是表示个心意。我不明白，为什么我刚跟你说个想法，你就把我驳了回来。"

周强看着妻子，笑笑说："你这个实心眼，是你的好处也是你的短处。我在这个国家比你多待了几年，和老美吃饭也有些经验，慢慢悟出，要和别人分享自己最喜欢的食物，往往适得其反，说不定从此不能再在一起吃饭。我刚来美国不久，请两位美国研究生同学吃饭，到唐人街买了烧鸭、盐焗鸡，又做了一锅鱼头汤。那锅鱼头汤是我慢慢熬出来的，汤色白白的，一看就馋人。一上桌，那位女同学先吃了一口鱼肉，发觉有刺，当场慢慢吐出来——直到现在我还清楚地记得她往外吐鱼肉的狼狈相。我想当时我这个主人的表情也够狼狈的了。后来她吃鸭肉、鸡肉，发现都是带骨的，脸上就不耐烦了。我又尴尬，又奇怪，正是这个女同学，说她从小就喜欢吃中国饭，起哄叫我给他们做中国饭吃，为什么弄成这个结局呢？后来，和他们一起去中国餐馆，看她叫芝麻酱凉面、甜酸鸡肉，吃得乐滋滋的样子，我才明白，你得让她吃她所知道的中国菜，别让她吃道地的中国菜——她没有那个经验和训练，给她道地的中国菜会吓着她。"

见赵玉敏要说话，周强忙抢着说："再给你说个故事。你见过化学系的那个黑人教授，伊曼努，非洲尼日利亚来的。他和太太有一次请客，请了几位住在附近的尼日利亚朋友，也叫了几位本校的教授，我也去了。他们热情好客，坦然以自己家乡的好菜款待客人。我和其他几位教授取了食物，在沙发上坐下，才发现其中一道菜很恐怖——那是一串鸡肫，足有五六个，蘸了番茄酱在烤箱里烤出来的，因为没有放作料，咬一口便觉得腥味扑鼻，不愿再试第二口。那些尼日利亚客人吃得很高兴，但我看其他人没有一个能吃掉一块鸡肫。但是已经拿了放在盘子里，只好就留在那里不动它了，着实尴尬。不久白人客人便纷纷告辞退席，我非白非黑，不想早走也不愿久留，又稍坐了一会儿，也起身走了。那是我见过的一场最特殊的聚餐，食物不对，自然便有一种合不到一起的气氛。你想，如果你以生蒜粒来做茄泥，也许就有客人不喜欢，嫌吃了嘴里有味。转头一看，另一道凉菜是红油肚丝，也吃不下去——很多老美是不吃内脏的。上主菜，又是一道清蒸全鱼，带皮带刺，这不是为难人家吗？吃得别扭了，又觉出彼此文化不同，合不到一起，这岂不是没趣？"

赵玉敏这才插上话："照你这么说，我们就年年月月做么几个同样的菜招待客人了？那多没劲呀！"

周强笑道："招待客人嘛，还是这样比较稳妥。你的高超厨艺，千变万化的能耐，我来慢慢品尝欣赏，不就行了吗？"

赵玉敏嗔道："美得你！我还没工夫伺候呢！"心下却又喜又苍凉，喜的是有周强做伴，却又怆然有感，体会出海外请客吃饭热闹喜乐声中的寂寞无奈。

8. 唐人街的家宴

赵玉敏、周强商量了好一阵，还是未能把请客的日子、细节定下来，忽然接到吴国忠的电话，请他们去赴宴。

吴国忠和妻子一家人住在唐人街的一个小巷子里，一幢两层楼的房子，外表看起来很不显眼，室外放了两盆花草。

赵玉敏、周强找到了吴国忠住处，按门铃，应声出来开门的是个三十来岁的美艳少妇。她自称是吴国忠太太的妹妹，叫李秀玉，长得极是妩媚，身材苗条双峰饱满，笑起来一排白牙欲露未露，天生一段女人味。只是她表情呆滞，笑得勉强，看一眼周强便把眼皮垂下，两手扶着门，一副木木然的怯态。

吴国忠出来迎客，一一将家人介绍给他们。太太李秀兰，也像妹妹一样长得面目姣好，只是比妹妹矮了半个头，虽没有妹妹那种苗条身材衬托眉清眼秀的妩媚，但看上去却比妹妹朴实可亲。两姐妹都文静羞怯，难得主动说一句话。

吴国忠和李秀兰的儿子吴毅，英文名埃力克，十二岁，长得极像他母亲，在男孩子里嫌太单薄了些，个性也像他母亲，羞怯内向，规规矩矩很有礼貌，只是极少说话。

吴国忠的老丈人李明德，六十多岁，身材矮小，头发花白，也是个沉默寡言的性格。他对赵玉敏、周强点点头表示欢迎，未说一个字，笑眯眯的一脸和善，让人看了知道他心里喜欢。主、客见过，寒暄完毕，到客厅坐下喝茶，老丈人却到饭厅里一张椅子上坐下，闭目将头靠在椅背上。一会儿，李秀兰拿着一瓶眼药水走过去，用手轻轻将她爸爸的眼睛分开，给他滴眼药水。左右眼都点好了，老人家又闭目养了一会儿神，才站起来去厨房准备炒菜。吴国忠悄悄地对周强说："老人家做了一辈子厨子，在热烫的厨房站了几十年，闹下个眼病。"周强说："老人家有眼病，还不叫他歇着。好不容易休息一天，又给我们做菜，真叫人不好意思。"吴国忠说：

"好厨师的乐趣就是为家人朋友做拿手好菜,这难道你不知道?"

周强听吴国忠老丈人一家人自己说话,都是道地的广东台山话,便笑着问吴国忠:"做了这么些年的台山女婿,你的台山话怎么样?"

吴国忠说:"听得懂,但也不是完全听得懂。说就不行了。"

赵玉敏好奇地问道:"那你和老丈人怎么沟通交流呢?"

吴国忠笑道:"他能听一些普通话,我能听一点台山话,住在一起时间长了,能明白对方的意思。"

吴国忠一边请周强、赵玉敏喝茶吃瓜子,一边说:"其实我老丈人说的是更传统的台山话,比他两个女儿说的多带一些土话,更不好懂。"吴国忠看他二人听得似懂非懂的样子,便简单地给他们说了说李秀兰一家移民美国的故事。

李家移民美国,从李秀兰的曾祖父李承训开始。李承训应该是个厉害角色,他在一八八二年到一九四二年的美国排华时期居然在一八九五年以商人的身份进入美国,很快就在纽约唐人街混出了名堂,据说是做生意发了财。他一九二〇年被人杀死,大概和他做的生意有关，非赌即娼。

李承训的儿子、也就是李秀兰的祖父李启荣，是李承训一九〇〇年回台山娶妻时生的，在台山长大念书，十几岁时开始申请来美国。算起来，他是在五四新文化时期读中学的。吴国忠曾经读过他年轻时在台山的族刊上发表的文章，写得很漂亮。

李启荣本是美国公民之子，但他来美国却经历了千辛万苦。那些年间，美国移民官员得知有些华人购买他人的身份来美，便怀疑所有来美华人都是冒充的，于是对每个华人都详细询问，问题越问越多，稍答不对，就会被遣返回中国。李启荣一九一九年拿着公民儿子的证件来美国，移民官员问他，他家有多少间房间，他说八间，移民官员便说他是冒充的，他家应该有九间房间，原船将他送回中国。后来他们猜测，移民官员硬说他家有九间房间，是把鸡舍也算进去了。那些移民官员是够歹毒的。

李启荣一九二二年第二次来美，移民官员问他家里是不是有一条黄狗，他说没有。移民官员又说他是冒充的，他急中生智，便说原来家里是有条黄狗，但他离家时杀了吃了。那移民官员自以为对中国文化有深入了解，知道广东人爱吃狗，居然就相信他是说真话，批了他入境。

李启荣来到纽约，父亲已被人杀死，他只能投靠乡亲，到洗衣馆打工，从此做了一辈子洗衣工人。但他有志气，星期天去教会学校学英文，后来居然可以替传教布道的洋教士做翻译，不过他一辈子却从未信教受洗。

李启荣一九二八年回国一趟，住了一年多，跟原配妻子生下了李明圣、李明德两个儿子。李启荣为了回美时不再被移民官员刁难，便先做足了功课。那时，如果是第一次来美，移民官员会问家乡、家庭的情况；如果是回中国探亲重返美国，他们就会问在美国居留地的情况。李启荣把纽约唐人街纵横几十条街的街名全记下来了，店铺的名号也都记下来了。到他一九二九年回美，移民官员正好是问他纽约唐人街的街道，原是问他住所邻近的几条街，见他对答如流，起了疑心，就摊开一张地图，一条街一条街细细问他，他也一条街一条街地精确地回答。那移民官员最后叹道，像你这种人才，不能为政府做事，也真是可惜了。这些事是吴国忠、李秀兰的儿子埃力克上中学时做家庭历史作业，到移民局档案里查出来的。

李启荣回美国时，正赶上经济大萧条，他就继续开洗衣馆勉强维生。他的英文名字叫山姆，洗衣馆便叫

Sam's Laundry，离唐人街只有几条街，顾客主要是犹太人和意大利人。

李启荣为人诚实正直，顾客多是老顾客，有些家庭连续几代都在他的洗衣馆洗衣。有的老顾客搬去布碌伦住，却还是每星期坐地铁送衬衫到李启荣的洗衣店来洗。他们的后代也继续送衣服来洗，就像是家庭传统一样，一代一代往下传。吴国忠的儿子在图书馆找出当年的报纸记载，复印了回来给吴国忠看，吴国忠细读之后大为震动。根据报纸报道，一九六五年李启荣去世，出殡时来了几百人，其中有不少是已经搬到郊区去住的意大利人、犹太人，听说Sam去世了，专程赶来送他一程。有一位老顾客的儿子在州参议院做事，说要提议将Sam's Laundry列为历史遗迹，后来有地产商出高价买那片地，地主立即卖了，这件事就不了了之。

埃力克把他找到的有关他曾祖父的报纸给吴国忠看，泪流满面地说："爸爸，我读这些记载，虽然里面没有什么动听的词句，可我读有关曾祖父葬礼的报道，比读什么伟人传记都更受感动。"那年清明，吴国忠和李秀兰全家一起到布碌伦的坟场去给李启荣扫墓，埃力克到了墓前，双膝跪下，哀哀啜泣。

埃力克曾经去过他曾祖父当年开洗衣店的地段，只见豪华公寓拔地而起，哪里还有洗衣店的踪影？他根据自己的感受写了一篇文章，题目叫《My Founding Grand-great Father》（我那奠基之曾祖父），套用美国《The Founding Fathers》（奠基之国父们），以华裔的角度，写出"奠基"的新意，文章感情真挚，得了纽约市中学生作文竞赛第一名。

李秀兰一家，就像很多其他华人家庭一样，虽说是四代移民美国，可每一代都是新移民。那是因为上世纪四十年代以前，美国华人社会妇女太少，大多数男人只得回国结婚，婚后将妻子儿女留在中国，待儿女成年后才接来美国，结果每一代都是新移民，都得从头学起做起。

李启荣有两个儿子，长子李明圣一九四九年离开台山去香港，在香港住了几年后来美国；次子李明德一九六〇年从台山赴香港，然后来美国。他们的孩子们都在台山出生长大，七十年代以后才接来美国的，来的时候已是青年，又是新移民。到了吴国忠、李秀兰的儿子埃力克这一辈，算起来已经是第五代了，才是在美国土生土长的华人。

赵玉敏、周强听吴国忠讲李秀兰家的故事，听得很有兴趣，正想问他和李秀兰恋爱结婚的事，门铃响了，吴国忠起身去开门，将客人迎进屋来。

除了周强夫妇，吴国忠还请了秦汉唐夫妇和在唐人街做事的王成华、罗萍夫妇。

秦汉唐进屋之后，对客厅墙上的一幅仕女挂历看了一眼，说："这是史湘云醉卧芍药裀，我最喜欢了。我们的卧室里也挂了一幅。"他转头对王岚岚说："是不是，亲爱的？"王岚岚上前，秦汉唐伸手搂住她的腰，她便笑着嗲声答道："对。"

秦汉唐评道："这画将史湘云酒醉后小卧的憨样描绘得真生动，寥寥几笔，又写出'红香散乱'之景，我真是喜欢得不得了。"

吴国忠在旁接道："这画是好，不过它只能描摹静态，史湘云的种种活泼迷人处，怕是画不出来，只有能欣赏的人，可以用文字形容一二。"

秦汉唐道："吴兄请细细说一说。"

吴国忠说："史湘云醉卧芍药裀之前，原是和姐妹们一起猜酒令，她先是作弊，私下为香菱提供宝琴酒令的谜底，被黛玉揭穿，她就狠狠地拿起筷子敲黛玉的手。后来，她喝了一口酒，大家等她说谜底，她却从碗里挑出半个鸭头，捵鸭脑子吃。要我说，她那拿筷子敲别人的手的刁蛮样，吃鸭脑子的馋样憨样，才是她的迷人处。可惜画家不去画——恐怕也画不好她那个模样。"

秦汉唐听了，漫声说道："有道理，有道理。"赵玉敏注意到，王岚岚似乎被吴国忠的评论所震动，眼中有一种又惊又喜的神色，一闪而过。

秦汉唐说："吴先生对《红楼梦》很熟啊，以后要多请教了。"吴国忠答道："很熟谈不上，只是有空时喜欢随便翻翻，哪里谈得上请教。不过能和你聊聊这些话题，我实在很高兴，不知道以后我和儿子是否能谈这些话题。"

秦汉唐说："怎么不能，当然能了。我和岚岚在家里都尽量让女儿说中文、背唐诗，她的中国文化素质很不错。你说是不是，岚岚？"

王岚岚甜甜一笑，说，"还行，还行。"

周强在旁插话道："你们的孩子，是中国脾气呢，还是美国脾气？"

王岚岚看了看秦汉唐，答非所问地说："我觉得都有。我们的女儿艾咪，长得又像我，又像她爸爸。"秦汉唐在旁边笑得很得意。

周强说："我们家杰西卡，可越来越是美国脾气了。我们也管不了她，由她去吧。"

秦汉唐问："此话怎讲？请道其详。"

周强和赵玉敏对望了一眼，苦笑了一下，不约而同地想起了上星期的两件事。周强摇了摇头，给大家慢慢讲他们女儿的这两个故事。

第一件事发生在上星期五。十四岁的杰西卡在外边打电话回家，说她要去男同学大卫家做功课，晚上和他一起去看电影。周强说，不行，你得先回家。杰西卡不听，把电话挂了。周强和赵玉敏在家里又生气，又担心，到了晚上九点，杰西卡才打电话来要周强开车去接她回家——原来大卫的妈妈不准她和大卫出去看电影。杰西卡回家便关在自己屋里，赌气不和父母说话。

第二件发生在星期天。杰西卡学芭蕾舞已有几年时间，星期天芭蕾舞学校组织一个年度表演，她们的芭蕾舞老师原来说过，女孩子要将腋毛剃掉。赵玉敏当初还打趣她，说你们这些黄毛丫头正经有几根黄毛呀，不剃也看不出来。没想到星期六排练，老师却发现有三个女孩子没刮腋毛，劝她们刮掉。这三个女孩子却非常坚持，说毛发天生，不愿被迫剃掉。老师劝她们不动，便威胁说不让她们上台表演。这三个女孩子便闹将起来，声言决不刮腋毛，而且一定要上舞台。杰西卡本已剃掉腋毛，这时却要对那三个女孩子表示声援，说如果不让那三个女孩子上台，她也不上台。杰西卡是台柱子，表演缺不了她。老师让了步，最后答应那三位未剃腋毛的女孩子上台。到了表演的那一天，杰西卡为了表示和那三位反叛的女孩同心同德，竟找了些黑绒毛用胶水粘在腋下，说是要支持芭蕾舞者不必刮腋毛的大原则。结果她到了台上，每逢举起双手，腋下两蓬黑乎乎的绒毛便夸张地显露出来，格外刺目。过了一会儿，跳出汗来，右腋窝的绒毛掉了，只剩左边的一撮，看上去更觉怪异。观众席上的家长、学生先是摸不着头脑，后来便笑成一团，那芭蕾舞老师的脸青一阵白一阵，尴尬无比。

周强说："我坐在那里，哭笑不得，最后只好闭上了眼睛。杰西卡原想讲义气逞英雄，结果成了个小丑。"

吴国忠笑道："听你这么一说，我倒挺喜欢你们这个丫头，率真、有自信、有承担，要在美国这块地方混出个模样来，就得有她这副脾气。"

周强说："这种美国脾气，有时能把你气死。"

吴国忠说："这得看怎么说。住在美国，孩子却有一副中国脾气，那才会把你急死呢。"他说话时看看李秀兰，语气中明显带着一股无可奈何。然后，他以主人的口气，将话题转了："我们别谈孩子了，王先生、王太太，"他指着王成华、罗萍夫妇说，"是潇洒现代人，选择不要孩子，我们老谈孩子，他们肯定会觉得很烦。我们不如请他们谈谈上个月去白宫参加宴会的事。"

赵玉敏听说王成华夫妇曾到白宫赴宴，很感兴趣，竖着耳朵等着听。周强在王成华刚进门时和他短暂寒暄，客气地问王成华在何处任职。谁知王成华答得神出鬼没，仿佛是个人单干，又好像是和无数公司有关系，总之他的身份绝不像周强"在大学教书"那么简单明了。周强本就好奇，愿听王成华讲他的故事。

那王成华身高一米八，面目俊朗，一表人才，有一口悦耳的男中音。只听他说道："去白宫参加宴会，本是我这么多年赴宴活动中最风光的事，可千不该万不该，我不该同意丈母娘缠着跟我一块去，把我跟克林顿总统单独合影的机会弄没了，真是糟糕透顶。"他余怒未息，说几句话就骂一声他丈母娘，连带埋怨他太太，大家听他唠叨重复了半天，最后才总算听出了点眉目。

原来王成华在华人社区经常组织些座谈会、沟通会，请联邦、州、市政府的官员和各种公司的经理来和社区企业的人士见面，他担任联络人和翻译。久而久之，政府官员记住了他的名字。上个月联邦政府为宣传自己的政绩，从全美各地邀请了一批"推进少数族裔中小企业积极分子"到白宫参加鸡尾酒会，克林顿总统出来和他们见面、合影。白宫寄来的邀请函是请王成华夫妇二人，但他丈母娘得知之后却非要去不可，说她到白宫亲眼见一见美国总统便死而无憾了。王成华无奈，只得和白宫联系，人家回答说，太太或丈母娘只能来一个。于是他便带着浓妆艳抹的丈母娘去白宫赴宴了。

到了白宫，发现时间安排得很紧凑，慌慌张张站着吃了几个大虾，就被叫去排队和总统合影。轮到他们，王成华丈母娘一定要他留在后边，她自己先去和克林顿照了张双人合影。等到王成华走到克林顿旁边，摄影师说时间不够了，催着他和三名西班牙裔的代表一起和克林顿合影。

王成华说："真是气死我！这老太太七十多岁了，在美国连朋友都没有，抱了张和克林顿的合影回来，整天自己在家傻看，闷着乐，什么意思！还叫我给她翻印了寄给大陆的亲戚，我理都不要理她！我真后悔当初心软，答应让她跟我去。真是的，她要那合影有什么用？我要是有一张正儿八经的与总统的合影照，那不管是在美国，还是在中国，要派多少用场！"

吴国忠说："集体合影不也挺好吗？"

王成华答道："集体合影当然比不上双人合影。我曾试过在计算机上把那三个人处理掉，但效果不太理想，因为我站在克林顿的右边,中间隔着两个人,要去掉他们不难,但神态和姿势看起来就不自然了。"

其他的客人本想问他在白宫吃过些什么食物,见过些什么餐具。见他如此在意那张合影,仿佛整个过程并不重要,那张合影才最重要。他和克林顿的双人合影已成泡影,大家也不知怎样安慰他,都一言不发。吴国忠想不到自己的提议引来一场尴尬,趁着李秀兰来说菜已好了,就叫大家上桌吃饭。

"都是家常菜。"吴国忠说:"大家请随便用。"

李明德有三十多年的厨艺,做出来的家常菜果然不一样。最先上的一小碗排骨萝卜汤,听起来平淡无奇,喝到嘴里只觉得鲜美无比。蒸河粉爽滑清软,吃来别有风味。还有一道广东菜馆里的普通炒菜,虾酱炒空心菜,经李明德的手烹制出来,另有一种清香味道。王岚岚吃得高兴,不住口地称赞,又低声劝她丈夫不妨尝一口。秦汉唐很有礼貌地笑笑,却是不动那盘虾酱空心菜。王岚岚对坐在旁边的赵玉敏抱怨道:"他们的cheese(奶酪)一开始我也嫌臭,后来还不是吃惯了。我们的臭豆腐、虾酱,他就是不愿意尝。"秦汉唐笑笑说:"试过,不能接受。"王岚岚悻悻然,板着脸不理他。

吴国忠忙将一盘炒牛肉递给秦汉唐:"试试这盘牛肉

片。"秦汉唐感激地接过来，拿了一些放在自己的盘子里，吃了几片，不住口地赞将起来："好嫩的牛肉！我从来没吃过炒得这么嫩的牛肉！"吴国忠说："老人家在切肉之前，用木槌捶过，所以炒得这么嫩。"李明德说："大家多吃牛肉。牛肉营养好。我们以前在中国多是吃猪肉，其实猪肉没有牛肉营养好。"接着又上了豆豉蒸鲜贝，清蒸活鱼，姜葱龙虾，大家吃得不亦乐乎。

席终，秦汉唐、王岚岚谢了主人之后，连说下次轮到他们请客了。

9. 野味，就得有点野味

那年十一月初，刚穿寒衣，王岚岚便兴致勃勃地给吴国忠夫妇、周强夫妇、陈建军夫妇打电话，说是弄了些鹿肉，请他们来吃饭。

王岚岚夫妇住在纽约市北部的哈斯汀镇上。他们住在一幢建在半山坡上的共管公寓大楼里，楼房周围有许多高高的大树，树荫下是一排停车场。王岚岚夫妇的公寓在七楼，三室一厅，厅很宽敞，靠南一面是落地玻璃窗，一拉开窗帘便满屋亮堂。他们住处离哈德逊河不远，出门走一段路，爬上坡顶，便看得见哈德逊河。夕阳西下时，客人们陆续到来，王岚岚领大家到坡顶去看景色。放眼望去，哈德逊河两岸风景尽收眼底，对岸新泽西州尤其显得空旷平远，众人赞叹不已。

郑蓉蓉看着山坡上的一幢幢独立小楼房,很羡慕地说:"这些房子多漂亮啊!我特别喜欢那两座,建在峭壁上,靠河的一面全是玻璃,坐在家里就看得见河上的风光,真是太好了!"她转身对王岚岚说:"你们这地方真好,真漂亮。你们什么时候换个房子住啊?"

王岚岚笑笑说:"我们喜欢住公寓,省心。住房子有住房子的麻烦,秋天扫落叶,冬天铲雪,下水道不通,屋顶漏水,操心的事多得很。我们家秦汉唐是个读书人,动手不行,我们愿意住公寓,有什么事打个电话就行了。"

郑蓉蓉说:"还是住房子好。在美国,有条件,应该住房子。我们现在住的房子太小,我和陈建军打算以后有条件换个大的住。"

一阵山风掠过,林间拂来一片哗哗声。吴国忠笑着说:"在美国,有选择,愿意住房子住房子,喜欢住公寓住公寓。怎么样,我们是不是该往回走了?"

王岚岚听了,嫣然一笑,领先走下坡去,赵玉敏、郑蓉蓉、李秀兰紧随其后,一路上说些闲话。

回到屋里,秦汉唐刚把鹿肉放进烤箱,见客人们回来了,便去把秦王月领到客厅和大家见面,叫她给大家背诵唐诗、唱歌。那秦王月长得极机灵可爱,一张红扑扑的小圆脸上两只大眼睛，活泼大方地背诵了几首唐诗，唱了几支中英文歌曲。随后秦汉唐打电话叫邻居，一个十五六岁的女孩把她领去玩，以便客人吃饭聊天。

陈建军对秦汉唐、王岚岚以鹿肉待客很感兴趣，问他们的鹿肉是怎么来的。秦汉唐说，他有个朋友保罗，住在由此往北二十英里的山里，喜欢打猎，用猎枪打兔子、野火鸡、松鼠，用弓箭射鹿。地方法律规定，每年十月三十一日至十一月底感恩节之间，是猎鹿季节，每名猎手可猎取两只鹿。保罗猎鹿，是持弓箭坐在树上，待鹿走得很近时，才放箭射杀。打到了鹿，保罗便装上车运到屠宰户处剥皮宰割，把切好的鹿肉拿回家冷冻起来。"每年保罗都要送我十来磅鹿肉。"秦汉唐说道。

"鹿肉可是好东西呀！"吴国忠说，"清朝的时候，东北的鹿肉是往满族皇宫送的贡品。"

秦汉唐说："在我们这里它则是很容易得到的野味，超级市场偶尔也有的卖，只是很多人不喜欢鹿肉的野腥味，平时设宴待客，极少用它。今天我们的客人都是中国人，我们想大家都会喜欢野味，就决定给大家烤鹿肉吃。"

说着将烤鹿肉上桌，大家一看，原来是像烤牛排一样在烤箱里烤出来的，王岚岚将牛排酱传递给大家。众人切了鹿肉，蘸着牛排酱送进嘴里，都说鲜嫩，和牛肉一样香。唯有吴国忠不蘸牛排酱，直接将鹿肉放到嘴里慢慢咀嚼品尝。王岚岚笑着问他味道怎样。

吴国忠咽下鹿肉，轻轻深呼吸一下，笑道："味道好，味道好。野味，野味，就得有点野味，gamy，才算是野味，和其他东西不一样。"他向周围扫一眼，见其他人都在边吃边和身旁的人聊天，便低声对紧挨着他坐的王岚岚说："我吃东西，一般不喜欢蘸酱料和酱油。你看那些老外，到中国馆子吃广东点心，先放一大勺酱油在盘子里，每一件点心都在酱油里滚一遍再吃，结果吃什么都是酱油味。我就愿意不蘸酱油和调料，吃原味，吃本色。"

王岚岚停下刀叉，睁大了眼睛，很高兴地说："我也是，我吃东西也不喜欢蘸作料。但有时候我也喜欢作料，像吃火锅，没作料就没味了。"

吴国忠道："那是，那是。其实很多菜已经用配料做好，吃的时候不必再加多余的酱料。就像这道鹿肉，已经放了作料腌过，撒点盐，我吃味道就很好了。"

王岚岚说："我吃还嫌它有点膻味。"她抬起头问对面的郑蓉蓉和赵玉敏："你们觉不觉得有点膻？"郑蓉蓉和赵玉敏都说是有点膻。王岚岚转过头来，问吴国忠：

"有没有什么办法，把鹿肉烧得完全没有膻味？"

吴国忠笑道："要我说，完全没有膻味，就不很够意思了。像我吃羊肉，还就喜欢有点膻味的。说到烧鹿肉，烧到没有野膻味，李秀兰的爸爸倒是做得到。他会用好几种办法，一种是像煲羊肉那样，放生姜，和腐竹一起煲。我最喜欢的是他用沙茶酱炒，像炒沙茶牛肉一样，那就基本上没有了膻味，不说的话，都以为是牛肉呢。"

王岚岚说："哟，听你这么一说，这道沙茶鹿肉一定好吃，起码膻味不重了。你会做吗？"

吴国忠答道："我做过一次，结果还是有些膻味，李秀兰一家人说是我自己喜欢膻味，故意做成那个样子。其实不是的。原来是我在临出锅时，忘了往里面放洋葱丝，所以就还有那么一点膻味。"

王岚岚笑道："这么讲究呀？差这么一点就有膻味了？这么说起来这道沙茶鹿肉还不容易做呢！"

吴国忠道："也不特别难做，也不特别讲究，只是有些个细节不能忽略。有的菜，粗枝大叶点没关系，有的菜就要很注意细节，稍有疏忽就走样不道地了。"

吴国忠不紧不慢地和王岚岚闲聊，看她很放松自然的表情，想起那次在郑蓉蓉陈建军家看她教别人烧正宗美国牛排时的盛气凌人的样子,前后比较,恍若两人,心中若有所感。暗暗叹道,那次见到的王岚岚,是个蘸了许多酱油的女子。

这时,坐在桌子另一边的周强连声大笑,一迭声地说:"这故事太有趣了!秦汉唐,你得给大家再说一遍。"众人都停止了与邻座的谈话,朝周强和秦汉唐望过去。

秦汉唐将眼镜往上推了推,把他对周强说的故事给众人又说了一遍。

秦汉唐教课,给学生放中国电影《红高粱》。影片中有一段,"我爷爷"把"我奶奶"抢了,撂在高粱地里,然后导演用象征的手法,让"我爷爷"大步转圈踏倒高粱秆,又摇晃镜头向上仰望天空,暗示"爷爷""奶奶"在野地里成其好事。那些美国大学生,从小看好莱坞电影,看习惯了热吻——脱衣——床上翻滚的程序,看到《红高粱》里这一段,居然看不明白,有的学生就会低声问邻座的同学:"他们做了吗?他们做了吗?"被问的同学也有同样的疑问,耸耸肩,答不上来。

秦汉唐学那提问学生的低低腔调:"Did they do it? Did they do it?"又模仿那无法回答的学生,耸耸肩膀,耸耸眉毛。众人听他的腔调,看他的怪样,都笑起来。

接下来秦汉唐又讲了些其他的小故事，都是由于中美文化不同而造成的尴尬。周强、吴国忠也加入进来，说些课堂上、办公室里的小趣事。陈建军则说些他在华人圈子里卖保险的故事。几个人你一言我一语，或嘲讽别人，或幽自己一默，说到高兴处，笑成一片。

这时赵玉敏注意到，王岚岚的情绪慢慢变了，虽然也跟着大家一起笑，却是笑得勉强。过了一会儿，她站起身来，说是要去厨房拿沙拉。赵玉敏也站起身来，说要给王岚岚帮帮忙，跟她一起到厨房去了。

10. 吴国忠的故事

在秦汉唐、王岚岚处吃完鹿肉宴回家，赵玉敏笑着对周强说："你那个老朋友吴国忠，很会奉承女人的，我看王岚岚被他撩拨了。"

周强吃惊道："他撩拨王岚岚了？不会吧？我怎么没看出来？你是不是太多心，太敏感了？吴国忠是讨女人喜欢，我们念大学时许多女同学就爱找他说话。但我看不出他怎么撩拨王岚岚了。"

赵玉敏说："你记不记得上次在吴国忠家，秦汉唐、吴国忠他们俩议论那幅史湘云醉卧芍药裀的画，吴国忠说史湘云的刁蛮、她的馋样憨样，才是她迷人的地方？你难道看不出来，王岚岚就是个刁蛮女人？吴国忠说女孩子刁蛮才迷人，还不说到她心里去了？"

周强笑道:"吴国忠是顺口说一说,随便发议论,也没什么特别意思,真是谈不上什么撩拨。"

赵玉敏说:"他随随便便说的话,王岚岚听了受用,就是受撩拨了,只怕是比刻意奉迎还撩拨人呢。"

看着周强满脸的不以为然,赵玉敏笑着说:"其实我也是今天晚上听了王岚岚的一番话,才有这种感觉的。"

赵玉敏告诉周强,她跟王岚岚去厨房做沙拉,王岚岚气鼓鼓地说秦汉唐"无趣",一有客人来便讲美国学生看不懂中国电影微妙处的老故事,很没意思。

赵玉敏说,美国学生学习中国文化,确实有许多摸不着头脑的地方。周强有时也回家讲些课堂上的学生懵懂问题。赵玉敏的意思,是想安慰王岚岚。

王岚岚听了,却是越发恼怒,忿忿然对赵玉敏发了一通牢骚。

王岚岚说:"不说电影还好,一说起看电影我就有气。两年前我们去看一部电影,看到一半,我不经意地注意到秦汉唐在看我。我有点奇怪,没吭声,用眼角余光偷偷看他,结果发现他整场电影大部分时间都是在看我。"

赵玉敏笑着说:"这是他看你看不够呀!一边看电影还一边看你呢!"

王岚岚绷着个脸说："根本不是那么回事！电影散场后，我问他为什么要看我。你猜他怎么回答我？你猜不出来！他说，他利用这机会观察一个中国人对这部电影的反应，然后他会把对我的观察写进论文里去。他得意地告诉我，他这样观察我，已经很长时间了，他的好几篇论文，都是这样获得灵感的。我听他这么一说，心里真生气，真委屈。我在美国也住了快十年了，怎么我看电影还是中国人的反应？什么时候，他才把我当作自己人？你说他看我看不够，你说，他是看我这个大活人呢，还是在使用一个做论文的工具？"

赵玉敏听她语调变了，脸色也变了，一双俏丽的丹凤眼竟有怨恨愤怒射出来，晓得她是真委屈，当下不再说话，只静静地听。

王岚岚又委屈地说："跟他这种人在一起，不能耍一点小性子，真恨死人。我从小在家被父亲、哥哥宠着，对他们撒娇耍赖，逼他们顺着我、迁就我，做女孩子真快乐。和秦汉唐结婚后，有时候不知不觉跟他耍小性子，对他爱搭不理的，满心想要他哄一哄我。谁知就是这种时候他的傻劲就来了，他就成了木头疙瘩了，对我客客气气地说，你情绪不稳定了，需要自己安静一下。他就自己走了，该干啥干啥。这种时候，我就想大发脾气，恨不得放声大哭。你说，咱们中国男人，能这么无趣吗？"

赵玉敏听她这么一说，不由得大为吃惊，何曾想到不久前满面春风细说正宗美国牛排、畅谈中美联姻复姓的王岚岚，心中竟隐藏着许多酸涩苦楚。听她越说口气越是刁蛮自恋，实在不知道怎样安慰她才好。

赵玉敏对周强说："像王岚岚这种女孩子，聪敏伶俐又刁蛮耍赖，要人宠她疼她一切顺着她，我觉得只有吴国忠这样会欣赏史湘云的男人才对她的胃口。"

周强说："这些事，很难说。要是他们两个都还没结婚，也许能成一对。只是他们现在都各自成家了，彼此再有好感，也晚了。而且吴国忠告诉过我，他和李秀兰是患难夫妻，李秀兰救过他的命。吴国忠的为人我知道，他是不会有负李秀兰的。"

赵玉敏听周强这样说，很不以为然。她心里相信自己的直觉感受，却又不欲和周强争辩，就叫周强给她讲吴国忠和李秀兰结婚的故事。

周强说："他们的故事还挺长。上次我去市里办事，和吴国忠见面，他给我讲，讲了好长时间。"

周强于是向赵玉敏复述吴国忠讲的故事。

有一年，吴国忠正在准备博士论文考试，计划拿到学位之后回国,突然接到他父母托人带来的一封短信,叫他"无论在任何情况下,切勿回国"。他翻来覆去地看那封信,心中充满疑惑。吴国忠原来计划回国,在北京一家研究所都找好了工作,他父母也很高兴,为什么突然托人捎来这么一封信,不让他回国?吴国忠思来想去,不知道发生了什么事,心中焦虑,夜夜无眠。

一个多月后,就在吴国忠博士论文口试前五天,他接到电报,说他父母因车祸双双身亡。吴国忠悲痛欲绝,想立即飞回国,却又记得他们"无论在任何情况下,切勿回国"的叮嘱,不知如何是好,真真是处在走投无路的窘迫之中。他连续几天精神恍惚,无食无眠,心中充满疑问困惑,又无人可诉可商量,胸口堵堵的像压了许多块大石头。

在预定博士论文口试的头一晚,吴国忠身体已很虚弱,又没有胃口,但觉得自己必须吃点什么明天才可以支撑得住。于是坐地铁到唐人街,去拉菲逸街上的富源餐馆,一家不起眼的台山人小餐馆,想喝一碗鱼片粥。

吴国忠到了富源餐馆,点了鱼片粥。粥还没上来,他便昏倒了。

李秀兰当时正在富源餐馆当女侍。她立即打电话叫救护车,亲自把吴国忠送去医院。

李秀兰后来告诉吴国忠，他以前和美国同学来富源吃饭，李秀兰便注意到他了。李秀兰对吴国忠说："我看你和那些黄毛老番（指美国人）拿着书本用英文说说笑笑，心下好生羡慕。"李秀兰初中毕业后便未再上学，二十岁移民到美国来，从此没再进过学校，却最是喜欢尊敬读书人。

吴国忠被送去急诊室，在医院住了两个星期。等他恢复神志，挣扎着出院的时候，一切倒霉的事都落在了他的头上：他在第八大道所租公寓的房东，说他未按期交租金，已获得法院许可将他驱逐出来，他没有地方住了；他的签证正好到期，他未能及时去延续，他成了没有合法学生身份的"黑户"了；他的住院费、急诊费、药费、救护车费加起来一共两万多元，而他的外国学生医疗保险也正好在他发病那星期到期，他几年积蓄下来的四千多元钱，全部交了出去，还欠医院两万元。

那时吴国忠真的是贫病交集，身无立锥之地。他正准备出院，李秀兰来看他。那两个星期，李秀兰每天来看他。李秀兰问他往哪里去，吴国忠说刚给一位朋友打电话，准备到她那里暂住几天。李秀兰问："她是你什么人？"吴国忠答道："是研究院的同学，玛莉莲，是位女同性恋。"李秀兰听说是位女同性恋者，便涨红了脸说：

"你不要去住她那里,我帮你找个地方住几天好不好?"

那天下午,李秀兰将吴国忠带到唐人街孔子大厦的一套公寓里住下。那是一套两室一厅的公寓,是政府补助的低收入家庭住房。李秀兰的阿姨排队申请等了十多年,终于等到了这套公寓,原打算粉刷装修后,过两个月和老伴搬进去住。李秀兰去和她阿姨商量让吴国忠先住几天,起初她阿姨一口拒绝,说哪有新房子先让病人住的道理!但是后来还是答应了李秀兰,让吴国忠去住。事后吴国忠问李秀兰,她是怎样劝服了她阿姨的,李秀兰说:"我坐在那里,只是哭,她最后就答应了。"

吴国忠住进孔子大厦的第二天便开始发高烧,稀里糊涂地烧了十多天,全是李秀兰在照顾他。如果不是李秀兰每天来照顾他,他肯定活不过来了。那十多天里,只有李秀兰的伯父李明圣来过一两趟,嘴里"丢那妈"地骂个不停。李明圣就是富源餐馆的老板,那时候五十多岁,很阴沉凶狠的一个男人。

吴国忠高烧退了,神志慢慢恢复,却是全身疼痛,痛不可当,只好每隔几小时吃片阿司匹林止痛。李明圣又来了一趟,问吴国忠什么时候可以去他的餐馆打工,临走时骂骂咧咧,又骂了几声"丢那妈"。

原来,吴国忠病得不省人事时,李秀兰去找李明圣，也是坐着只是哭，逼着李明圣把吴国忠的医药费给付了。所以李明圣等着吴国忠病好，到他的餐馆去给他打工还债。

吴国忠打电话给他研究院的同学玛莉莲，讲了他的困境。玛莉莲和吴国忠一起工作过一年，在一个一年级本科美国历史的班上做助教，两人很谈得来，玛莉莲还带吴国忠去布碌伦的俄国犹太人区去玩过。玛莉莲听了吴国忠的不幸遭遇，很难过地说："怎么你们中国人那么老实，像你这种急诊，付不出费用医院拿你们是没办法的。"玛莉莲又说，她已和她的同性恋伴侣谈妥，要帮助吴国忠，和他假结婚，先帮他把身份问题解决了再说。

谁知李明圣得知后，马上来找吴国忠说，绝不允许他和玛莉莲假结婚；如果要假结婚，只准他和李秀兰假结婚。

吴国忠对李明圣说："李秀兰对我义重如山，将来我一定要找机会报答她。您替我付的医药费，我也一定会还您。我现在的燃眉之急是先解决身份，玛莉莲是美国公民，是个女同性恋，愿意帮我的忙和我假结婚，又不要我的钱，帮我先拿到合法身份再说。"

李明圣斩钉截铁地说："你不要跟我来这一套，什么假结婚不要钱。假结婚的行情我知道，最少要一万元，也有高到三万元的。你他妈的宁愿把钱付给老番,也不给中国人,还花言巧语跟我要花腔,趁早收起你那一套。你就和李秀兰假结婚,到我的餐馆来做工,先还那两万元,再给我一万元,你就可以走人。你要是不听我的话,去和那个黄毛老番假结婚,老子就去移民局揭穿你。"说完他摔门走了。

李秀兰坐在那里,低着头,只是哭,越哭越伤心。她也不看吴国忠,一边哭一边低声地说:"我原是想帮你,天晓得,我帮不成你,怕是害了你。天晓得,我是不会害你的。"

吴国忠一言不发,万念俱灰。

李秀兰慢慢止住了哭,忽然以很肯定的口吻说:"你不要对不起你自己,你要读完你的博士学位。"

吴国忠说:"我现在只有半条命,你伯父又逼着我打工还债,我哪里还可能读完博士?"

李秀兰见吴国忠开口说了话,便以更加肯定的口吻说:"你一定要去读完书,拿到博士再说。你去专心拿学位,其他一切事情由我来照料。"

李秀兰去找她伯父,说让吴国忠去念完博士再说,也许吴国忠拿了博士找到工作,还起债来比在餐馆打工快一些。那李明圣听了暴跳如雷,把李秀兰骂得狗血淋头,连带骂尽天下博士。他说:"博士有什么了不起?博士有几个有钱的?我在大西洋赌城从来没见过几个博士!吴国忠那小子不如好好在餐馆打工,学点本事,以后自己开两间餐馆,比拿博士过穷日子不知好多少!"

李秀兰被他骂得无言以对,急得什么似的。恰好这时候她父亲李明德从宾州回到纽约,听她讲了吴国忠的故事,便说:"我李家移民美国,四代没有出过博士。我女儿假结婚,也要和一个真博士假结婚。"李明德去见他哥哥李明圣,李明圣开口就说吴国忠欠他的钱,李明德马上找亲戚朋友凑了两万元钱交给李明圣。从此吴国忠不欠李明圣,变成欠李明德的了。

李明圣看不起吴国忠念博士,李明德却和他女儿一起非要吴国忠拿到博士学位不可,这两个同胞兄弟为什么有这样截然相反的态度,一开始吴国忠觉得不可思议。后来吴国忠慢慢知道了他们家的历史,便猜测也许李明圣隔代继承了他祖父李承训的性格脾气,而李明德则直接遗传了他父亲李启荣的基因。

李明圣、李明德两兄弟性格脾气完全不同。李明圣只认得钱,粗俗不堪,他唯一的乐趣是去大西洋赌城赌钱,几十年来输的钱不计其数,在几家赌场留下了豪赌的名声。这些赌场争着抢他的生意,纷纷提供各种诱饵：免费豪华车接送、免费住总统套房、免费高级晚餐等等。每年从感恩节到中国春节，他就收到这些赌场的邀请电话，他时常还拿拿架子，和他们讨价还价一番。有一次一家赌场居然派了架直升机来接他，使他有机会得意洋洋地在唐人街自吹自擂了很长时间。

李明圣在纽约市住了几十年，从来没有去过任何博物馆、画廊，也从来没有去过唐人街以外的任何地方。他每年辛辛苦苦拼命赚钱，然后在十二月、一月去大西洋赌城赌掉几万元、几十万元。他赚钱时辛苦得像当牛做马，孙子似的，他也把替他打工的人看作牛马，逼他们当孙子。他最得意的时刻，是坐在赌城派来的豪华轿车里，在去大西洋城的途中给亲戚朋友打电话，神气语调就像一个大公司的老板。他自我感觉极为良好的时候，会说："就是美国总统、中国总理，也不过如此了。"

李明德比李明圣小一岁，同父同母的同胞兄弟，却完全是另一副脾气。李明德从来不赌，也从来不得罪人，好脾气，好心眼，与世无争，若有空闲，喜读唐诗，或听听广东音乐。吴国忠初生病时，他在宾州，是去还人情债。当年李秀兰、李秀玉两姐妹在台山，得到当地公社党委书记的照顾。后来那党委书记移民美国，在宾州开了一家餐馆，两三年了生意仍未有起色，便商请李明德去做大厨,李明德二话不说就去给他帮忙。

李明德回到纽约,听他女儿说了吴国忠的情况,便来看他。李明德是个沉默寡言的人,将吴国忠细细打量端详一番,轻声问道:"家里父母好吧?"

吴国忠听到他的问候,心头大震,怎样努力也控制不了自己,竟然失声痛哭起来。那时吴国忠突遭人生剧变,父母双亡,归国不得,自己又大病在身,学业未竟,正处在彷徨焦虑、万般无奈的窘迫之中。但那段时间吴国忠未和任何人说起自己的窘迫,也无人可说。不承想李明德一句轻声问语,一下子使他失去了多日来强撑着自己的那点刚强,竟像个受够委屈的孩子,在一个和蔼的长辈面前尽情流泪。

吴国忠本来是凭借意志力支撑自己,现在内心激荡,感情脆弱,一下子身体便垮了,又接着发高烧,说胡话,全身疼痛,两个月没下过床,全靠李秀兰父女照顾。李氏父女天天给他煲汤喝,清汤浓汤,汤汤水水,那段时间吴国忠不知喝了多少。

等吴国忠身体慢慢恢复健康,重回学校考口试,最终拿了博士学位,他也成了李家的一个成员。

赵玉敏听周强说完,不禁长叹一声:"想不到吴国忠竟有这样的磨劫。你有没有问他,他最后有没有弄清楚他父母叫他不要回国的原因?"

周强答道:"我问他了。他说,他至今还不是完全明白,但他听从父母的临终嘱咐,一直没有回国。吴国忠还说,几年前,他有个表姐来美国访问,和他单独见面时告诉他,他父母去世前两个月,有国家安全部门的人去找过他们。至于到底是怎么回事,现在是谁也不知道了。表姐对他说,你也别再琢磨这事了,就在美国待着吧。"

赵玉敏听了,没再说话,但她心里终是觉得,若有机会,王岚岚和吴国忠会好得起来。

11. 副团级潘贞丽

赵玉敏的直觉果然不错。

第二年春天,秦汉唐去中国内地做访问学者,王岚岚便开始约会吴国忠。

秦汉唐在新泽西州一家私立贵族学校教中国古典文学,一连几年都想去中国内地做访问学者,但王岚岚一直都不答应他去。理由是女儿还小,她自己在图书馆做事,一家人都去她还得把工作辞了;如果是秦汉唐一个人去,她自己带女儿忙不过来。秦汉唐原说一家人都去,女儿还可以在那里上一年学,王岚岚把工作辞了以后回来再找。后来见王岚岚很不情愿,便让步说他自己一个人去,家里请一个保姆帮助做家务。这件事夫妻俩商量了好长时间,都定不下来。那年鹿肉宴之后,王岚岚态度变了,不再找理由阻拦秦汉唐。秦汉唐试着又提出去中国的想法,王岚岚说:"这件事你说了好几年了,你要是实在要去,你就去吧。"秦汉唐听了,又惊又喜,收拾行李就走了。

秦汉唐走后,王岚岚不时给吴国忠打电话,说些不要紧的话,每次都要赞他老丈人的厨艺。到后来越说越近乎,便说她有时想吃鸭脖子,鸡爪子,"就像得了相思病。"吴国忠听了,深感兴奋、刺激,嘴上却是不咸不淡地答道:"这些东西到处都买得着,你馋了去买来吃就行了。"王岚岚说:"我馋极了去买回来,别人却要我藏着掖着地吃,别提多没劲了。"吴国忠当然听得出她嗲声娇语的弦外之音,除了对她有些同情,亦觉兴奋刺激,还另有一份得意。

有时候,吴国忠提着在唐人街买的卤鹅头、鸭掌、鸡翅膀之类的东西去见王岚岚,看她仔仔细细地啃鹅头、鸭掌,又舔嘴唇,又舔指头的,平和愉快地享受生命的自然乐趣,心下极是满足。

有时候,两人也约了在城里见面。

这天,王岚岚和吴国忠在法拉盛一家中国菜馆吃完饭出来,只见晴空万里,阳光灿烂,两人心情愉快,边走边聊。

王岚岚说："这家的肠旺和臭豆腐真是做得好，那股子味道真道地。"

吴国忠道："我看你也喜欢九层塔小辣椒炒鸭舌。"

王岚岚说："当然喜欢了。这种菜家常，但自己在家里厨房不愿意做，油烟太厉害。结果想吃家常菜却得下馆子。"

吴国忠接着说："说得不错。若是想吃家常菜，又不要厨房见油烟，可以做卤菜。李秀兰的妹妹李秀玉，你上次见过的，最会做家常卤菜。她什么都会卤：猪头、猪脚、猪耳朵、猪舌头、猪心、猪肚、猪肝、猪大肠、牛舌、牛百叶、牛肠、牛犍、牛筋，还有鸡翅膀、鸡爪、鸭翅膀、鸭掌，她也会卤。就是平常的卤鸡蛋，她也做得特别好吃。"

王岚岚说："你怎么这么好福气呀？老丈人会烧菜，老婆会煲汤，小姨子又特别会做卤菜，我看你都吃不过来了。"

两人心中欢愉，就这样有一搭没一搭说些闲话，沿街走着。

突然有人一把拉住王岚岚的胳膊，尖着嗓子喊道："哎呀，老乡！咱们又碰上了！"

王岚岚吃了一惊，心下慌张，转眼定睛一看，只见一个四十多岁的中国女人，矮个子，圆脸上一双小眼笑眯了缝，两只耳朵上坠着两个大黄耳环，两手各戴着两个金戒指，还紧紧抓住她的胳膊不放。

王岚岚也反手抓住那女人的胳膊，说："潘大姐！怎么这么巧！今天在这儿碰上你了。"她没摘下墨镜，两眼迅速扫描，只见那女人身后站着一个六英尺多的白人男子，肚子挺挺地凸出来，看上去怕是有三百多磅重；那矮小女人站在旁边，仿佛只有他一半大。王岚岚判定那白人男子是这矮小女人的行伴之后，逐渐镇定下来。

只听那矮小女人说："老乡啊老乡！怎么也没想到在这碰上你啦！真是巧啊！今天见到你真是太高兴了！来，我给你介绍介绍，"她放开王岚岚的胳膊，转身抓住那白人男子的胳膊，亲亲热热地说："这是我男朋友，彼得。"她抬起头来，望着那男子，娇滴滴叫了声"Peee——"然后用不连贯的英文说，这是我的女朋友，Mrs. King。那男子伸过手来，和王岚岚握了握手，顺便递给她一张名片。王岚岚扫了一眼，见上面写的是"移民律师彼得·劳伦斯"，律师楼的地址在唐人街附近。王岚岚对他点点头，说声"哈啰"，他也点点头，说声"哈啰"，不是很想多说话的样子。

王岚岚察言观色，觉得他二人大概是正在赶路，也就没给他们介绍吴国忠，嘴上却是亲亲热热地说："潘大姐，好高兴见到你，看你的气色越来越滋润了，一切都还好吧？"那潘大姐说："都挺好，都挺好，彼得正在帮忙，我女儿的签证就快拿到了。"王岚岚说："那多好呀！女儿来了你就没心事了。瞧你们像是有事，不耽搁你们了，下次见面再好好聊聊。"那潘大姐也不客气，说："是，我们正忙着去办点事，改天见面再聊。"说完，上下打量打量吴国忠，点点头，就挽着彼得胳膊匆匆忙忙走了。

王岚岚舒了一口气，对一直站在旁边一声不吭的吴国忠说："咱们找家咖啡店坐坐？"

两人到咖啡店坐下，王岚岚说："那女人叫潘贞丽，是我在钱宇、廖爱莲家认识的。"吴国忠笑笑，仍是一声不吭，示意王岚岚说下去。

王岚岚于是便说出她认识潘贞丽的故事来。

那次钱宇、廖爱莲夫妇请客，庆祝钱宇拿到终身教授职，给王岚岚、秦汉唐打了几次电话。他们本来另外有事，本想不去，后来经不起钱宇软磨硬缠，只好推掉原来的约会，去他家赴宴。

到他们家才知，那钱宇很在乎他这次请客，凡应邀赴宴的，他一谢再谢，说是赏光；有事不能来的，他就不客气地骂人家有臭架子，请不动，不给他面子。周强、赵玉敏夫妇没去，被钱宇在几个熟朋友面前认真数落了一番，说："他周强有什么了不起，不就比我早几年拿到终身职吗？这么不给面子。"

那时钱宇、廖爱莲夫妇刚搬进他们在新泽西州一个小镇的一幢新房子。客人来了，他们便带着看楼上的房间，地下室的乒乓球桌和有树有花的后花园。有客人懂得他们的心思，奉承他们的房子漂亮舒适，现在又拿了终身教授职，实现了"美国梦"，他夫妇俩听了，嘴上谦虚着，却是笑得合不拢嘴。

到了上桌吃饭的时候，客人们才明白过来，钱氏夫妇这次请客真的是郑重其事：他们专门请了一个女佣来做菜。主客坐定之后，先上汤，汤刚喝完，便上热菜。一道热菜刚吃完，另一道刚出锅的热气腾腾的热菜又端到桌上。一道一道地上，大家吃得不亦乐乎，纷纷称赞这种吃法最是吃得恰到好处，刚出锅便进嘴，道地的中国菜道地的中国吃法。客人们边吃边奉承钱氏夫妇，都说他们最会请客，对客人最尽心。

那钱宇听众人称赞，心下得意，喝了几杯酒后，话就多起来。他告诉大家，他们刚搬来此地，被一位香港邻居请去赴宴，见识了这样的家宴，女佣在厨房里烧菜，一出锅便由女主人端上桌，大家吃得高兴。今天他们请客，便和那香港邻居商量，借他们的女佣半天。那香港邻居正好和太太一起回广东几天料理生意，爽快地答应了他们借用女佣。

王岚岚听了好奇，便借口说帮廖爱莲的忙，到厨房去看那女佣。这时大家已吃过几道肉菜，那女佣正在准备一道比较清淡的西芹百合。新鲜的百合本来女佣下午已剥好，但廖爱莲见客人们吃得高兴，每道菜都吃了个盘底朝天，就吩咐女佣再多剥几个百合，加大这道菜的分量。

廖爱莲说："这种百合是青海高原上零污染的野生植物，当地人采集了，用日本进口的真空技术把它包装好，出口到美国来，最有营养，是蔬菜中的人参，吃起来脆脆的，爽口得很。"

王岚岚听了，有心要学做这道菜的手艺，便说要帮女佣剥百合，让她腾出手来切西芹。那女佣原来对王岚岚不理不睬，只顾自己干活。廖爱莲稍微客套几句，也就让王岚岚留在厨房帮着剥百合，她自己回饭厅去招呼其他客人，那女佣才和王岚岚搭讪起来。

一开始她话不多，王岚岚问一句她答一句。等她知道王岚岚丈夫秦汉唐在大学教书之后，话就突然多起来了。她说自己叫潘贞丽,王岚岚就叫她潘大姐,她问王岚岚是什么地方人,王岚岚说是山东某地,潘贞丽便马上跟她认老乡,说她祖辈原也是山东人,闯关东到东北不过三代而已。"老乡见老乡,两眼泪汪汪。"潘贞丽亲亲热热地对王岚岚说。

潘贞丽开腔说起自己的故事,王岚岚便根本插不上话,只能静静地听。潘贞丽说:"你别看我现在给别人带孩子、做厨子,在国内我可是个副团级!我丈夫是个市级干部!我随一个旅游团来美国访问,我鬼迷心窍,慌里慌张地跑了,找了个朋友帮忙办身份。后来是那位香港商人田达运的太太要生双胞胎,急着找保姆,我的朋友把我介绍给了田先生,他答应给我办身份。一开始也没什么事,就他们两口子,家务活也多不到哪儿去,我吃住在他们家,田先生每月付我八百元,我都存起来了。后来他们的双胞胎生下来,就累死我了。每天晚上孩子哭闹,我爬起来哄他们,左手抱一个,右手抱一个,第二天两个膀子酸痛的呀,就别提了。他们一下子生两个儿子,高兴得不得了,亲戚朋友纷纷来道贺,他们又好面子,留人家吃饭。本来都是田太太自己做菜的,后来因为她又要给孩子喂奶,又要在厨房做菜,忙不过来,她才手把手地教我做了几道菜,帮她的忙,不然我怎么会做这些广东菜啊？从此就好了，我的事就多了，本来说好的，我只管替他们带孩子，洗洗衣服，到后来做饭也成了我的事了。他们每次请客，都把我累得不行。我找田先生说了几次，他才把我的工资涨到一月一千二。我心里可有气呢。在他们家这段日子，听他们谈话，我也听出来了，田先生在广东东莞开了一家玩具厂，生产的玩具全部运到美国来卖，一年赚几百万美金。可我请他们给我涨点工资，他就那么不情愿，像割他的肉似的。后来我越想越不甘心，就提出让他帮我女儿办签证到美国来，不然我就不给他们干了。你想，谁愿意伺候双胞胎呀！他们要找我这样的人还找不到呢！田先生支支吾吾最后总算答应了，我也就这么先干着吧。只要我女儿来了美国，我虽然过了几年糊涂日子，也就不算白遭罪。"

潘贞丽叹了一口气，又对王岚岚说："钱教授也答应帮我的忙了，要替我女儿寄入学申请表。你先生也在大学工作，老乡啊，请你也帮帮我的忙，行吗？"

王岚岚自然爽快答应了，顺便问起炒西芹百合的程序。潘贞丽便笑着说："嗨，老乡啊，要说做菜，我可是半吊子都谈不上。我刚才说了，我这点做广东菜的手艺，全是田太太教我的，我哪会做什么菜呀。咱们是老乡，我不妨跟你直说，今天钱教授夫妇请我来，也就是让客人吃个派头，哪里是吃我的手艺。钱教授听说是升官了，请客就要有个派头，就这么回事。你也别跟我学做菜，咱们要是有缘分，以后在东北见，我准会好好请你的客。我那口子是市级干部，我让他请你吃满汉全席！"

吴国忠听到这里，哈哈笑了起来，说："真有意思，这话我不知听多少人说过了，在唐人街给人看门的，在衣厂给人打工的，在餐馆里跑堂的，说起来在出国之前全是有头有脸的，家里人当官有市级的、有省级的，虽然眼下在美国混得不怎么样，要是回中国，请朋友吃满汉全席、宫廷大菜一点问题也没有。我都不知被多少人许诺过多少次了！"

王岚岚也笑了，说："她天天给人带孩子、做饭，说是替女儿来美国铺路，这样打工过日子也算是有了个目的，有个盼头。现在她交了个老外律师男朋友，替女儿办来美国的手续就容易多了。只是不知道她对国内的丈夫怎么交代。"

两人都静下来，好一会儿不说话。过了一阵，吴国忠说："最后他们无非是离婚，这种例子多了。"

王岚岚幽幽叹了一口气，说："我不想说别人的事了。只是咱们俩这样出来相见,像今天碰到潘大姐这种事,以后肯定还会有,还会再碰到熟人。我不知道你是怎么想的。秦汉唐从中国回来要是问起来,我也许会告诉他。他以前吵着要去中国做研究,我开玩笑说两人分开那么久,我保不准要寻个伴乐乐,他说他不在乎,只是别瞒他就行了。"

吴国忠看着她,一句话也没说。

12. 真话说不得

过了十来天，王岚岚、吴国忠又见面，闲聊了一会儿之后，吴国忠说："近两天我常想起小时候的朋友章明，不知道他现在是否还活着，在什么地方。"

王岚岚爱听吴国忠说故事，见吴国忠提起话头要说故事了，便笑盈盈地看着他，等他说出故事来。

吴国忠说："我小时候不懂事，被别人骗着说真话，害了好朋友，现在想起来后悔也晚了。"于是吴国忠就细说他幼年时心理受过的创伤。

"文革"开始的时候，吴国忠刚念完小学三年级准备上四年级，学校关门大吉，他们一群小孩子先是高兴得不得了，下河戏水，上树掏鸟窝，一天到晚玩疯了。玩了半年，吴国忠逐渐觉得无聊，开始想念上学的日子。

不久他父母双双去了干校，把他托付给做工人的舅舅、舅妈。没有太多的管束，吴国忠自去找小朋友玩。很快，他和同班同学章明成了好朋友。章明的父亲原来是县委的副书记，被造反派揪斗几场之后，死在被关押的楼房里，造反派说他是自杀，真相谁也不知。章明的妈妈原来是图书馆馆长，造反派说她喊反动口号，也被捉去关了起来。章明带着三岁的小妹妹，被从家里赶了出来，住在图书馆旁边的一个小仓库里。

吴国忠去看章明，见他哄哭哭啼啼的小妹妹，煮粥给她喝，两兄妹孤苦伶仃，心里很难受，便常常去陪章明。如果有其他的男孩女孩想欺负章明，吴国忠便拿根木棍站在他身旁，一副摆明要打死架帮忙的架势，那些小孩喊几句脏话也就走了，不敢真动手。

章明感动了，便拿出他半夜破窗而入从图书馆偷出的书和吴国忠分享。吴国忠高兴极了，就和章明一起做起了偷书读的勾当。"文革"前两人都已经囫囵吞枣看过《西游记》，这时便从图书馆偷出中国现代小说、欧洲的翻译小说来读，读完几本，半夜偷偷送回书库，又偷些没看过的书出来，读完再换，如此循环，约莫有一年多。

冬夜，给小妹妹捂严实了，让她在床的一边睡了，两个小伙伴在床的另一边拥被而坐，在昏黄的灯光下相对读书。读到半夜，忽然觉得肚饿，两人便爬下床来，摸黑悄悄走到旁边的一个菜园，拔几棵青菜，回来煮菜粥喝。

吴国忠对王岚岚形容那菜粥："那青菜叶子真新鲜，折断处直往外渗汁。白米粥熬得差不多了，开始出浆了，就把菜叶子撕成片片放进去，再慢慢煮一会儿，就好了。别的什么也没有，就搁点盐，味道好得不得了。我们两个，能喝一大锅那样的菜粥。喝完了，两人你看我，我看你，都笑起来，惊讶自己的饭量那么大。然后一觉睡到天亮，睡得再香也没有了。长大以后，我再也没有喝过那么清香可口的菜粥。"

"文革"闹了两年，又"复课闹革命"，学生回到学校，整天读毛主席语录，又有工人宣传队组织一次一次的各种政治活动，并没有正经读书。有一次，工宣队组织全校师生"向党交心"，把自己做过的所有错事、坏事全部交代出来，尤其强调要交代那些别人不知道的。吴国忠写了两次交代，说了些和别人打架、下河摸鱼的所谓坏事，工宣队却是通不过，说他还不够老实。工宣队拿出其他孩子写的坦白交代，有的写替父亲埋藏反动日记，有的交代偷过学校的财物，要吴国忠认真反省，彻底交代，绝对不要有任何隐瞒，一定要对工宣队、对党讲真话。

当时吴国忠只是一个十来岁的孩子,哪里做过什么了不起的坏事、错事?可怜他乳臭未干的一个小男孩,就要搜索枯肠,要寻出自己的历史问题来交代。到后来,吴国忠想起自己和章明偷书的事,本来不想说出来,忍了好几天,后来经不起工宣队的一再诱导,一时冲动,终于交代了。

工宣队看了吴国忠的交代,先肯定他终于讲真话承认做过的错事,跟着就去找章明,问他为什么不也讲真话交代偷书的事。章明因为父亲是走资派不明不白死了,母亲还被关押着,很害怕,嘴硬不承认。工宣队就去他和小妹妹住的小仓库房里翻找,查出一套高尔基的自传三部曲和一本《流浪儿》。得了证据,就开全校大会批判章明,说他是混账父母生的混账儿子,胆敢偷书,又隐瞒不交代不讲真话,反动透顶。不久,学校将章明开除,遣送回他父母的原籍,几千里之外的东北某地某乡村。

吴国忠说:"那年,章明才十二岁,小妹妹五岁。章明是我见过最聪明的朋友,读书过目不忘。小妹妹那么小,却懂事了,极可爱可怜的。我现在都还记得她小时候双手紧紧抱着我脖子的情形。"吴国忠说着,眼眶红了起来。王岚岚默然听着，心下觉得和吴国忠又多了一份亲近。

吴国忠长长叹了一口气，说道："我说了一句真话，害惨了章明两兄妹。这么多年没有他们的音信，也不知道他们现在怎么样了。"

王岚岚也跟着叹了一口气，说："忠哥，你的这个故事，我听了心酸酸的。你给我说个别的故事好吗？"

吴国忠答道："好，我再给你说个故事。你听了这个故事，只怕是也会心酸。"于是吴国忠慢慢对王岚岚说起他小姨子李秀玉的故事。

李秀玉来美国之前，在中国上大学，正是八十年代末思想开放的时候。李秀玉长得如花似玉，又是准备出国的华侨，追求她的人不计其数。她受了时代风潮的影响，却喜欢上一个思想激进、鼓吹个性解放的艺术家倪本良。倪本良已是有妇之夫，李秀玉也不在乎，两人一来二去，李秀玉便怀了孕。李秀玉要倪本良离婚，倪本良却不肯。李秀玉去做了人工流产手术，失望之余，和倪本良断了关系，跟一位趁机关心她的中年教授好起来。两人来往几个月，李秀玉又怀孕，又去做了一次人流。那个中年教授，也是有妇之夫，但他对李秀玉说他们夫妻感情不好，基本没有性生活，李秀玉给了他第二次青春，他感激不尽。李秀玉催他离婚，他却有无数的理由，迟迟不离婚。李秀玉又一次失望，等她的移民排期一到，立即来了美国。

李秀玉来美国不久，在一次舞会上认识了当时正在哥伦比亚大学读工程力学的何立雄，又爱得如痴如醉。她把何立雄带到家里来吃过几次饭，吴国忠夫妇和老丈人见何立雄聪明英俊，也挺喜欢他的。

李秀玉爱何立雄爱得发痴，决定以身相许。当她得知她是何立雄第一个亲近的女人时，感动得心中欲狂，于是就决定讲真话，把自己的过去全部告诉了何立雄。

何立雄本是个从小到大出了家门进校门的单纯男孩，听了李秀玉的故事起初根本不信。后来信了，说了些感激的话，最后却对李秀玉说，感谢她的真诚，但觉得大家不是一类的人，分手吧。

这时李秀玉悔恨交加，哭闹起来，跑上门去威胁说要杀何立雄，吓得何立雄换了地址、电话，到朋友处藏起来。他打电话找吴国忠，请他帮忙安抚李秀玉，不然最后弄到要找警察，大家都没意思。

吴国忠无奈，只得和李秀玉谈。李秀玉哭得十分伤心，吴国忠看了都难过：有几次她眼里真哭出血来。李秀玉不明白，她这样全心全意，彻底坦白，为什么何立雄就不能接受她？看她哭得一哽一咽，悲痛欲绝的样子，吴国忠心中不忍，便约何立雄见面一谈，如果能挽回的话，也想替李秀玉说几句话。

这时何立雄已经平静了，对吴国忠说，如果李秀玉有理性，便应该在把真话告诉他之后，让他思考，让他选择。可是李秀玉在说完自己的往事后，竟然将自己神圣化，摆出一副架势，说她既然爱何立雄爱到这种生死相许的程度，何立雄就应该和她结婚。

吴国忠说："她是真心爱你。"

何立雄看看吴国忠，说："说是爱别人，其实她是爱她自己。她把一切都说出来了，这样她就没有了负疚感。我问过她的，如果没有结婚的打算，她为什么要和那些男人上床。她从来没有正面回答过我，只是说，以后我就明白了。我为什么要心里带着个疑问，和她继续保持关系呢？我心里有这个疑问，我就不舒服，我就不愿意被她逼着和她结婚。反过来想，她也是因为不愿意心里有负担，才把往事说出来，让我来承担。但我不愿承担，她就不该强迫我。"

吴国忠听他说完，知道事情已经没有挽救的可能，向何立雄道了珍重，回家和李秀兰一起照料因情累而生病的李秀玉。过了好多日子，李秀玉才慢慢恢复过来，但至今仍心有余悸，不相信男人，不和男人来往。"看她长得那么妩媚动人，有时坐着痴痴地发呆，看得人心痛。"吴国忠说。

王岚岚听吴国忠慢条斯理地讲完李秀玉的故事，抿嘴朝他笑了一笑，说："忠哥，你连讲两个故事，你的意思我明白了，人要自我保护和保护自己所爱的人，有时候真话是说不得的。"

吴国忠也笑了笑，点了点头。

吴国忠接着说："今后拜托你给留心看看，要有合适的男人，中国人也好，不是中国人也好，当然最好是中国人，给李秀玉介绍个对象。说实在的，李秀玉是个好人，经历了这么多风雨，要是有个成熟的男人和她结伴，她诚心爱起来，一定会是个好妻子。"

王岚岚说："成熟的男人，我也不知道怎么去找。成熟不成熟，总要打交道之后才知道。你让李秀玉多去社交场合，看到自己合意的人了，就和他多交往，这样最合适。我也不认识多少人，说老实话我也不敢给她介绍对象。"

吴国忠听了，喟然叹道："可惜呀，像李秀玉这种敢讲真话的痴心女子，摔过几次跟头，要是有男人晓得她的好处，她一定会百倍珍惜，万般对他好。只是她现在还走不出从前的阴影,以后也不知哪个男子有福气娶她。"

王岚岚笑着说:"有其姐必有其妹,你这么有福气娶了姐姐,受了她万般的好,自然可以推想妹妹痴心的好处了。"

吴国忠听她话音仿佛有股妒意,看她脸上却是笑得自然,于是笑笑没接她的话。

王岚岚还是笑着说:"今天我倒想问问你,李秀兰对你万般的好,好在什么地方?"

吴国忠笑笑,还是不吭声。

王岚岚开始耍赖威胁吴国忠:"你说不说?你说不说?你要不说,我就去对李秀兰说真话,把咱们的事告诉她。"

吴国忠脱口而出:"你去说吧,她不会信的。"

王岚岚说:"真的?你那么有把握?那我真的去跟她说啦!"

吴国忠说:"不要说你去跟她说她不信,就是我亲自把自己刚来美国时干的荒唐事告诉她,她都不信。"吴国忠说完,不禁后悔自己多嘴失言,心想这恰是李秀兰那万般的好,自己实在是对不起她。

王岚岚听了马上说道:"哟,你刚来美国时做过些什么荒唐事，说给我听听。"

吴国忠赔笑道："我刚才瞎说的，我哪做过些什么荒唐事呀。"

王岚岚不依不饶地说："你别想糊弄我，对别人你可以不说真话，对我你可要说真话。什么了不起的事，对我不能说？你说，你那点荒唐事到底是怎么个荒唐法，你连我都不愿意告诉？说，说，你说！说给我听听嘛！"

那王岚岚使出浑身解数，又是耍赖，又是放刁，又是撒娇，又是使泼，逼得吴国忠没有办法，最后无奈，身不由己、口不由心，吞吞吐吐、遮遮掩掩地把他初来美国时的一段风流事极为简略地说给王岚岚听。

吴国忠来美国第二个暑假，在纽约唐人街的一家中国餐馆找了个洗碟子的工作，一天正在洗碗，忽然他研究院的朋友彼得来找他，极力劝他辞了洗碟子的工作跟他到一个山间度假旅馆去做服务员，工作又轻松，薪水又多得多。

原来彼得和他另一个朋友本杰明和度假旅馆签了合同，突然本杰明遇车祸大腿被撞断，不能履约去工作，彼得便急着来找吴国忠帮忙。

吴国忠问彼得，去度假旅馆做服务员，都做些什么工作。彼得说："轻松得很，客人来了登记一下，帮他们把行李提到他们的小木屋去。如果客人要到湖里划小船游玩，你帮他们解缆，推船下湖。他们划船回来，你帮他们上岸，把小船系好。偶尔会有年纪大的客人叫你帮忙划船，你给他们划一两个小时，他们还会给你点小费。总之，事情不多，工作绝对轻松，有大把时间念书。"

吴国忠听说有大把时间念书，还可以赚更多的钱，当即辞了工，跟彼得走了。

那山间度假旅馆位于纽约州北部的深山里，依山面湖，山色青翠，湖平如镜。旅馆办公室所在地是一栋两层楼的现代建筑，一楼是接待台、办公室、餐厅，二楼是配有冷气设备的客房。湖边林木掩映处，错落建了几十间小木屋，小的只有一个房间，大的有三个房间，大多数客人都选择住湖边木屋。客人们多来自市声喧嚣的纽约市、波士顿或其他大都市，开车几个小时寻到这山间旅馆来，只为享受清净的环境和清新的空气。晚上很凉快，小木屋睡觉很舒服，只有那特别娇惯的客人，才住到有冷气设备的现代客房去。

吴国忠跟彼得学了半天，那些指定叫他干的活，全学会了。旅馆经理让他住在一间小木屋，里边放了一张大床。吴国忠晚上听着虫鸟声入睡，白天有空到湖边石头上坐着看书，很是满意。

这么高高兴兴地过了十几天，忽一日，来了两个三十多岁的白人女客，中等个头，却极壮硕，一个是栗色头发，剪得短短的，一个金黄头发，半长不短刚好过肩。两个人都声音清脆，手脚麻利，精力充沛。

第二天午饭后，那栗色短发女子说她要去湖中划船，要吴国忠陪她去。吴国忠将她扶上小船，解缆推船下湖。那女子自称玛莉，戴着副墨镜，不多说话，只看吴国忠划船。过了一会儿，玛莉说湖对面有片地上有蓝草莓，她要去采，命吴国忠将船划过去。

吴国忠划了二十多分钟，到达湖的另一边，先上岸将船找个树桩拴稳了，再扶玛莉上岸。

上得岸来，只见周围都是高大的古树，玛莉说，穿过这片树林，就找到有蓝草莓那块地了。吴国忠跟着玛莉往前走，脚下是厚厚的旧年积叶和枯树枝，森森一股野味。

出了树林，果然见到一片蓝草莓地，阳光透过树林疏疏地照下来，在这片矮灌木植物上轻轻摇晃。

玛莉摘了几颗蓝草莓，放到嘴里，直嚷新鲜。她对吴国忠说："人们说我胖，叫我吃蓝草莓减肥。你说我胖吗？"说着，她慢慢解开短袖衬衫的扣子，将衬衫脱掉，又将乳罩脱掉，露出结实丰满的一对大乳房，她拉了吴国忠的手，放在她的肚皮上，眼里闪着诱惑，又说了一遍："你说我胖吗？"此时吴国忠心跳如鼓，气喘吁吁，就如野马脱缰，和玛莉玩了一回。

那玛莉得手，自是喜欢，晓得吴国忠是个处男，又是吃惊又是遗憾，嫌他不够细腻，自己尚未尽兴。待得两人平静了，她说："我们摘蓝草莓吧。"于是两人蹲下，并排慢慢摘蓝草莓。约莫过了一个小时，玛莉又开始挑逗吴国忠，将那男女之事，细细说给他听。看看吴国忠又面红耳赤，呼吸急促起来，就引他摸摸弄弄黏黏叽叽慢慢缠绵了一会儿，又是暗示又是明说让吴国忠领会了她最受用的种种。末了玛莉骑在吴国忠身上，根据自己的需要，横冲直撞了一阵，尽兴之时，却是山摇地动几声狂啸，震得吴国忠耳膜欲裂，那一长串余音掠过树梢，伴随着吴国忠的两三声低沉闷吼，消失在这渺无人烟的茫茫荒山野林之中。

第二天清晨，天微微亮的时候，吴国忠还在梦中，听见有人敲门。爬起来去开门，只见那金黄头发的白人女子推门进来，拉了吴国忠就往床上倒，也是山摇地动地呼啸了一阵，尽兴而去。

待吴国忠洗漱完毕去上班时，发现那两个女子已经退了房间，走了。彼得见了吴国忠，朝他笑笑，说："累吧？那两个臭婊子，真他妈的能折腾人！"

吴国忠问："那金黄头发的叫什么名字？我连她的名字都还不知道。"

彼得说："南茜。其实不是她的真名。玛莉、南茜，都是假名，她们到这儿来找乐子，哪会用真名。"

彼得打着哈欠，很平静自然地给吴国忠解释，这两个女人很可能是嫁给有钱老头子的三十来岁的女子，正是虎狼之年，找了机会，到这种深山旅馆来，找年轻力壮的男子玩几次，回去再按部就班地和她们的老头子过日子。彼得说，南茜上半夜就在他的木屋里折腾了半宿，临走告诉彼得，她听玛莉说吴国忠没有狐臭，胸膛无毛，皮肤光滑，另有一番味道，她走之前一定要和吴国忠试一次。"所以我知道，你也挺辛苦。"彼得很够朋友似的说。

吴国忠听了，吃惊得说不出话来。过了好一会儿，他才问彼得："这么说，她们之间什么细节都说啦？"

彼得道："这些臭娘们儿，什么不说？你我身体的一切特征，都是她们细细讨论的题目。"彼得看吴国忠目瞪口呆的样子，不禁笑起来，"你这次文化震撼，撼得够厉害的了吧？要叫我说呢，这是你融入美国社会的必修课之一呀。"

吴国忠脱口而出："我们给她们用了!"

彼得说："嗨，谁用谁呀！她叫我日她，我就日她！第二天一拍两散，从此不见面，谁也不烦谁。你也不要想太多，暑假打工赚钱，咱们再回去念研究院。说实话，我们要不是年轻力壮，还找不到这份工作呢。"说完，彼得自去干活。

那天吴国忠却是表情怔忡，神思恍惚。一方面，他认识到自己人性中野性的一面会给自己带来至乐狂喜，另一方面，从小到大在家庭在学校在社会所受到的教育又使他有一种极其强烈的羞辱感，他一整天都在一幕幕回忆和玛莉、南茜恣情欢乐的情景，同时又常常想到"面首""泄欲工具"这些词，当真如彼得所说，在文化震撼中翻来滚去，备受熬煎。

自那之后，吴国忠再也不去山间旅馆打工。

吴国忠和李秀兰结婚时，李秀兰曾经半开玩笑地问他来美国之后是否和白人、黑人女子上过床，吴国忠马上就说没有。他笑着对李秀兰说："我是穷学生，没钱呀，哪里玩得起女人！白人、黑人、中国人，什么样的女人都玩不起！"

吴国忠瞒了李秀兰，心里到底有个疙瘩，后来两人一起过日子，一起养孩子，感情日深，结婚七八年后，吴国忠把真话告诉李秀兰，李秀兰却不信，笑着说："你不要和我开玩笑。你编个谎话来哄我，都编不像。"

吴国忠在王岚岚诱逼之下，将这些往事删繁就简、略去细节给她大致讲了一遍，说："秀兰是个痴情的人……"

吴国忠说到李秀兰时，王岚岚几次欲言又止，话到嘴边又吞回去，这时却不再忍耐，突然冒出一句："难道我就不是痴情的人吗！"说着便哽哽咽咽哭起来，越哭越大声。

吴国忠看她声调刁蛮，哭得却是真诚，心下歉然。推想她的心事，仿佛明白一些，又觉得不是很懂，不愿也不敢再说什么。不禁有些烦躁懊悔，心里叹道："有些真话真是说不得。"

从那以后，两人倒是配合默契、来往小心，且不赘述。

13."波波族"周末

那天周强和赵玉敏没有去钱宇、廖爱莲家赴宴,实是因为他们早两个月就接受了同事吉米的邀请,到他的山中别墅去度周末,临时不好更改。

周强、赵玉敏把女儿送到她的好朋友玛莎家,让她自己和朋友一起过周末,又说好了按时给她打电话,便开车北上,三个小时之后,按吉米给的指路图找到了他在佛蒙特深山里的房子。

吉米和太太琳达笑容满面地走出来迎接他们。赵玉敏一迭声称赞他们屋前盛开的鲜花,周强连连深呼吸,叹道山里空气就是清新。

吉米、琳达的房子建在半山坡上,两层,楼下有客厅、主卧室、厨房,还在东边加了一间三面以纱窗围住的小客厅，摆了几张沙发椅子、一个茶几。楼上有三间卧室和一套浴室。

吉米带他二人看完了楼上楼下，便请他们到纱窗围住的小客厅坐下，端来啤酒、杏仁、花生米，边吃边喝边聊天。

周、赵夫妇和吉米、琳达来往几年了。周强和吉米原是研究院的同学，现在又是同一间大学社会学系的同事，相处得不错。琳达是律师，最喜中国菜，每次到周、赵家里吃饭，都大肆称赞赵玉敏的手艺，说了好多次，要请他们到山里来一趟，这次总算来成了。

周强喝了半瓶啤酒，评论道："你们这里只有虫声鸟鸣，清幽无比，真是个好地方，你们是怎么找到这块地的？"

琳达笑着答道："现在的世界，大凡清幽的好去处，都给旅游公司弄成了旅游景点，人来人往，喧嚣不堪，要找一块不受人干扰的清静土地，还真是不容易。我们当年在麻省和佛蒙特交界处看了不知多少地方，最后好不容易才找到这块地。再往深山里去，就只好搭棚子住。这里还可以接上电，离高速公路也不算太远，又幽静，又方便，算是我们的运气。"

周强、赵玉敏听了，对望一眼，想起路上两人猜测,吉米、琳达大概属于"波波"一族,就是那类既要过充满原始浪漫气味的Bohemia(波希米亚)生活、又不愿意放弃Bourgeoisie(布尔乔亚)的种种方便的现代专业人士,果然猜得不错。

琳达又笑道:"敏,你给我们做了那么多次可口的中国菜,今天和明天,我也要让你尝尝我的厨艺。"到了吃晚饭的时候,琳达先端出一盘开胃菜,下面是自己菜园子种出来的西红柿,香甜多汁,上面盖了一层白色奶酪,吃起来软软的。"这是意大利进口的水牛奶酪。"琳达解释说。

然后是一小碗九层塔辣椒酱拌意大利面条,九层塔也是自家菜园里生长的,果然鲜美。

吃完这两道小菜,四人来到院子里,一人手里一杯酒,围着一个烤箱看琳达做熏鸭子。琳达先把烤箱里的木炭点着了,然后放上几块香木,待香木燃着之后,再把鸭胸肉、鸭腿放在烤架上,最后用个高顶的铁盖子盖起来。不多时只见香木浓烟从烤箱中滚滚冒出,"三十分钟之后就好了。"琳达很笃定地说,看来这道熏鸭是做过很多次了。

周强注意到,烤箱旁边的大树上装着一个带着厚玻璃罩子的灯,连接电源的电线比一般的电线粗很多,简直就像电缆，便好奇地问吉米和琳达，为什么用这种电线。琳达说："那电线真丑死了！"说完走到烤箱边掀开盖子把鸭肉一块一块地翻过来。

吉米接着她的话头说："这是没办法的事。地方政府的法令规定，这一带的房屋室外装灯都必须用这种尺寸的电线，看着丑陋也只得用它。地方法令中这一条不好，其他却是好的：方圆几百里不得建任何工厂、旅馆、购物商场，所以才得享受人烟稀少的幽静。"

周强又问："如果电线出了毛病怎么办？"

吉米答道："原来不是问题。这几年电力公司也像其他公司一样，为降低成本纷纷把一部分工作转移到海外，问题就来了。以前我们的电线电源出了任何毛病，上午打个电话，下午电力公司的人就来修理，前后不过半天工夫。现在有了问题，打个电话去，接电话的人在孟加拉，把问题报告上去，修理工好几天都不见踪影，烦死人。"吉米说话时明明是在抱怨，语调却是极其平静，仿佛是在叙述别人的事。

第二天是个大晴天。周强晨起淋浴完毕，下楼看到厨房里咖啡、早餐已预备好，吉米在桌子上留了一张小字条，说他和琳达已去菜园了。周强等赵玉敏下楼，两人一起吃了早餐，寻到菜园，只见吉米、琳达穿着粗布衬衫、牛仔裤正蹲在园地上松土、除草。

那菜园子不小，种了几行黄瓜、番瓜、西红柿、辣椒，一个角落里种的是青葱和一些香料，园子边上种了一大圈花草，红蓝黄紫，极是悦目。其中有几簇，是华人爱吃的黄花菜。

"山里有鹿，"琳达说，"常成群结伴地来吃我们菜园里的瓜菜花朵。这两年我们听了邻居的建议，在花朵上喷洒辣椒面儿，鹿怕辣，才算保住了我们的花和瓜菜。"

赵玉敏好奇，问道："有没有鹿吃辣吃成习惯，最后不怕辣的？"

琳达笑道："如果这里只有我们的菜园供它们采食，它们也许最终都得学会吃辣，只是山里到处都有野花，它们多走几步就有东西吃，我看它们不会选择吃辣。"

正在此时，吉米将食指放到嘴唇上，低低"嘘"了一声，示意大家不要作声。然后轻声说道："又来了，那几只野火鸡又来了。"

三人朝他所指的方向看去，果然见到不远的树丛里，有四五只野火鸡在慢悠悠地走着。吉米说，是一公三母，还有一只小的。"昨天早上它们就来过了，我本想用猎枪打它一只，但我不会除毛剖膛，要是送去叫专做屠宰野物的人帮做，最近的也在八十英里以外，太远了，想想就算了。"

周强说:"我杀过鸡,我会除毛剖膛。你要是打到一只,我负责清洗干净。"

琳达听了,看看赵玉敏,一脸兴奋地说:"打它一只!这种奉行男性中心主义、父权制的野火鸡,就该打!"

琳达、赵玉敏悄悄蹲在原地不动,吉米和周强弓着腰蹑手蹑脚回屋去取猎枪。回到屋里,吉米在客厅墙上取下一把猎枪来,一边找子弹装上,一边对周强说,这一带住的都是些共和党人,周末在自己的宅地上用猎枪打野火鸡、野兔、松鼠,自以为是回到了美国拓荒时期的大西部。"我们是民主党,"吉米笑眯眯地对周强说,"可我们也喜欢打猎。"

吉米的猎枪乌黑锃亮,装有一个瞄准器,一两百公尺距离内的目标,通过瞄准器看得清晰无比。吉米举枪瞄准,琳达说:"打一个母的。"枪响处,一只母野火鸡应声倒地,其他几只受了惊,挣扎着飞了几十英尺,落地钻进灌木丛中逃走了。

周强走过去拾起那只被打死的野火鸡,自去厨房烧水收拾,赵玉敏则和吉米、琳达三人留在菜园子里继续松土除草。琳达问赵玉敏会不会杀鸡清除羽毛开膛剖肚，赵玉敏说不会，周强能做这些事，是因为他赶上了'文化大革命'后期最后一拨插队落户，在农村学会的。赵玉敏比他小四岁，没去过农村，也从来没有杀过鸡。赵玉敏问琳达敢不敢开枪打野物，琳达说她小时候在威斯康辛长大，跟着父亲上山打猎，下河钓鱼，猎枪是从小就玩的，什么都敢打。赵玉敏听了，不由得对她另眼相看，心想认识她这么多年，一直都认为她是个轻言细语的斯文女人，客气有礼，只有到了这荒山野岭，才知晓她的另一面目。

中午，琳达和赵玉敏一起将周强收拾干净的野火鸡切成几大块，兴高采烈地放在烤炉上烤。

午饭之前，琳达的哥哥查理和他太太罗拉来了。查理是地产商，高个子，沉默寡言，喜欢钓鱼，今天到琳达、吉米的山间小屋来，准备午饭之后就下河钓鱼。罗拉在一家猎头公司任副总经理，一进门就嚷着要琳达帮她把膝上计算机和互联网连接起来，说她手上正有一两个案子，要赶紧和人联络。

琳达和查理兄妹俩从小就很亲近，见了面琳达便喊喊喳喳跟他说七说八，查理微笑着只听不说。罗拉是查理的第二任太太，比查理小十来岁，栗色头发，一副精明能干的样子。她激活计算机，上互联网处理完几件事，走过来和周强、赵玉敏聊天。

罗拉问周强：教什么专业？做什么研究？在哪间大学拿的博士学位？导师是谁？导师在自己的研究领域地位如何？现在在干什么？在这间大学教书之前干什么？出版过著作吗？得过奖吗？申请过基金会的研究经费吗？为什么没有拿到？目前正在做什么研究？什么时候可以完成？

周强礼貌地回答了她的问题，反过来问她，她的猎头公司具体做些什么。

罗拉说，你等一下，等会儿我再告诉你。她又接着问赵玉敏同样的问题，得知赵玉敏只有化学硕士学位，便不再问她什么。

她转过脸对周强说："我们的猎头公司，是专门为各种公私机构找主管人员。私人公司也好，政府部门也好，要找主管人员了，便会找我们提供候选人，仔细甄别、筛选，看什么人最合适。为了提供齐全的资料，我们随时随地收集各类主管人员的履历，工作表现，输入我们的数据库，以备查考。我的工作主要是收集资料，也负责面谈。"

周强问："你们推荐人给哪些公司？要不要对他们的

工作表现负责任？"

罗拉翻翻白眼，叹气道："当然要负责任了。如果只是把名字交给那些公司，他们雇人之后我们没事了，那我这碗饭就好吃了。我们猎头公司和雇人公司要签合约的，如果被雇的主管做不满一年，或是工作表现达不到预期的效果，我们是拿不到全部佣金的。"

周强开玩笑说："你这份工作压力太大。猎头和猎头果然不一样，今天上午吉米也做了件猎头的事，一击即中，中午我们就有鲜嫩多汁的野火鸡肉吃。他要是打偏了，我们无非是中午吃些别的罢了。"

罗拉听说中午的烤火鸡肉竟是当天上午的猎物，相当吃惊，吉米便告诉她，是周强将那野火鸡除毛剖膛的。

罗拉眉毛一挑，再问道："当真？"周强微笑点点头。罗拉还是不信，吉米便带她到厨房，打开装鸡毛的垃圾袋让她看。

罗拉终于信了，回到客厅，很兴奋地对周强说："周先生哪，你这手绝技，值钱呀！你要是去做训练青少年野外求生夏令营的主管，那是再合适也没有了。这些年，很多家长担心他们的孩子娇生惯养，意志薄弱，便送子女去南北达柯他州、卡罗拉多州等地的荒山野岭去野营，十来人一组，每个小孩背个背包，带些干粮，在野地里生存十几天，恢复些人的野性。只是绝大多数人都不够野，别说小孩子了，就是那些带队的主管，都不敢打猎，就算是打死只野兔子、野火鸡，也不知道怎样处理，只好丢掉算了。周先生，如果你去做这种野外求生夏令营的领队，带着孩子用石头、木棍打野兔，或是用弓箭、猎枪打野火鸡、野鸭子什么的，然后你教他们动手把猎物清洗干净，生起篝火来，烤野味吃，那多够味！孩子们才不枉到野外走一趟！"

罗拉说着说着仿佛认了真，直看着周强说："周先生，怎么样？考虑考虑吧？我正在帮好几家野外求生夏令营找主管、领队呢，薪水不低，绝不比你大学教授的薪水低。"

周强笑着说："好啊，也许我可以去试试看，顺便也带我女儿去锻炼锻炼。"他又笑着问罗拉，是否认识去过这种野外求生夏令营的孩子。

罗拉答道："我们的女儿就去过，只是她没有出息，第一天晚上露营就吓得睡不着觉，一直哭。第二天领队打电话找我们，说没有办法让她跟下去了，于是按原来签订的合同办，雇直升机去把她接了出来。别问我花了多少钱，提起这事我就生气。回来之后，还要带她去看心理医生，不让她留下什么心理毛病后遗症。"

周强、赵玉敏听了，不知说什么好，随便敷衍几句，转了话题，吃罢午饭，即按原先商定好的计划，向吉米、琳达及查理、罗拉道谢告辞，开车回家。

上路之后，赵玉敏说："怪不得有时候见吉米、琳达头上有蚊虫叮咬的小红块，原来是周末跑到山里被咬的。想想这种生活方式也是怪，要很辛苦地来回开车六七个小时，才得享受那一天半天的清静；还不如就坐在他们曼哈顿公寓的阳台上，喝杯咖啡，读读报纸，也是悠闲。"

周强说："那就没了在园子里松土、看各种野生动物的乐趣。怎么说山里的空气总是要新鲜一些。"

赵玉敏问："你说山里的空气好，那你昨天和今天在他们那呼吸的空气，和你当年在国内插队时乡下的空气，一样不一样？"

周强说："不一样，太不一样了。我当年在乡下村子里呼吸的空气，有牛屎味、炊烟味。他们这深山里的空气，全然是另一种味，森森的，有一股子原始的野气。倒是他们菜园子的泥土，用铁锹翻起来时的那股气息，和中国乡下的泥土，闻起来有点相近。"

赵玉敏又说："不知怎么回事，从昨天下午到他们的山间小屋起，一直到今天中午查理、罗拉来之前，我的感觉是过了很久很久，可是查理、罗拉一来，时间就过得快了。"

周强说："对，你说得不错，我也有同样的感觉。"他想了想，道："是罗拉改变了我们的感觉，她把'节奏'带到山里来了。"

赵玉敏笑着说："怎么样，你想不想去试试那野外求生夏令营领队的事，夏天去赚点外快，趁早给咱们女儿积攒大学学费。"

周强说："算了吧，你没听罗拉说得清清楚楚的，那只不过是哄小孩糊弄大人的事，什么野外求生，小孩子心里明白着呢，直升机随时可以把他们从野地里运出来，哪里有什么'求生'，哪里有'置之死地而后生'的感觉？"

赵玉敏说："瞧你那认真样，这不明摆着的，这是些富人家小孩儿玩的把戏，谁真把它当作野外求生的训练了。就是吉米、琳达山间小屋的这点野趣，谁不知道这种后现代的野趣，是堆在种种现代便利上面？"

周强说："所以有时候吉米这类的人开玩笑，说他们假期到山里过几天，也和我当年插队一样吃苦。我嘴上和他们打哈哈，心里可太知道了，这哪能比呀！这根本不能比。"

14. 口音不是问题

周强、赵玉敏回到家，查电话录音留言，韩慧竟在两天之内留言三次，要他们俩务必给她回个电话，她有急事相求。

赵玉敏给韩慧回电话，韩慧急急地说，她今年申请提升副教授和终身职，材料都备齐报上去了。她想星期五请文理学院院长和教育系的系主任来吃顿饭，但她不会烧菜，只会做蛋炒饭和炸春卷。韩慧很恳切地说，她听雷蒙和茱丽娅说过不知多少次，赵玉敏最会做家常中国菜，她要请赵玉敏帮她的忙，烧几味道地的中国菜来招待院长和系主任。韩慧说，他们的院长是个黑人，听说最喜欢吃中国饭，她自己的蛋炒饭和炸春卷，实在是拿不出手，请赵玉敏一定要帮忙。

赵玉敏爽快地答应了。她告诉韩慧，既然韩慧这么信任她，那她就替韩慧设计一桌菜，反正她请美国人吃饭已经请过很多次，熟悉他们的口味。而且赵玉敏还说，她干脆在来韩慧家之前把东西都买好，省得韩慧跑了，这样她还可以头天晚上把一些东西先准备好。赵玉敏吩咐韩慧，和客人定时间不要定得太早，最好是七点半，进门之后坐着说会儿话，八点十五分左右饭菜上桌，她有绝对的把握。韩慧听了，感激得不得了，千恩万谢地说了无数遍"谢谢"。

赵玉敏放下电话，把韩慧请求帮忙的事告诉了周强。周强叹道："刚从山里开车几个小时回到家，星期五又要去帮她韩慧请客，这段时间应酬真不少，而我们自己也该请客了。这么吃请、请吃，还要帮人家请客，日子好像过得慌里慌张的。"

赵玉敏听出来周强不是很情愿去帮韩慧请客的意思，就说："这是人家拿终身职的大事，找到咱们，帮她一次也是应该的。"

周强说："好，帮她一次，就一次。"

到了星期五，两人把女儿送到朋友家，便开车进曼哈顿岛，先在河滨大道找了个地方把车子停好，然后提着大包小包寻找韩慧在七十九街的公寓大楼，进电梯上十一楼,来到韩慧的公寓门前。

韩慧将赵玉敏、周强二人迎进屋里,一迭声感激不尽。韩慧的公寓,是她死去的白人丈夫留给她的。进门便是一个很宽敞的客厅,客厅过去便是一个不小的餐厅。餐厅旁是厨房。屋子的另一边是两间卧室和一间浴室。客厅、餐厅之间,隔着一道走廊。走廊两边挂满了照片和画。

三人将装了菜、肉、鱼的大包小包拎进厨房,韩慧笑着对赵玉敏说:"现在你是主帅,我一切听从你的指挥。你叫我干什么我就干什么,你要用什么,只管对我说。"

赵玉敏也笑着说:"既然来了,我不会跟你客气。咱们三人一起做,一会儿就把菜做出来了。"她又吩咐周强:"先给你这瓶啤酒喝,喝完了进厨房来听吩咐干活。"周强拿了啤酒,问韩慧:"你不在意我在屋子里走动走动,东张西望一下吧?"韩慧忙说:"随便,随便。"

韩慧见他们夫妇二人如此帮忙,心下着实感激,一边尽心尽力帮着赵玉敏洗菜淘米,听她的吩咐做这做那,一边推心置腹跟赵玉敏说起心里话来。

韩慧说,她本来对自己拿终身职、提副教授很有信心，可是几个星期前，她听到传言，说有一些同事说她英文口音重，讲课学生听着吃力，有些学生还抱怨听不懂。她就开始紧张了。

赵玉敏一边快刀切牛肉，一边安慰韩慧："我听你说英文没什么口音。咱们都是二十多岁了才来美国，说英文有点口音也没啥。要是叫他们老美说中文，他们四音不准，那个口音才叫重呢！"

韩慧答道："谁说不是呢。只是他们说中文不像我们说英文，我们说英文是要挣口饭吃，他们要硬说我们有口音，这个饭碗还说不准拿不拿得到呢。"她叹了口气，幽幽地说："说起来，我也是自己糊涂，被我死去的美国丈夫宠坏了。我自己知道我说英语有口音，曾经下过决心找人帮助我纠正。可是我那死鬼丈夫一再对我说，我就是有这么点口音才迷人，才可爱，叫我要保留我的可爱，保留我的口音。来了朋友，他还会问人家，我的口音是不是很迷人。我丈夫在世，大家都恭维我的口音迷人，等他死了，我才晓得有口音的麻烦。"

赵玉敏切完牛肉、鸡丝，用作料腌上，又接着切笋丝、青椒等配菜，这时周强喝完那瓶啤酒，也走到厨房来帮忙剥蒜皮，两人一起听韩慧慢慢讲她的故事。

韩慧的丈夫柯恩有个小时候的朋友叫罗伯特，是一间大律师楼的合伙人,一年挣几百万元,好玩名牌跑车,还在哈德逊河畔有一只游艇。每年夏季,罗伯特和他太太安妮会请一批朋友到游艇上来玩,吃好东西喝好酒,开着游艇在哈德逊河上兜风,到天黑尽兴才散。

柯恩死后那年夏天,罗伯特和安妮仍给韩慧寄来邀请信,请她到游艇上来玩。当时韩慧正好有两个大学的同学随团到纽约来访问,韩慧想带她们炫耀一下自己的生活,便打电话给罗伯特,问可不可以带两个女朋友来。罗伯特马上一口答应了,还开玩笑说,如果是漂亮的中国女孩子,带十个来都没关系。

那天,韩慧和两位大学同学精心打扮了,在曼哈顿西边沿河滨大道由南往北走,一路慢慢欣赏道旁和路中央万紫千红的欣欣花草,不时停下来照相。韩慧给两位女同学细细形容罗伯特和安妮的游艇,他们的客人,他们招待客人的食物、酒水,游艇沿哈德逊河航游时所观赏到的景色。两位女同学认真听着,不时喊喊喳喳插嘴问话,一脸都是兴奋的期待,要到游艇上度一个美好的下午和黄昏。

到了九十多街游艇停泊的码头处,韩慧带着女朋友找到罗伯特游艇的岸边电话亭。原来那些游艇都停在离岸边还有一两百米的江中,要走过一条长长的信道才能上游艇。靠岸边的信道上有一道门，平时都是锁住的。游艇主人请客人来玩，客人要在岸边电话亭打电话到游艇上，主人再出来把信道门打开，接客人上艇。

以前韩慧和她丈夫柯恩来，都是柯恩去拨电话，接通了说一声"鲍伯（罗伯特的昵称），我们到了"，罗伯特和安妮就会出来开门接他们上艇。今天，电话接通，韩慧也是一句"鲍伯，我们到了"。她很兴奋，说得很大声，两位女朋友在旁听着，"Bob"仿佛是"bart"。那边接电话的是个女佣，一听就说："你打错电话了。"将电话挂上了。韩慧再拨两次，那女佣都是同样的声调，同样的回答。韩慧第四次再打过去，那女佣干脆不接了。

美国有一类白人，尤其是中西部、南部长大的，耳朵有一种势利的敏感，听不得任何外国口音，一听就排斥。罗伯特和安妮今天雇的女佣，恰是这么一个耳朵势利、心态也势利的从印第安那州一个小镇来的白人女子。她见主人宴客，全是纽约名流，接到这么一个口音很重的电话，想都不想就认定是打错了。

韩慧打第四次电话，很长时间没有人接，她心下已然明白，是自己的浓重口音造成了误会，今天这扇门难开了。韩慧看着旁边一脸期待的两位女同学，不禁又气又急，又羞又恼，恨不得脚下有个地洞让自己钻进去。

过了一会儿，韩慧极力控制住自己的情绪，笑着对两位女同学说："我真粗心，弄错了电话号码，今天咱们上不成我朋友的游艇了，实在对不起。这样吧，我带你们去哥伦布圆心大楼顶层旋转餐厅去吃美国大餐，好好看看纽约夜景。下次你们来纽约，我再带你们上我朋友的游艇玩。"

两位女同学倒是很体贴，直说不想让韩慧破费，回家吃碗面也行，找家小馆子随便吃点什么也行。韩慧根本不听她们的，发了狠似的带她们去了那旋转餐厅，发了狠似的点了最贵的菜。

韩慧对赵玉敏、周强说："那晚上我花了几百块钱，心里还是别扭得很。平时我心情不好，一逛店花钱心情就好过来了，那次真是不一样。"赵玉敏又安慰了她几句，周强默默干活，没说一句话。

韩慧说着突然问周强一句："你的英文那么顺溜，你是怎么矫正口音的呀，说给我听听，我也好学一学。"

周强本想说："从来没有人说过我的口音迷人可爱，所以我傻里巴叽地只会下苦功练。"想了想忍住了，只淡淡地说："我也就两样笨功夫：一，看电视，看报纸；二，有空了大声朗诵。"

韩慧听了很高兴，连说她也要学周强看电视和大声朗诵。

三人说着话，赵玉敏操持着，一道道菜都准备停当，只等客人进门就上锅开炒。

七点半刚过，两对客人一起到达。那黑人院长安德鲁五十开外的年纪，戴副眼镜，高个子，短头发，穿一身蓝西装，白衬衫，领带打得齐齐整整，说话声如洪钟，开口便滔滔不绝。他太太是个白人，叫露西，四十多岁，是个胖乎乎的大块头，自我介绍说在一家广告公司做公关主任。教育系主任叫托马斯，是个斯斯文文的瘦高个子白人，也戴副眼镜，也穿了西服，打着领带，他太太也是白人，叫伊丽丝，长得小巧玲珑，曲线分明，爱说爱笑，在一个心脏病医生的诊所做秘书。

大家介绍寒暄完毕，赵玉敏立即到厨房去开始蒸鱼、炒菜，韩慧给大家倒酒，众客人在客厅沙发上坐下，安德鲁、托马斯和周强开始聊起各自学校的事，有问有答，有说有笑。

刚说了几句闲话，露西便拉着韩慧的手，低声对她说："安德鲁最喜欢吃中国菜，这几天说要到你家来吃饭，每次说起来都兴奋得不得了，盼着你这顿饭呢。可是我实在不好意思，我不能吃中国饭。"接着露西告诉韩慧，她小时候被父母带去一家中国餐馆吃饭，吃完之后不舒服，父母赶紧送她去医院看急诊，医生说也许是她对味精不适应，嘱咐她从此不要吃中国饭菜。

韩慧听了大吃一惊，拉着露西到厨房去见赵玉敏，问赵玉敏是否用味精。赵玉敏说，她做菜从来不用味精，调味料都是用猪骨头汤或是鸡汤。她对露西说，今晚有一道菜是"清蒸智利桂花鱼"，清蒸之后用滚油淋，再放一点酱油，任何其他的调味料都不放，露西不妨试试。另有一道是"蚝油芥蓝"，赵玉敏说她可以不放蚝油，只是清炒，露西吃应该没有问题。露西仔细听了，很客气地谢了赵玉敏，却仍然坚持说她不吃中国菜。露西说："你们不用担心我，尽量照你们的菜谱去做，不要为我改动。等一下我打电话让附近百老汇街上的Pizza Hut送一块pizza来，我吃pizza，你们吃中国饭，也挺好的，别麻烦了。"

韩慧听了极是尴尬。赵玉敏看她为难的样子，用中文对她说："你专门设家宴请院长、系主任的客，让院长太太吃外卖，这哪行呀。你去把周强叫来。"

韩慧依赵玉敏的吩咐，到客厅把周强叫到厨房，赵玉敏三言两语把露西一口中国菜都不吃的事说了，对周强说："你不是会做那道意大利菜fritatta吗？给她做。这栋楼过街就有一家杂货店,下午来的时候我们经过了的。你现在就去买意大利香肠和其他的配料,赶快回来做,也还来得及。"

周强看妻子忙得团团转,很是心疼。他最知道赵玉敏的脾气,要是诚心帮助人,一定会尽力帮到底。周强想,现在她为了韩慧的脸面,搬出自己来,自己虽说极不情愿,也只得照她的吩咐去做了。

周强于是问露西:"你能吃 fritatta 吧?"露西说:"哎哟,我最喜欢 fritatta 了。你们谁会做?"周强笑笑说:"今晚我来试一试。"

周强下楼去买了东西回来,向韩慧要了一个平底锅,放了些橄榄油,开慢火先热油。接下来,他切了些蒜粒,匀匀撒在已经热起来的锅里,跟着切洋葱、西红柿,都切成小方块,放到锅里,再把火开大了一点,锅里的油开始嗞嗞发响。这时周强拿出刚才下楼买来的新鲜意大利香肠,切成斜片,均匀地放在洋葱、西红柿上面。不一会儿,香味开始溢出来。周强又拿出一包乳酪,不薄不厚切了片,覆盖在香肠上面。在乳酪受热慢慢化开在锅里融成一片的时间里,周强将三个鸡蛋打到一个大碗里,搅拌均匀,倒到锅里。稍停片刻,拿一把木锅铲,横三道竖三道仔仔细细在这层层码起的香肠菜饼上切了几道口子，让那鸡蛋往下渗。看看鸡蛋已经成形熟了，周强便关火，左手端锅，右手拿锅铲，将这道菜平平移到一个大盘子上。韩慧在旁边，看得呆了。

恰在此时，赵玉敏的菜也都做好了，于是宾客一起到餐厅坐下来吃饭。韩慧将那盘 fritatta 放在露西面前，很得意地说："这是我朋友特地为你做的，你先来。"

露西客气地向周强道谢，周强说："不用谢，盐不够的话，请大家自己放。"

露西尝了一口，连说好吃，味道正合适，不用加盐了。她问周强，一个中国人，怎么学会做这道菜的，是不是在意大利餐馆打过工，学过厨。周强答道，是看一位朋友做，跟着学会的。

露西连声夸周强手巧，又把盘子递给韩慧，韩慧转手就把盘子递给了坐在她另一边的托马斯。露西见她不动这盘菜，以为她是怕自己不够吃留给她，就说周强这盘意大利菜做得极道地，韩慧一定要尝一点。再说这盘菜这么大的分量，她一个人根本吃不了。

韩慧笑着说："我不能吃，我是个中国胃，不吃乳酪，也不吃任何带乳酪的东西。"

周强、赵玉敏听了，都不由得有些吃惊，心想她和一个白人男子生活过那么长时间，却一口乳酪不吃，听起来颇难置信。这时那黑人院长安德鲁开始说话了，他先夸周强的意大利菜做得好，接着一一评点赵玉敏做的中国菜，每一道都极力夸奖，然后他指着那道"清蒸智利桂花鱼"说："这是天下第一，我敢负责地说。我在香港、温哥华都吃过广东蒸鱼，比不上，比不上。秘鲁利马的中国餐馆我也去吃过，他们做的中国菜极有特色，但也没有吃过像这道蒸鱼这么好吃的海鲜。"

接下来安德鲁大谈住在纽约的好处，世界各地美食都吃得到。说着说着他当院长的口吻就出来了，从他欣赏种种不同的美食讲到多元文化社会的重要，不同肤色、不同文化背景的人在一起共同生活，大家彼此尊敬，互相欣赏。

安德鲁喝了口酒，又接着说，大家彼此尊重很重要，但坚持自我也很重要。他说，周强入乡随俗，学做意大利菜做得像模像样，很好；赵玉敏仍然做中国菜，韩慧一口乳酪不吃，理直气壮坚持自我，也很好，都有个性特色，都是对美国社会有贡献的新移民，足以做华人新移民后代的榜样。

周强见安德鲁边吃边喝娓娓而谈，大为佩服他说话面面俱到、滴水不漏的本事，听话听音，心下明白，韩慧的口音已不是她拿终身职的障碍，她一定会得到提升，会拿到终身职的。

  果然，那次请客数月之后，韩慧打电话告诉赵玉敏、周强，她拿到终身职、被提为副教授了。此是后话，表过不提。

15. 乔迁之喜

周强、赵玉敏帮韩慧请客之后回到家,睡了一觉起来,就接到陈建军夫妇打来的电话,要他俩务必下星期六去赴宴。陈建军说了,郑蓉蓉接过电话又说,都郑重其事地说他们在新泽西州买了大房子,一切都装修好了,要请新旧朋友来庆祝庆祝,恳切叮嘱他们一定要去。

赵玉敏叹道:"钱宇提副教授、拿终身职请客,咱们没去,已经得罪他了。现在陈建军、郑蓉蓉买了大房子要请客,咱们好像是只得去了。"

周强说:"你说的一点不错,陈建军夫妇这顿饭不好不去吃。他们这些人咱们都知道,买了大房子,请你去吃饭不过是个借口,实际上是要你去看房子。有的人最喜欢叫人去参观他们的新房子,最喜欢听别人说他们的房子大、漂亮，奉承他们实现了美国梦。陈建军夫妇要是请我们下馆子，找个借口推掉也就没事了，可他们这次是庆祝乔迁之喜，还是答应他们去就是了，不然他们再来电话催逼，啰嗦起来没完，更伤脑筋。"

赵玉敏苦笑着，没再说什么。

陈建军夫妇买的新房子果然不小，他们那天请来的宾客竟有三四十位。周强、赵玉敏到达时，已有二十多位客人先到了。陈建军、郑蓉蓉满脸笑容地将他们迎进门，郑蓉蓉领着他们楼上楼下看房子。楼上有五个房间，主卧室很大，在进门处摆了张床，房间看起来空洞洞的。主卧室附有一浴室，里面既有淋浴，也有泡澡池，面积也很大。

另有一对夫妇，也跟着一起看。这对夫妇仿佛和郑蓉蓉不熟，喜欢低声议论。郑蓉蓉和赵玉敏走到窗前，往外看景色；周强走慢几步，恰好听到那对宾客中女的说，这间卧室这么大，可以做舞蹈室。那男的低低地评论道，卧室太大，风水不好，气守不住，中国皇帝的卧室都不会太大。那女的说，照你这么说，美国人的房子没有一幢是风水好的，可人家富强这么多年。你别瞎说些什么风水呀气呀的了，有本事你挣钱住大房子，没钱别酸溜溜地评价别人房子的风水不好。周强听了，抿嘴而笑，也不答腔，也不回头。

赵玉敏问郑蓉蓉，这个房子总共面积有多大。郑蓉蓉说，大约四千多平方英尺。赵玉敏想，他们两个儿子，一个很快就上大学，还有一个过两年也上大学了，就剩他们夫妻两人，住这么大的房子实在是太空荡。郑蓉蓉笑着说："从来到美国起，我们夫妻俩就立志要买一个大房子住。十几年了，我们一分一分地攒钱，现在总算最后实现了这个心愿。陈建军辛辛苦苦卖保险，到了这几年钱才赚得多一些。我在唐人街一家旅行社做事，一年不过赚三万来块钱。我们的钱，都是一分一分省下来的。不瞒你们说，我在唐人街做事这么多年，除了工作需要迫不得已，我从来不在餐馆吃饭，全是带头天的剩饭做午饭。我和陈建军来美国十几年，一次也没回过国，也从来不去任何地方旅游。所以这次我们买房子，头款便付了五十万，贷款三十万。"

说话间来到楼上一间装有计算机的房间，只见他们的小儿子正在和一个十来岁的小姑娘一起玩电子游戏，旁边坐着个四十来岁的男子，中等个头，铁青面皮，拿着瓶青岛啤酒在喝。郑蓉蓉跟那男子打招呼："老大，你就那么舍不得闺女啊，整天在家给她做饭还不够，到这儿来还要时时刻刻陪着她呀？下去和其他客人说说话吧?"那男人嘴里答道,马上就来,马上就来,身子却是坐着不动。

出了房间,郑蓉蓉低声对赵玉敏说,那人原来是某省外贸局的,专管进出口审批。在这里大家都叫他"包老大",其实谁也不知道他的真实姓名。他前两年把全家搬到美国来了。陈建军听替他过户的律师说,他买的房子比我们这幢还大,一百多万的价钱,现金一次付清。过户那天,包老大提着两个装满了现金的大手提袋去交钱,双方的律师数钱数到手软。他那座大房子,一进门便有一盏三层的水晶大吊灯。郑蓉蓉叹一口气说,我们的这幢房子,跟包老大的那幢没法比。

赵玉敏一路跟着郑蓉蓉看房子,听她叙述她夫妇二人怎么辛苦挣钱、省钱,见她不无得意地炫耀,心下颇有几分敬意。现在听她说出羡慕那包老大的话来,那几分敬意却是减了,心想,这个包老大肯定是个携款外逃的贪官,也不知卷了多少钱出来。他固然是住着大房子,手里抓着大把的现金,只是看他不阴不阳、神情混滞的面目,心事重重、未老先衰的样子,有什么好羡慕的呢?赵玉敏心里这样想着,嘴上却是随便问道:"包老大也住在附近?他现在干吗?"郑蓉蓉答道:"他住得不远,只是我不方便说他的事。他极少和人来往。没人知道他的电话号码，有事总是他给人打电话。他现在干吗？好像什么也不干，每天在家给女儿做饭。真的，他每天下午就在家淘米做饭，等女儿回家吃饭。也不去什么地方玩，说是不懂英文，没劲。"

赵玉敏听了，心下叹道，这种人，过这种日子，就算是有十幢房子，又有什么意思呢？

郑蓉蓉领着赵玉敏等人来到厨房，只见中间的大台上摆着十来个长方形铝盘子，装着炸春卷、炒面、炒饭、包子、炒肉丝等，下面用酒精灯热着。郑蓉蓉悄悄地对赵玉敏说："这房子什么都好，就是厨房的位置不对，一炒菜就到处都是油烟味，装了抽油烟机都没有用。今天本来想炒菜，再想想客人太多了，炒菜太费工夫不说，还弄得满屋都是油烟味，只好从餐馆叫了这些菜来，大家随便吃。"又说，"今天我们这些菜是餐馆叫来的，但等会儿我们吃饺子，却是最家常的，我担保这是你们在任何餐馆都吃不到的最好的饺子。我们的好朋友，听说我们要请客，主动提出来显一显他那一手绝活的。"说着便向大家介绍正在厨房一角小桌子上和面的一个中年男子。

周强、赵玉敏定睛一看，认出那男子是曾在他们家喧宾夺主的张洪，心下纳闷：他不是去国内做生意了吗，怎么又成了身藏包饺子绝技的厨师了？于是上前打招呼。

张洪仍然大大咧咧的，说："哟，真巧，今天在这碰上了。咱们算是有缘分，过去我住在D.C.，来纽约见朋友就到你们家吃了顿饭。现在我已经搬到纽约来了，将来肯定还会常常见面。你们最近又请客了吗？"

周强笑着说："我们最近没请客，倒是不久前被一对老外朋友请客，到山里去尝了尝他们'波波族'生活的味道。"

张洪说："波波？"他把沾满面粉的双手在胸前比画比画，仿佛是托住两个大乳房上下抖动，又神色诡异地说："大奶子洋婆子吃饱了光着身子懒洋洋地晒太阳，那样的日子就是'波波族'日子吧？"

周强、赵玉敏对看一眼，大笑起来。两人均记得上次张洪抢话头的张狂样，于是都摇摇头，无可奈何地让张洪自说自话，懒得给他解释什么是"波波族"生活。

张洪果然接着说："你们在大学教书，和老外同事交朋友，到山里去看洋婆子的'波波'，大饱眼福自然不在话下。像咱们这样没有洋婆子做朋友的人，在纽约街上一站，也就满眼都是'波波'，波来波去，任你瞧个够。说真的，我每次从中国回来，在纽约看这颤颤悠悠满街的大乳房，就有一种享受感。视觉上这种享受，当然还有精神上的享受，在中国是没有的。"

周强听他旁若无人地说这些不得体的话，看他又不像喝醉了的样子，心下除了无可奈何还是无可奈何，就搭讪着问他到国内做生意做得怎么样。

张洪一边和面一边说："有几档子事看着要做成了，最后又不行了。国内的事，不好说，做事的规矩不一样了。我本来在国内也有几个兄弟，但大家分得太久了，再想凑到一块做事，居然做不成了。我在北京和朋友喝酒，听他们说顺口溜，才恍然大悟，还是那句话，三十年河东，三十年河西。世道变了，咱们想再去适应，再怎么努力也白搭，没法再适应了。"

周强听他说顺口溜，又与赵玉敏对望一眼，不约而同地想起那次张洪说的几段顺口溜来。周强便引张洪说："你又听了什么好玩的顺口溜了，说来听听。"

张洪说："现在国内当官做生意的人，讲究'一起同过窗，一起下过乡，一起扛过枪，一起留过洋'，我在国内的朋友兄弟，有一起同过窗的，一起下过乡的，一起留过洋的，大家凑到一块叙旧挺热闹的，要真正干点什么就没戏了。他信不过你！"

张洪叹道："我回国做生意不顺，心灰意懒，又跑回美国来，谁知道在美国也不顺！现在中国、美国都是市场经济，按说市场经济都鼓励自由竞争，可我经历的事告诉我，根本就没有自由竞争这么一回事，美国人也好，中国人也好，都讲人际关系，我现在两边都没有了人际关系，不中不西，哪边都混不出什么名堂来！"

张洪把一大盆面和好了，招呼旁边一个三十来岁的女子："杨丽，你来擀饺子皮，我来和馅。"只见他把碎猪肉倒进一个大瓷盆里，慢慢搅拌着，又指导杨丽说："你得顺着一个方向搅，而且要一边搅一边打点水，接着再搅，到火候时再把白菜、冬菇等加进去，只有这样拌出来的馅，吃的时候才又松又软，不但有嚼头，而且还有汁。"

他一边搅饺子馅，一边接着说："我这手包饺子的绝活，是从小跟我姥姥学的。从和面、拌馅到煮饺子，从头到尾所有的环节都学到了手，我做出来的饺子就是比别人的好。我中国、美国两边跑，生意没做成，老本也玩完了，就琢磨着，纽约上流人家喜欢在家里宴客，我何不利用我这手特技，先找几家有钱人，给他们做几次像模像样的家庭饺子宴，把他们伺候舒服了，名气传出去，我就专门做这些富豪的生意。真做大了我就成立公司，把这类生意垄断下来，也是桩赚钱的事。"

周强正想恭维一下他这想法，张洪又说："我这想法，一开始是受那斯蒂夫点拨的。斯蒂夫是我偶然在唐人街的一次集会上认识的，瘦高个，戴副眼镜，说话轻言细语。他听说我是中国大陆来的，便对我很亲热，自我介绍说，他是包着红色尿布长大的孩子。你们知道红色尿布的意思吧？就是说，他父母都是美国共产党员，他从小就受共产党思想的熏陶。我很好奇地问他怎样谋生，他说是靠给别人的家宴预备食物。他和他的生意伙伴做的沙拉特别新鲜，烤的牛羊肉特别鲜嫩，名声打响了，他们的生意就多起来，顾客中有富人，也有中产阶级家庭。斯蒂夫说，他们只为谋生，不想发财，给别人预备的食物都很公道，往往比餐馆的价钱还低，所以客源稳定，生意不错。可没想到那斯蒂夫是个笑面虎。我原来以为他是个与世无争的人，不懂生意经，不想赚利润的共产党后代，可是等到我做成了几次生意，有些富人来找我预订家宴之后，他就开始捣鬼，说我的坏话，拆我的台了。他和那些客户说，我的饺子用料都是些便宜的下脚料，我包饺子的程序不卫生，我的饺子全靠放味精才这么有味道等等。我听了自然生气，跑去印了不少中英文的传单，保证我的饺子质量一流，绝对干净卫生，绝对没有味精，分送给客户和可能成为客户的人家。结果你知道么？真是气死人！斯蒂夫叫他在社区小报工作的朋友写文章登出来，说我到处发传单是欲盖弥彰，不可相信。我写信去社区报纸，揭发斯蒂夫是共产党的信徒，可是我的信没登出来，我的生意也泡了汤！"

说着说着，饺子也包好了，煮熟了，大家尝了，都道果然鲜美，不同凡响。那张洪叹一声，说："大家都是识货的，吃了我的饺子都知道这是好东西，可也帮不了我发财！有朋友劝我说，死生有命，富贵在天，别老想着发财，发财也不过是黄粱一梦，可我就愿意做他妈的黄粱梦！现在这样醒着看别人一个一个的发财，多难受啊！"

厨房里的几个客人，一边听张洪发牢骚，一边吃刚出锅的饺子，都觉得那饺子味道着实好，大家都专注地品尝，细细享受刻下的口福，竟然无人对张洪表示同情。张洪见大家对他做的饺子比对他的故事更有兴趣，不由得倍加伤感。

忽听得客厅里有人大声喊："离婚！老子非和你离婚不可！"郑蓉蓉听了，吐了吐舌头，悄悄说道："糟糕！刘文正和赖玉珍那对欢喜冤家又吵起来了！"

赵玉敏、周强跟在郑蓉蓉后面，从厨房经餐厅走到客厅，见到刘文正、赖玉珍坐在客厅沙发上，旁边还围坐着三四位客人，看上去都是相互认识的朋友。那刘文正满面怒色，把右手衬衫袖子撸到胳膊上，正脸红脖子粗地朝着赖玉珍嚷嚷。赖玉珍也气得脸色发白，不时高声回嘴。

只听刘文正大声说道："我什么都让着你，你为啥还这么没良心，跟你那势利眼的老爸一起欺负我？什么，你爸爸不是势利眼？哈哈，如果你爸爸不势利眼，天下也就没有势利眼的人了。你爸爸整天坐在家里指桑骂槐，无非是看不起我只不过是个计算机程序员，给市政府做事，赚钱不多，住的房子不够大。他说什么他要是年轻二十岁，一定会去做进出口生意，要不就去做房地产，一定发大财。他今天说张三的房子大，明天说李四赚的钱多，这些话都是说给我听的，简直是扇我的耳光！我跟你说了多少遍了，让那老家伙少说些废话，你为什么不听，你为什么不阻止他？"

赖玉珍说："老人说话颠三倒四，你左耳进右耳出不就行了吗？"

刘文正说："左耳进右耳出，左耳进右耳出，我的耳朵没有那么畅通无阻！有时候那老家伙的话进了我耳朵就出不来了，惹我生气。我想想，我没什么对不起你，对不起你们家的。我在市政府做事，工资不高，但工作稳定，福利不错，有什么不好！别忘了当初是你坚持要孩子，我是不想要的。有了孩子，稳定的工作最重要。前两年我那些做计算机的朋友纷纷到私人公司去做事，工资高得吓人，可一转眼很多公司倒闭了，这些朋友股票也没了，工作也没了，一切从头开始，这时就有人转过头来羡慕我的稳定工作了，也有人走投无路回国做海龟去了。你爸爸为什么那么财迷心窍，老拿赚多少钱来将我和别人比？我有什么地方对不起他的？他要什么就给他买什么，大电视给他买了，摄像机给他买了，想去什么地方旅游让他去什么地方旅游，还嫌咱们给他花的钱不够多。你说你爸爸是不是太过分了？像他这种人，小时候要过饭，青年时期碰上'大跃进'饿过肚子，大半辈子穷兮兮的，现在过的日子什么都不缺，应该满足了。前几年是我们寄钱给他在国内花，现在接他到美国来住，有什么地方对不起他？他为什么要天天在饭桌上讲些'一切向钱看'的话，嫌我不够富，嫌我不去赚大钱？我刚才说他'万事不空'，难道说错了吗？你要是不高兴我说他，那咱们离婚，不就完了吗？"

赖玉珍委委屈屈地哭出来："你要离，咱们就离！今天这里这么多人，还愁找不到一个律师吗！走，现在我就和你去找律师，今天咱们就把婚离了，省得你天天骂我父女俩。"

刘文正说："什么！我天天在家给你和你爹当孙子，仿佛伺候你们父女俩高兴是我人生的唯一意义，现在倒变成我是坏蛋了！真是岂有此理！都说眼下国内是一切向钱看、笑贫不笑娼，我总算命不错，逃到美国来，躲过一劫，过了几年清静的日子。现在好了，你把你爸爸接来和我们住，他天天讲那些混账话，听得我都快神经病了！你还要为那老家伙辩护，明明是你们欺负我，倒给你说成我天天骂你们，好，好，现在马上去找律师，离婚，离婚！"

两人嘴上吵得很凶，却都坐在沙发上不动窝。郑蓉蓉对赵玉敏、周强使使眼色，笑了笑。赵、周二人会意，心知这是一对吵吵闹闹的欢喜冤家，在家里当着老人不敢这样吵，到朋友处才放肆闹一回，其实谁也不把他俩离婚的话当真。

16. 诗 与 药

这时坐在旁边沙发上的一位男客开口说道:"刘兄刘嫂请别吵了,都怪我,都怪我,是我不好,是我引起了这场口角。"那男客叫郑文刚,是刘、赖带来的朋友,长得高高壮壮,浓眉大眼,说起话来比手画脚。郑文刚在唐人街华策会教新移民英语和计算机,爱好诗歌和古典文学,一有机会便谈诗,也喜欢批评世人时政。刚才,坐在客厅里的这小群人议论起华人家庭里老年人的种种言行,郑文刚引陆游的诗句"死去原知万事空",反其意而用之,说一些上了年龄的华人越老越贪,"万事不空"。不想却触及刘文正心中所积郁闷,接口说他老丈人正是一个"万事不空"的贪婪老人。赖玉珍听了,觉得刘文正说话太重,言下之意恨不得她爸爸早点"万事空",于是就吵将起来。

郑蓉蓉借口说厨房里有刚煮好的饺子,拉起还在抹眼泪的赖玉珍,离开客厅到厨房去了。这里郑文刚开腔说道:"刚才是我不好,惹起一场风波。可是我的想法没变,我总觉得现代人忘了古典文学,所以生活中多有忧愁烦恼。如果大家多读些古典诗歌,多一点人文精神熏陶,生活会更有意思。诸位,对不起,我又谈诗词了,真是狗改不了吃屎。"

"狗改得了吃屎,老郑。"说这话的是陈建军,口气很冲。陈建军今天请客,本想让大家在他的新房子里分坐各处,轻轻松松、高高兴兴地聊天,他就很有面子。不想郑文刚出口引陆游诗句,导致刘文正、赖玉珍夫妇拌嘴吵架,还哭出了眼泪,陈建军心里气恼郑文刚,就存心和他抬杠。"别人家的狗我不知道,"陈建军接着说,"我家养的狗,绝对不吃屎。试过的,让它吃小孩的屎,它就不吃。它不仅不吃屎,甚至连肥肉都不吃。我每次喂它生肉、熟肉,都要把肥肉剔掉。它最爱吃的是炖小牛排和炖猪扒,他妈的比人还要挑嘴。"

郑文刚却也是个喜欢抬杠的人,听陈建军驳他的话,越发来了兴致,点了点头,扬扬眉毛说:"陈大哥,你家这条狗被你宠坏了,成了不吃屎的狗,可是狗性会不会改变呢？比如说，狗仗人势呀，狗眼看人低呀，这种狗性会不会改变呢？我看是不会的。我倒是见识过一些狗嘴脸，以前我给一个住在曼哈顿上东城的美国富老太婆做小时工，替她清扫房间、书架什么的。不怕诸位见笑，为了谋生，在美国我什么活都干过。那富老太婆有背痛的毛病，痛起来坐在沙发上哭。她养了两只狗，俄国种，小小巧巧，毛茸茸的，走起路来蹦蹦跳跳，很好玩。那两只小狗极通人性，每当那富老太婆忍不住疼痛哭起来的时候，它们就跑去把自己玩的狗玩具叼来，东一个西一个放在老太婆的脚旁，逗老太太开心，引出老太太更多的眼泪，说人都没有狗体贴。就是这两只那么会体贴主人的小狗，对我毫不客气，见了我就汪汪叫，那只小的还在我小腿上咬了一口，真是狗眼看人低。狗性不会改变，我可是有切身的痛苦体验。那富老太婆心情好的时候，会和我聊天。有一次她说，她背痛起来或是心情烦闷时，有两只小狗安慰她，我要是有了病痛，可怎么办呢？我听她的口气，真是又天真又霸道。难道我们不养狗的人，有了病痛烦恼就没有办法了？我就告诉她，我若是心情不好，便读唐诗，有时也读英文诗，读着读着心情便好起来了。我又说，我背痛的时候，也读诗。我其实没有什么背痛，但是我知道她的脾气，她希望的是她所有的病痛烦恼天下人都有，而她的财富和她的小狗只有她才独有。我说，我读诗，读着读着心情就好了，读着读着背痛就好了。我要是自己写出一首诗来，我就是世界上最高兴的人，什么疼痛烦恼都没有了。那富老太婆听了我的话，果然去找诗来读，先是读些惠特曼，后来读叶芝、华兹华斯，再后来我还帮她找了些译成英文的王维的诗来读。读了一些日子，她告诉我，果然她的背痛减轻，心情平静很多。"

一位年轻女客听郑文刚说到这里，便笑起来，那笑声像是冷笑，又像是干笑。这年轻女士叫袁萍，约莫二十七八岁，身材苗条，面目姣好，穿得干净利索，上下一身黑色皮衣裙，透着一股纽约味。眉毛经过细心拔整，修成细细两道，在青春焕发的脸上格外醒目。只听她笑着说道："这位郑先生可真会编故事，读惠特曼、读王维会减轻背痛？我还是头一遭听说这样的新鲜事。我可是英美文学专业科班出身，大学读了四年也没听说过读诗能治背痛。郑先生，你听我说，那老太婆肯定是在定时服止痛药。我太知道这事了，我现在就在一家制药公司做市场营销，知道美国每年都有新的止痛药出来。很多美国人每天都在用止痛药，小孩子闹脾气也让他们服镇静剂，一年不知道要吃掉多少药。要是像郑先生你所说的读诗有那么灵，我们这些卖药的就没有买卖了。说实话，我当年读英美文学，现在做市场营销，也就是用些语言文字技巧来推销商品。产品推销得好，心情就好，推销不动，头痛烦恼就吃药，哪会读什么诗呀！"

陈建军听了袁萍这番话，着实高兴，接口说道："现代科技造福人类，制药商造出药来，为人们解除病痛，真是一大进步。我也听说，美国几百万人有忧郁症，全靠吃抗忧郁症的药来治疗。诗歌怎么会有这种功能呢？要说在古代读书、读诗就乐而忘忧，恐怕也是穷酸文人说的云山雾罩的虚话。你想想看，古代老百姓有了病痛，有钱就求医吃药，没钱就忍着，读什么诗呢？读诗管什么用呢？大多数人也读不懂，读了之后怕还是头痛背痛全身痛！有人说'痛苦出诗人'，你读了这种痛苦诗人的诗，弄不好还传染上他的痛苦，何苦来呢！所以我们可以说，做一个现代人，只吃药，不读诗，没什么不好！"陈建军说完这段话，甚感得意，觉得自己讲话俏皮，讽刺了郑文刚，又以主人的身份为这场争论做了个总结性的结论，准备另提一个话头，说些别的。

不想郑文刚听了陈建军的讽刺，却认真起来，揪着这个话题不放，比手画脚地继续发挥他的意见："现代医疗外科手术是很了不起，断了手脚接起来，换肝换肾，心都可以换，那是没有话说。要说高科技药品能代替诗歌和古典文学，我看还不到下结论的时候。我也有医生朋友，听他们说过，许多止痛药里都用了吗啡，也就是说用了毒品，所以很多人吃止痛药吃上了瘾，天天都得吃，不吃的话就愁眉苦脸，情绪低沉，做不了事。所以吃药实际上是用毒，高科技制药商不明说就是了。咱们再说这读古典、诗歌，如果上瘾了，天天都读，总比用药、用毒品上瘾强吧？服了有毒的止痛药，人不过就是傻乎乎地感觉良好几个小时，疗效过了，接着还得服药，是不是？那读诗上了瘾的人呢，他和先贤经常有心灵上的交流，精神上有升华，他的精神生活是丰富多彩的。"

见陈建军脸上露出不屑，他接着说："诸位莫嫌烦，让我来举两个例子。张学良去世之后，他和赵四小姐的日记、手稿交给哥伦比亚大学的特殊文献藏书室保藏，我去看过张学良的日记。虽然很简略，但看得出他和赵一荻在台湾的日子过得很不开心。张学良在日记中记到，有一次赵一荻喝醉了，在酒席上失态。这'失态'两个字很值得玩味。他们的痛苦太深沉，三言两语只透露出那么一点点信息。我查过他们交给哥大保藏的资料目录，见有一本赵一荻抄录唐诗的小册子，就请图书馆员找出来看，我翻看那一笔一画工工整整的抄本，心中无限感慨。后来我在法拉盛看宋美龄的国画展，感慨更多。宋美龄四十年代抗战时期来美国，风华绝代，迷倒美国众生。可是只不过几年工夫，蒋介石丢了大陆江山，宋美龄跟着他逃到一个小岛上，也算是一个难民。人生大起大落，想想真是惊心动魄。那时她五十多岁了，才拜师学国画。要知道她从小接受西式教育，英文比中文好。好像她年轻时说过，她除了脸是中国人的脸以外，其他一切西化。这么一个人，为什么要在过了五十岁、遭逢人生大磨劫之后学国画呢？那些画展、画册上吹捧她的话，我看都不着边际。宋美龄的画，不在技法、布局、意境，她的画和赵一荻的唐诗抄本一样，可以从里面看出她们一笔一画的挣扎，上接千年活水，由痛苦转入平静、超脱，反败为胜。"

袁萍、陈建军等人听着郑文刚长篇大论的发挥，都不耐烦了，互相交换眼色，无可奈何地耸肩膀，翻白眼。袁萍晃晃脑袋，脖子上的一串玛瑙宝石项链微微荡了一下，她截住郑文刚的话头说："蒋介石、张学良那么有钱，你怎么知道他们不会买药给宋美龄、赵四小姐吃？我看你那一大堆话都是胡解释。要我说呢，宋美龄、赵四小姐，还有蒋介石、张学良，落魄台湾之后当然都是些痛苦的人，但他们一定会用贵重药品来治他们的疼痛，什么诗歌、国画，那管什么用，不管用的。"

17. "枫桥夜泊霜满天"

"不管用！根本不管用！绝对不管用！我完全赞成袁萍的看法！什么人有了病痛，都得吃药，吃药才管用。我建议大家都留下袁萍的通讯地址、联络电话，有了病痛，赶快找袁萍买药。"

说这话的是一个三十来岁的男子，中等个子，戴一副厚厚的近视眼镜，一头黑发乌黑得夸张吓人，一看就知道是染的。只见他一边说一边看着袁萍，急巴巴地要讨好她。袁萍却偏着头，不正眼看他，一副爱理不理的样子。

那男子叫杜胜，原是某省某年高考第一名，后来考"托福"也考了个满分，人称考试神童。他从小被祖父母、父母督促着读书，认真学习考试，考试总是考得好。亲戚朋友、老师都时时夸奖，名字又上过几次全国性的报纸，自然是得意非凡，眼高于顶，自以为过人一等，时时处处都以考试成绩定位自我、观察别人。来美国以后，凡是在中国人的社交场合，说不上三句话他就会问对方是不是经过考试出国的。追求女孩子也是先打出自己是考试神童的旗号，以为女孩子就会崇拜他。谁知女孩子和他交往一两次后，发现他不通世事人情，连说话都不会说，常常出口即得罪人，又嫌他少年白头、未老先衰的样子，便找借口不再和他来往了。杜胜慢慢醒悟他的少年白头不为女孩子所喜，便买了染发精来将白发染黑，结果反而黑得发假。

杜胜找工作，面谈时也是一上来就说他是考试神童。他不知道许多公司的主管连大学都没念完，平时开玩笑最爱自嘲读书时考试不及格。见来了这么一个以自我为中心的考试机器，心肠好的笑一笑挥挥手叫他走路，碰上那刻薄的人，往往要讥讽、揶揄他一番，先赞后贬，请他另谋高就。杜胜从小被人百般奉承，哪想到在美国找事却因为考试考得太好而到处碰壁，于是愤世嫉俗，痛骂美国社会庸俗浅薄，优败劣胜。

杜胜在美国公司找不到事，就自己成立了个"中美文化交流公司"，印了名片，上面写着他是这家公司的董事长和总裁，也不知具体做些什么。不久前他在一次宴会上见到袁萍，惊为天人，下了决心追她。袁萍一开始就不喜欢杜胜，听他和人谈话总是离不了考试的话题，觉得这个男人真可笑，仿佛上了考场就从此下不来了，又想到考试会把一个聪明人榨干到这种没有灵性、没有常识的地步，不由得胆寒。袁萍本想不理杜胜，但又感到尚未摸清他的底细，不知以后扩展生意时是否用得上他的"中美文化交流公司"，于是接电话时便哼哈应付他几句，见了面对他爱搭不理的。谁知杜胜竟对她的这种爱搭不理的样子着起迷来，拿出他考试的看家本领，每天给袁萍打完电话或见面之后，都细细分析袁萍的说话腔调、速度、面部表情、手势动作，详细做笔记，每次记完都喜不自胜，觉得很快就会把袁萍追到手。

这次杜胜陪袁萍到陈建军、郑蓉蓉的新居赴宴，时时处处留心讨好袁萍。刚才袁萍和郑文刚辩论，杜胜觉得这是一个绝好的机会，于是便插嘴替袁萍帮腔。他见袁萍爱搭不理的样子，心头越是有股热乎劲一拱一拱的，决定再进一步向郑文刚挑战，驳倒郑文刚，以获得袁萍的欢心。

只听杜胜说道："这位郑先生说读古诗可以治病痛，我正好有腰痛的毛病，现在就痛着呢。让我来念一首唐诗，看看念完之后是不是就不痛了。"他清了清喉咙，念道："枫桥夜泊霜满天，江枫渔火对愁眠。姑苏城外寒山寺，夜半钟声到客船。"

念毕，他背过双手去揉自己的腰，说："我的腰还是痛。"一边贼兮兮地朝着袁萍笑。袁萍见他如此奉承巴结自己，心下鄙薄他，却也有几分得意，便微微扬了扬眉毛，似笑非笑地撇了撇嘴。

陈建军却是大喜，高声说道："小杜不愧是高考冠军，青年才子，出口成章，唐诗倒背如流，果然不同凡响。好了好了，今天这场辩论到此结束，我们的结论是：药胜诗败，再清楚不过了。小杜呀，你的腰痛，当然要吃袁小姐公司的药，那是不在话下。只是远水救不了近火，我现在先介绍位气功大师给你按摩按摩，老屠！老屠！老屠呢？老屠在哪呀？"陈建军一迭声喊起来，扫一眼瞟到郑文刚满脸不以为然的样子，张了张嘴好像还要再辩，便恶狠狠地瞪他一眼，示意他不要再说下去了，郑文刚见状，只得无可奈何地打住了，开始一颗一颗地剥花生米吃。

"谁找老屠呀？这么大呼小叫的。"只见从客厅左边的小客厅走出一个四十多岁的中年女人，平常长相，小个子，脸色黄黄的，像是营养不良，又像是劳累过度，口气却是稳稳的，一听就知道是个管事敢拿主意的人。陈建军忙给众人介绍："这位叫贾喜，是郑蓉蓉的表姐，在康州的哈德福市开诊所，自己是名医，精通中西医术不说，手下还有几个人，都是身怀绝技的，有的是气功大师，有的是推拿专家。今天她特意来看我们的新房子，还带了一个气功大师屠守礼一块来。喜姐，老屠呢？这位小伙子杜胜有腰痛的毛病，请他给按摩推拿一下怎么样？"

贾喜答道："老屠正在那屋和他老婆讲电话呢，也不知道还要说多久。"她上下打量了一下杜胜，说："小伙子腰痛啊？女朋友太多了吧？"杜胜顿时脸红起来，居然老老实实地说："不瞒您说，还没有固定的女朋友呢。"众人听了都笑。

说话间屠守礼由小客厅出来，问道："有什么事叫我？"众人一看，陈建军口中的气功大师果然长得不俗：高大肥胖，满脸红光，头剃得光光亮亮的，慈眉善目像个有道高僧。陈建军拉起他的右手让众人看，厚实多肉，五根手指结结实实，确实与众不同。陈建军说："大师今天下午给我按摩过，别提多舒服了。杜胜，跟大师到小客厅去，在沙发上躺下，让大师给你捏捏，包给你治好！"

屠守礼憨憨厚厚地笑了笑，也不多说话，就领着杜胜到小客厅去了。

到了小客厅，屠守礼让杜胜脱了上衣，又让他去掉裤带，把裤子褪到大腿根部，叫他面朝下趴在长沙发上，便开始给他按摩。先是顺着他的脊椎骨两边由下往上推，然后在他的左右臀部推拿一番，又找到他的腰眼，用拇指顶着揉搓起来。杜胜本来没有什么腰痛，给他按摩得却也舒服，于是闭起眼睛享受起来。

过了一会儿，屠守礼问道："杜先生是干哪一行的呀？"杜胜睁开眼睛，拉过丢在沙发上的上衣，掏出一张名片递给屠守礼。屠守礼一看，说："哟！杜老总！不简单！这么年轻就做老总了！"

杜胜觉得屠守礼是个憨厚的人，替他按摩尽心尽意，不想跟他耍花枪，就直接说了："什么老总！我其实是个光杆司令，走江湖，瞎混！"

屠守礼听了，哈哈大笑，说："杜先生是个直性子的人，不要我，我喜欢你这种人。说得好，咱们都是些在江湖上瞎混的人，蒙老外不蒙自家人。你戴着副眼镜，怎么看怎么像个文化交流公司的总裁。我长了这副模样，说是气功大师也有人信。我给你比试比试。"屠守礼叫杜胜翻过身来，他以右掌对准杜胜的左肩窝，"比如说你来治病，说这痛，我便往这发功。"只听他"嗨"的一声，右掌开始微微发抖。不一会儿，他头上仿佛有蒸气冒出，微微似有汗珠。

屠守礼狡黠地朝杜胜一笑，说："像我这样的胖子，憋气一阵子，脑门上便出汗，说是发功，人们就信了。其实我从来就没有练过什么气功，现在也不懂气功。以前我在国内，是乐队的鼓手，打鼓打出了两手的劲道。"

屠守礼示意杜胜还是脸朝下趴着，他在杜胜的左肩胛边上找到一个点，用拇指轻轻转揉起来。杜胜觉得一阵酸麻，不觉"哼"了一声。屠守礼说："这叫阿是穴，是人身上就有，现代人整天在计算机键盘上打字，每个人的肩背上都摸得着阿是穴。摸着一按，'啊呀'一声，就找着了。这也不用投师学多少年，在人身上摸几个小时就学会了。美国人的按摩，有一种是脊椎整形，抓住人的脑袋猛地一拧，脖子'喀嚓'一响，或者是扯住大腿拼命往下拖，其实就是松骨，那玩意儿不敢乱试，弄不好就把人拧扭了筋或是弄岔了气，不是开玩笑的。还有一种是北欧式按摩，我去试过。叫你脱得一丝不挂，拿一块毛巾盖着，进来一个白女人，用手顺着你肩上、背上肌肉的纹理慢慢一块一块地揉。这种按摩是舒服，怪不得有些有钱的美国人喜欢每天做。我去试探了他们按摩师的虚实，回来也照着他们的方式做。"说着，屠守礼用他肥厚的手掌慢慢在杜胜的腰部推揉，杜胜觉得是很舒服。屠守礼接着说："我给老美按摩做到一半，就摸到他们的阿是穴，揉巴揉巴，他们觉得酸麻，哼哼叽叽就以为我气功上来了。然后再给他们推推揉揉，他们就舒服了，爬起来还给我不少小费。"

屠守礼口没遮拦，说得兴起，很快就把他在贾喜诊所做事的过程和贾喜诊所的底细都说了出来。原来贾喜本是个妇科医生，来美国之后因英语不好拿不到医生执照，偷偷给人做过一些人工流产手术，后来觉得生意不大，风险太高，便做起针灸、按摩推拿的生意来。她在纽约唐人街做了一段时间，觉得华人中医诊所越来越多，竞争太激烈，就动了脑筋，到康州哈德福去开了一家"华人保健服务室"，因为没有行医执照，所以打的是保健服务的招牌。一开始只是她和另外一个助手，做了一阵按摩，贾喜便开始给一些顾客推销"针灸耳轮保健养生"，说是她家的祖传秘方，耳轮上有打通全身关脉的穴位，扎针可以预防百病，强身健体。听她讲得头头是道，又神神秘秘，有一些老美就来试她的耳轮针灸，因说是保健，不是治病，有些人扎完针后说感觉不错，于是就有越来越多的人上门来试。贾喜脑筋动得快，马上看出美国人舍得花钱保健，又愿意试各种所谓传统中医的方法，她赶紧租了一间更大的房子，接着推出"足底按摩"的新服务项目，又雇了两个原来在国内吹笛子的乐师，对顾客说他们是中国正宗足底按摩祖师的第十二代嫡传弟子，足底找穴奇准无比，拿捏的力道，又最是均衡平稳恰到好处，给他们按摩过了，有病治病，无病保健。

贾喜的生意眼光不错，"足底按摩"推出之后，客似云来。贾喜用她那半生不熟的英语，向顾客大讲"知足常乐"，那些老美听得似懂非懂，却是对她那些暧昧不清的解释越发着迷，呼朋引伴而来，贾喜的生意便越做越大。两年前，她见到屠守礼，凭直觉认定他的长相有卖点，马上请他来做"气功大师"，果然做得不错。屠守礼讲完这些故事，一脸无所谓地说："说白了，我们不过是些江湖骗子。"

正在这时，屠守礼的手机响了。他对杜胜说了声对不起，拿起手机，问："谁呀？哟，又是你。别着急，我现在有事，回去再说吧。"

放下手机，屠守礼对杜胜说："是我老婆。刚才就和我讲了一大通电话，说我那宝贝儿子要买车的事。我儿子五岁来美国，今年十七了。他来美国，上美国学校，很快就把中文忘了个一干二净。我老婆每个星期六逼他去中文学校,开车接他送他,每次都跟打仗似的。他恨死了去中文学校,我们不愿他长大了完全不懂中文,就哄他说,他要是好好念中文的话,等他到了开车的年纪,便给他买车。今年他十七了,就天天缠着我们给他买车。他妈妈说,他中文没好好念,考试老考不好,还不能给他买车。而且他现在交女朋友,有了车更不得了啦,更无法无天了。"

"中文学校也考试?怎么个考法?有国内那么严格吗?"一提到考试,杜胜就来了精神,很有兴趣地问道,准备一有机会便说出自己一生考试战功赫赫的事迹。

屠守礼道:"中文学校有考试,严不严格我不知道,但我猜也就是给些安慰分数。"

杜胜很严肃地说:"那怎么行?考试要严格认真才算数的。"

屠守礼笑笑,一副无所谓的样子:"我说杜先生,你别拿这事当真。我也不怕你见笑,我就不是个读书考试的料,我从小就是个尖屁股,坐不住,看半页书就眼困。我儿子这点特像我,不喜欢读书考试。所以我们不用去做亲子鉴定,我儿子肯定是我的种。我儿子不喜欢念书,也不喜欢念中文,中文课上要他背唐诗宋词写文章，他就叫苦连天，学了几句中文也不好好用，经常只是胡说八道而已。有一次，他回家问我们：你们叫自己是老中，叫美国人老外。为什么你们不叫大陆人'老大'，香港人'老香'，台湾人'老台'呢？为什么统统叫'老中'呢？他妈妈听他胡说八道，还傻乎乎地乐，哭笑不得，骂他不好好读书，瞎说一气，弄不好将来是个分裂分子。"

杜胜听了，笑了一笑，接着摇了摇头，说："像你儿子这个样子，恐怕只有考试才能纠正。让他认认真真中规中矩考几次试，他才能正经学点东西。"

屠守礼听杜胜还是很认真地强调考试的重要性，也摇了摇头，耸了耸肩膀，一副无所谓的样子，说："你说得不错，杜先生。但是我这个儿子考试绝对不行，一点办法也没有。去年暑假，我们花五千块钱送他去参加中文学校组织的'神州文化之旅'夏令营，人家的孩子回来了用中文写文章，我儿子回来了只会说笑话。我老婆气得要死，说是花五千块钱培养了个歪嘴和尚！"

屠守礼告诉杜胜，"神州文化之旅"夏令营结束返回美国之后，在中文学校做汇报演出，他儿子上台，用四音不准的普通话讲笑话：

我爱中国！我更爱现代中国！现代中国使我以自己是中国人而骄傲！

老师告诉我们，传统中国的美德是谦虚。在北京，我亲眼看到，现代中国的美德是自信和骄傲！一下飞机，我们就看到"中国很行"的大牌子。后来，我们在大街小巷还看到"中国农业很行""中国工商很行""中国建设很行""招商很行"和许多"很行"。我们旅馆对面大楼的屋顶上，就立着八个巨大的大字，非常醒目："中国人民很行总行"！

我真是太受鼓舞了！我是中国人民，我很行，我也总行！

杜胜听了，跟着屠守礼一起哈哈笑了几声，然后说："这个笑话，好像有人说相声说过，网上也在流传，你儿子是抄别人的。"

屠守礼一点也不在意，笑着说："我儿子除了抄别人的，还能有什么本事？可你别说，就这样的笑话，经我儿子那张歪嘴说出来，还真逗人乐。他那次表演，居然得了个头奖！我跟你说，杜先生，你别看我这儿子考试不行，读书不行，说中文只会怪腔怪调地讲些歪门邪道的笑话，偏偏就有许多女孩子喜欢他。今年半年他就换了三个女朋友了。现在他正交着的女朋友,父母是香港来的,我儿子拿腔拿调地叫她'老香',自称'老大'。天晓得是怎么回事,那女孩子居然就喜欢他这张胡搅歪缠的嘴,整天屁颠屁颠地跟在他屁股后头,疯疯癫癫地叫他'很行总行',真是没办法。他妈妈就担心啦,怕给他买了车,他天天带着女朋友去兜风,更不念书了。我嘴上赞成他妈妈,心里却想,他现在有条件,交交女朋友也没什么。我老婆教训儿子,拿我给儿子做榜样,叫儿子向我学习,二十多岁再谈恋爱结婚。我老婆以为她是抬举我,我倒怕我儿子因此看不起我呢。我当年不是没条件吗?我要是在美国长大,能那么老实吗?嗨,说实在的,杜先生,我特别羡慕像你这样的年轻人,机会多呀!"屠守礼说最后这几句话时,对杜胜挤眉弄眼,强调他的嫉妒之意。

屠守礼平时工作时间长,顾客全是不懂中文的白人,他没人说话,所以见了杜胜就大谈特谈,一抒心中憋闷。可是他的这番话,听在杜胜的耳里,却是别有一番滋味。特别是屠守礼说自己的儿子不爱读书,不会考试,居然不停地换女朋友,杜胜想到自己是考场冠军,追女孩子却总是不顺利,心里真生气,于是点点头算是向屠守礼道了谢,说声我去那边一下,气鼓鼓地走出了小客厅。

大客厅这边,贾喜仍在高谈阔论:"美国人舍得花钱保健,所以他们的身体素质好。现在到我诊所来的一些顾客,是用亲戚朋友送的保健礼金交诊费。逢年过节时,这些懂得保健的老美也希望亲朋好友一起保健,不送一般礼物,而是送他们现金,或是保健金券,让他们用这钱去针灸、按摩。我前不久印了一些保健礼金券,销得还不错。真的,老美不像咱们中国人,人家舍得花钱治病保健。咱们中国人,花一块钱像割他的肉似的,有了病痛就忍着,哪里舍得花钱治病呀,更不用说保健了。所以呀,咱们中国人素质低啊!"

有客人听了,觉得贾喜赚不到中国人的钱,就说中国人素质低,又看她面有菜色,一脸倦容,也不见得会每天给自己按摩、针灸,一副病恹恹的样子,却洋洋得意地推销保健养生,所以对她所说的那一套大不以为然,于是便找种种借口离开这堆人,和别人聊天去了。另有客人对贾喜生财有道颇感兴趣,找空子问她创办中医保健诊所的具体细节。贾喜却是不愿意谈细节,答非所问地说:"我是起点低啊!起点低啊!来美国时间不长,哪能和我表妹他们比啊!像我表妹他们这座大房子,我怕是这辈子都买不起住不上哟!也没啥的,住小一点的房子,自己和自己比,不和别人比,也心安理得。"郑蓉蓉在旁边赶紧说:"表姐,你怎么这么说话呢?我们这房子算啥呀?你将来买房子,绝对比我们的大,比我们的好,这我早知道了,还用说吗!"

18. 红烧狮子头和汉唐首都

周强坐在客厅里听贾喜种种议论,不想插嘴,只是不作声地坐着听。他看见杜胜由小客厅走出来,便迎上前去,微笑着轻声对他说:"杜先生,跟你说句话?"两人走到客厅一角,周强低声说道:"杜先生,刚才你背的那首唐诗,我记得第一句应该是'月落乌啼霜满天',不是'枫桥夜泊霜满天'。'枫桥夜泊'是这首诗的标题。"杜胜瞪了周强一眼,说:"我改了。我做了一些改动,使它更容易被现代人理解欣赏。"说罢即撇下周强,径自去找袁萍去了。

周强没想到杜胜是如此反应,不禁愣在那里,半晌出不了声。郑文刚是个细心人,刚才在旁边侧耳听到他俩的对话,见杜胜一句话竟把周强噎得转不过神来,便走过去和周强搭讪:"周先生,刚才好像听说你是在大学教书?"

周强答道:"是。教社会学。"

郑文刚笑道:"周教授教社会学,肯定对社会文化、大众心理深有研究了。常到华人社会走动走动,观察观察?"

周强说:"走动不多,观察很少,根本说不上有什么研究。"

郑文刚说:"唉,你们做学问的人,就是讲礼节,谦虚。刚才你不想让杜胜当众丢脸,他背错了诗,你找机会私下告诉他,想不到他偏偏不领情。要我说,还不如当场就指出他错了,别顾他的私人脸面,维护我们古典文学的准确才是要紧的事。刚才你也全部听到了,他是故意和我抬杠,硬要证明背诗不治腰痛,我要是指出他的错,人家会说我是故意找碴子,卖弄学问。"

周强笑道:"郑先生,这么说起来,你才是真正的谦谦君子。其实说起来个人的脸面算不了什么。我倒是在想,其他人背错了唐诗也不是什么大不了的事,可杜胜是一家公司的总裁,专门推动中美文化交流,他这样的人就不该错。"

郑文刚笑起来,道:"周教授,听你说话,就知道你是真正的学者。我喜欢和你聊聊。怎么样,咱们找个地方坐下来,好好说会儿话?"

周强跟着郑文刚走到一个僻静的角落,在一个小茶几旁边坐下。郑文刚喝了口茶,接着说:"周教授,我在唐人街混了十来年,也稍稍见识过一些人和事,知道那么几个过江的猛龙和走江湖的骗子。世界上的事情真是很难说,有些真有学问的人混得不怎么样,那没有学问、张口就错的人,倒混得不错。最气人的是,那没有学问,可是会玩手腕的人,往往把真有学问的人整得一塌糊涂。我给你说个现成的例子。我们唐人街的一间中学,有一个教社会科学和历史的老师,叫吴国忠。"

周强听他说起吴国忠,不禁出声说道:"吴国忠?"

郑文刚道:"周教授认识他?"

周强本想说他们是多年的老同学,后转念一想,先别说,且听郑文刚会说些什么有关吴国忠的故事,便含糊说道:"好像见过一两面。"

郑文刚说:"这位吴国忠先生,学问好得不得了,我最佩服他了。他教中国历史、美国历史,还可以教政治和文学。学生拿什么问题去问他,他都可以回答解释,学生服他,给他起一个外号叫'问不倒'。我学英语出身,有时候去教英文补习班赚点外快,听学生说过好多他的故事。吴国忠学问好,人品也好,学生喜欢他,同事、家长尊敬他,他不显山不显水的,本本分分教他的书。有一次他和学校官僚顶起牛来,被整了两年,令人听了就生气。偏偏整他的那个学校官僚正好是个中国人,而且是个不学无术的中国人,更使人生气。"

郑文刚见周强对他说的故事甚感兴趣,神情专注,心下高兴,便慢慢道来:

和吴国忠作对的那个中国人,叫洪伟,是学戏曲专业的。读了博士之后不想去竞争激烈的大学教书,跑来教中学。起先教教中文,后来也教社会科学。他的中英文底子都不行,说英文口音很重,学生都不喜欢他。但是洪伟会逢迎校领导,经常请他们吃饭,博取他们的好感。他又巴结认识了市教育局的人,其中有一位副局长,特别爱吃一道中国菜"红烧狮子头"。洪伟本是不爱下厨的人,但得知副局长的嗜好之后,回国时便特意去拜师学艺,学会了做这道菜。有机会他就打电话请那位副局长来家里,专门烧"红烧狮子头"给他吃。洪伟学到的诀窍是,红烧狮子头要烧得好,一定要放肥肉。美国华人餐馆做的红烧狮子头,多数用的肉不对,所以吃起来是个实实的肉坨子。洪伟烧的狮子头加了肥肉,吃到嘴里又松又软,入口即化,吃得那副局长舌底生津,不亦乐乎。洪伟猜他馋虫起来的时候，就打电话去请他，副局长果然会应邀赴宴。

一来二去，洪伟把关关节节打通，就当官了，一直做到管理教学的副校长。有一年，有一位教师忽然在期末重病不能再教书，洪伟只得自己去负责那生病老师的一班历史课。期末考试，学生答考题时写，"西安是中国汉、唐的首都"，洪伟批改考卷时，把"汉"划掉，扣学生五分。学生当然不服，去找校长，又去找吴国忠。校长完全不懂中国历史，听洪伟说西安只是唐代的首都，也不多究，就让洪伟自行处理此事。

洪伟知道学生已经找吴国忠说了此事，就打电话给吴国忠，说是这个班有几个学生在闹事，请他不要插手。吴国忠听了，说："学生若是闹事，当然你要对付他们。不过有两个学生说是期末考答题的事，本来是小事，他们答对了，就给他们该得的分数不就行了吗？"

洪伟说："那不行，这些学生刁钻得很，你给他们钻一次空子，以后你就没权威了。"

吴国忠笑道："老洪啊，学生有时候是没有礼貌，但他们该得的分数还是要给他们的。"

洪伟说："不行，我说他们答错了，他们就是答错了。我不能因为他们去校长那里闹事，就给他们改成绩，这样的话，以后我的权威怎么树立得起来？"

吴国忠听了，不禁愕然，心想怎么会有这种教师，蛮不讲理，而且语带威胁，要我不要支持学生，帮他维持权威。于是不再客气，直说："老洪，学生没错，西安在汉代也是中国的首都。他们不是无理取闹，我看你最好把他们的成绩改过来，这事情就算结了。"

洪伟却也直通通地答道："校长已经授权给我全权处理这件事，你最好别帮学生说他们没有错。我们中国人在美国社会出人头地不容易，我的权威树立不起来，对大家都没有好处。"

吴国忠听了，心下叹道，真是人心难测，人性易变，共事这么些年，居然看不出洪伟也有权迷心窍的霸蛮。本不想理他，但看他拉起架势，明明是死撑着不认错，让学生为他的权威垫底，却说成是为中国人争面子，让我闭着眼睛不管这件事。不禁觉得又可气又可笑，遂对洪伟说道："老洪，我刚才说了，这本是件小事，你把学生的成绩改过来就完了。我不是要拆你的台，但是西安也是汉代的首都是无人可以改变的历史事实。我只能这么说，谁找我，我也会这么说。"

洪伟说："老吴，大家都在海外走江湖混日子，何必那么认真？不就是一个汉代吗，去掉有什么了不起？我不是说他们答唐代答对了吗？唐代对了，就行了。你何苦跟我过不去呢？"

吴国忠听了，既惊且惧，又怒又伤，心下对洪伟只有鄙夷，答道："海外混日子，我已经马马虎虎过了这么多年，许多事想认真我也认真不起来。这次我就认真一回，不让你把汉代去掉，倒不是要跟你过不去，只是我总算还有那么一点点自尊心。听着，洪伟，我和你将来都会死的，但汉代的首都是西安，千古不变。"

洪伟听了，沉默一会儿，说："你这么精明的人，想不到也会这样执拗。咱们走着瞧。"就把电话挂了。

洪伟思考了一夜，决定好汉不吃眼前亏，要在学生那里把自己的面子找回来。第二天，他在课堂上满面春风地对学生说，这次期末考试，他做了一项独特的测验，故意在他们答对了的考卷上圈去"汉"字，并扣了五分，看他们是否会来找他核对。现在看来，所有的学生都通过了这项测试，都知道那个"汉"字是被故意删去的，以此来检验他们的知识是否掌握得牢固。"好极了，好极了。"洪伟高声宣布，"我对测试的结果非常满意，并决定奖赏大家——每人加五分。"学生多得了五分，都欢欢喜喜的，也不再多究。

有学生事后去告诉吴国忠，吴国忠听了，一笑置之。

不想洪伟却是个记仇的人。他两年后又升官,离开那间中学到市教育局任主管"特殊教育"的处长,找机会整了吴国忠一次。原来吴国忠虽有博士学位,最初到中学却找不到工作,因为教师工会有规定,中学老师必须修够一定数量的教育学学分,拿到州政府颁发的教师执照才可以在中学教书。吴国忠硬着头皮去修了几门教育心理学的课,觉得太肤浅,根本没有兴趣修下去。恰在此时那间中学缺社会科学的老师,经朋友推荐,校长找吴国忠去做代课老师。吴国忠只教了一学期,大受学生欢迎,校长等人就在官僚手续上做了文章,把吴国忠列为教特殊教育的双语老师,实际上叫他教普通班的历史和社会科学课程。由于吴国忠教书的成绩好,无人纠缠他没有修够教育学学分的往事。

洪伟升任管教学的副校长之后,看过吴国忠的档案。等他升官到教育局去做了处长,他就通过官僚渠道逼学校只让吴国忠教特殊教育的班级,又迫使吴国忠完成教育学的学分,不然就解雇他。吴国忠心下当然明白,这是洪伟的私人报复,但他做得天衣无缝,一切符合规章制度,吴国忠只得默默承受,过了两年苦日子:白天给那些弱智的学生上课,晚上去修教育学的课程。两年之后,总算修够了学分,才又重新给正规班教课。

这时，洪伟又升了官：他到宾州一个大城市的教育局去做行政副总监了。

郑文刚夹叙夹议把这段故事说完，很感慨地说："周教授，你说是不是，这世界很不公平。"

周强听郑文刚说吴国忠的故事，心里酸酸的，却感到无话可说，含糊答道："这世上是有许多不公平、不公道的事。"

19. 人生就是请客吃饭

两人正说着，只见一个女子走近他们，一边嘴里嚷着："郑文刚！你跑到这窝着哪！我到处找你找不着。快过去，陈大哥找大伙儿过去唱歌呢！"

郑文刚给周强介绍："这是杨丽，著名的歌星。"周强向她点点头，只见她穿一件带拉链的白色毛衣，下面是一条白色皮短裙，一双长统皮靴，高挑身材，丹凤眼，嘴唇涂得红红的，一看那模样就让人猜测她不是演员就是模特。杨丽朝周强笑笑，接着对郑文刚说："张洪和刘文正喝酒猜拳，郑蓉蓉怕他们真喝醉了，就叫我把大伙儿叫过去唱歌。"

原来刘文正刚才和老婆吵架，心里不痛快，便去找张洪喝酒猜拳。张洪心里也不舒服，立即答应和刘文正好好玩几把。一开始两人都使右手，先握掌成拳轻轻和对方触碰，然后收回，再把手往前伸出，或一指二指，或三指四指，或一掌五指全部伸出，或握拳不出一指，然后按两人出指总数及嘴里所喊数字定输赢。起初两人叫的是些"一条龙""哥儿俩好""三结义""四季发财""五子登科""六六大顺""七巧巧""八仙过海""九九归一""十全十美"，待二人喝完一瓶五粮液，声音就大了起来，也不再先伸拳和对方触碰，直接就把拳头从脑袋旁边往下劈下去出手指，两人都往前拱着头，垂着肩膀，越猜越起劲。那张洪把袖子挽得老高，口沫横飞地说，"咱哥儿俩多少年也没这么痛快地猜拳喝酒了，今天让我喊几句新鲜的。"只听他从一到十喊道："我一心想发财呀！中美两边都发不成呀！三更半夜流眼泪呀！四处碰壁命不好呀！五毒俱全才能发呀！六亲不认才发得快呀！发财好啊，发财妙呀，发了财呀，有人爱呀，七老八十也可包二奶呀！我不够狠，也不够坏呀！九蒸九晒也没发成财呀！到如今，十指空空包饺子，小打小闹是个小买卖呀！"

众人听了，都笑。有那好捉弄人的客人想看张洪大醉的样子，又去找来一瓶茅台酒让他喝，被郑蓉蓉劈手夺了过去，喝道："不准喝烈酒了！从现在起只准你们俩人喝啤酒。"她又吩咐杨丽去找人到客厅来唱歌,要冲断刘文正、张洪的猜拳,不让他们真喝醉了。

杨丽今天本是和张洪一起来的。她刚从国内来美国一两年,认识了张洪,跟他去过两次大西洋赌城,今晚又到这里来凑热闹。杨丽在国内是专业歌手,来美国之后表演的机会很少,若是华人聚会她喜欢一展歌喉,爱听别人的恭维话。现在陈建军叫她唱歌,她很机灵地知道主人要热闹欢乐,不是让她一个人出风头,于是就上上下下每个房间去找人,把人轰到客厅里来一起唱歌。

客人们陆陆续续来到客厅,在杨丽的带领下唱起了情歌、民歌、流行歌曲、电影插曲,其间还穿插了样板戏《沙家浜》"智斗"一场,陈建军唱胡传魁、赖玉珍唱阿庆嫂、张洪唱刁德一。刘文正唱了《智取威虎山》中一段,他既唱杨子荣,又唱座山雕,嘴里还打锣鼓,哼过门,众人想不到他平时斯斯文文的,居然有一个人轰轰烈烈唱一台戏的本领,不禁有些吃惊,亦觉有趣,纷纷给他鼓掌助兴。刘文正唱出了兴头,拉着张洪一起唱革命歌曲,唱了一首又一首,意犹未尽,又唱起毛主席语录歌来。他对年轻一些的客人说,当年他和张洪下乡插队当知青,只不过十四五岁,就是唱这些样板戏、进行曲和语录歌,或在洗澡时唱,或在荒山野岭中自唱自娱，这些歌全留在记忆里，一辈子都忘不了。有客人评道，很久没听这些语录歌了，现在听刘文正、张洪唱，才发现当年为毛主席语录谱曲的，实在是高手，能把政治理念和政策口号用流行歌曲的办法推行全国，真是了不起，对今天为各种商品写推销广告的作曲者，仍有启示。

郑文刚听众人评论，听刘文正、张洪唱语录歌，禁不住也唱起一首"革命不是请客吃饭"，刘文正、张洪、陈建军也纷纷跟着唱起来。唱完，几人明显地都有些情绪波动，仿佛有话要说，又不知道怎么说好，彼此望着。陈建军就说，干脆再唱一遍。于是这几位四十多岁的男人又唱起了这首别有滋味的歌，郑文刚也和他们一起大声唱起来，唱了一遍，又唱一遍。年轻一些的客人见他们如此兴奋地大唱其歌，都有点莫名其妙。

郑文刚笑笑，想着两人刚才还争得脸红脖子粗的，唱了几首小时候的歌，情绪就变了，不想计较了，毕竟是年纪相同背景相同的人。心里这么想着，嘴上说道："嗨，大家唱着玩玩，高兴就好。"

陈建军说："就是嘛，玩得高兴就好，玩得高兴就好。"

众人唱唱闹闹，吃吃喝喝，直到深夜才散。

回家途中，赵玉敏对周强说："你今天跟着大伙儿唱歌好像唱得很高兴啊。"周强答道："是，是有一种很奇怪的兴奋，说不清楚的兴奋。好多年没唱这些歌了，唱着唱着就有了好多的感觉，大都说不清，也有说得清的。有时候，唱着一首歌，我就仿佛又闻到了村庄里的气味，牛粪、炊烟、人畜混合的气味，很遥远又很熟悉，不知道为什么会起这种感觉。"

周强说着，叹声气，接着说："当年拼命要离开农村，就是要摆脱那些气味，后来努力挣扎在美国留下来，也是因为不喜欢中国的许多气味，想不到今天跟着大伙儿唱了几支老歌，才发现这些气味全还都在记忆里，挥之不去。"

赵玉敏说："我可没有你那些感觉。我闻到的是陈建军他们新房子的油漆味、女人们的香水味、洗发精味，还有各种食物的香味。"

周强说："好，你这样好，气味新鲜。"

赵玉敏笑道："你也得小心点，别让老歌引出老气味来。我看你这种感觉不是很好，都像你这样，那些唱歌的歌星还不得给老气味憋死！你还记得吗，杨丽去年在华人社团春节联欢晚会上，唱了《社员都是向阳花》那支歌，咱俩还议论过呢。"

周强经赵玉敏这么一提醒，想起来了，去年见过杨丽演唱。那次晚会，节目单上都是些名牌响亮的歌星，每人只能唱一支歌。不知是什么原因，杨丽唱的是《社员都是向阳花》。只见她在台上莲步轻摇，柳腰款摆，娇娇滴滴地唱出"公社是棵常青藤，社员都是藤上的瓜"。周强在台下坐着听，心想这才真是妙，人民公社都解散二十多年了，歌颂它的歌竟还在美国唱着呢。环目四顾，周围的男女老少面无表情地听着，周强不禁觉得滑稽，说不清这到底是黑色幽默呢，还是匠心独运的后现代乾坤颠倒法。

晚会后，周强和赵玉敏说起自己的荒谬感、历史挫折感，赵玉敏说："嗨，也没什么特别稀奇，人们也许喜欢听从小熟悉的曲子，你也别费脑筋去想这些事了。像我们常去买东西的超级市场，是台湾人开的，可里边就常常放着那支《北京的金山上》，由现在的年轻歌星用唱流行歌曲的调调慢慢悠悠地唱，总觉得怪怪的，转眼看旁人，大家该干啥干啥，也没有什么特别的反应。"

周强想，去年听杨丽唱《社员都是向阳花》，心中有种荒谬感、排斥感，可是今晚听这些恍若隔世的老歌，感觉居然完全不一样了，还跟着大唱起来。这到底是怎么回事，想来想去想不明白。

20. 琴韵入商音

第二天，赵玉敏、周强又谈起陈建军夫妇将几十个人请到家里做客的事，赵玉敏说："请那么多人，乱哄哄的，那种事我可做不来。"

周强说："是，请几十个人吃饭可是件大工程，那种事咱们不做。要不咱们下星期先单请施老师夫妇怎么样？"

赵玉敏听了，说："要说咱们早该请施老师夫妇了，只是我觉得咱们还得琢磨琢磨，怎么请他们才合适。按理说，他们年纪大了，该你或是我开车去接他们。只是施老师那么要强的人，最听不得年纪大了要人照顾的话，这话我不知该怎么向她说。让他们自己开车来，晚上吃了饭再开回去，我不放心。还有，他们年纪大了饭量小了，我们请客主要是个心意，这桌菜怎么做，也费思量。"

周强看赵玉敏颇费思量的样子，不由得笑起来，说："不就是请次客吃顿饭嘛，瞧你愁的那个样子。"

赵玉敏也笑道："我也没怎么发愁，只是请客总想请好了，客人高兴自己满意，你说不是吗？"

施老师叫施韵芬，六十来岁，从来穿戴齐整，清清爽爽的，未语先笑，言谈举止中有一种自信的从容，有一种独特的韵味。

施老师在杰西卡周末就读的中文学校给学生妈妈们开过一次古琴班。当初赵玉敏送杰西卡去中文学校时，学生还不是很多。妈妈们把孩子送到中文学校之后，有的就开车去购物中心逛店买东西，有的便扎堆聊天说闲话。过了一两年，上中文学校的小孩子忽然多了起来，家长自然也多了起来，妈妈们便起哄，说是孩子们上学学中文，咱们有大块的时间可以利用，何不也组织起来请老师教我们学点什么。有的要求学国画，有的要求学书法，也有不少人提出要学传统乐器。二十多岁、三十出头的年轻妈妈，则吵着要学健身操。

中文学校的董事会决定答应学生妈妈们的要求，为她们开设各类艺术、音乐、体操班，接下来便在中文报纸上登广告，招聘合格的老师。广告登出来只有几天，众多申请信便蜂拥而至，有的还附了长长的履历表，说自己是中国著名画家或者著名表演艺术家，在中国得过大奖、在欧洲得过大奖、在美国也得过大奖。有的寄来录音带，有的寄来录像带，还有的寄来DVD。中文学校校长翻看这些履历表，大为吃惊却也喜不自胜，在董事会上洋洋得意地说，天下各路英雄如此自投罗网，正是敝校蒸蒸日上的证明。

施韵芬看了广告也来应聘，但她的方式却最是独特。她没有寄履历表，只写了一封信给校长，说她会弹古琴，也会教人弹古琴。她愿意来学校做一次示范表演，如果有人看了她的表演登记报名，人数够一个班，她就来开班授徒，否则便算了。校长和董事们觉得她提出的这种方式其实最合适，大家眼见为实，耳听为真，看她到底是不是有真本事，她又不要车马费、不要求设宴招待，于是就答应了。

那天下午，赵玉敏以姑妄听之的态度，和一群叽叽喳喳的妈妈们到一间教室去看施韵芬的古琴示范表演。一位操着清脆京片子的年轻妈妈说："古琴太容易了，半天才拨一次弦，咚……嗡……咚……我是不是要学这玩意儿还没想好。"有一位说普通话带有浓重广东口音的中年妈妈说:"我原来是想学拉二胡的,可是不久前在地铁站见到一个拉二胡的,就改变了主意。那天那人正在拉《二泉映月》,接着拉《江河水》,拉得真是好,好多人站着围住他听,我也听得不愿走。大概是他拉得太好了,有一位白人老太太上前丢了十元钱到他的琴盒里,然后愁眉苦脸地给了他一个手势,就是篮球裁判叫'暂停'的那种手势,示意他别拉了。我想这二胡要是拉好了,大家听了凄惨,我何必要去学。"大家听了议论纷纷,有的说,这纽约真是藏龙卧虎,地铁里面有大师。有的说,二胡曲子也不都是听了凄苦悲凉的,《赛马》多么欢快,《茉莉花》也很好听。

就在大家七嘴八舌议论纷纷之际,施韵芬携古琴悄然而至。只见她中等苗条身材,瓜子脸上略施淡妆,穿一套黑色丝绸唐装,对襟上衣齐齐整整缀着一排红色布扣。她朝大家微微一笑,缓缓坐下。待她垂下眼光,注视着身前的古琴,悄悄做一深呼吸的时候,教室里的叽叽喳喳已全然消失。人声既去,不大的教室里便有了静气。只见施韵芬轻捻慢拢,忽徐忽疾,一曲未终,所有的人都已经被她的妙曼琴音征服。

赵玉敏本来有心去学国画,可她听了施韵芬的示范表演以后,大为倾倒,对施韵芬的琴艺,尤其是对她一身轻快逼走满室浊音的本事佩服得五体投地，二话不说当场就报名登记跟她学古琴。一统计，居然有十八个人要学。施韵芬笑吟吟地对大家说，要学琴得先有琴，她可以替大家订购古琴。下次正式开始上课的时候，请大家带现金来，每人买一架古琴。十八人异口同声地说，真是太麻烦施老师，太谢谢施老师了。

下一个周末古琴班正式开始上课，施老师雇人开车把古琴运来学校交给大家，众人兴高采烈地跟施老师学第一支曲子，听她讲技巧指法。施老师的确是教学有方，初学者经她稍稍点拨，居然也弹出点味道来。赵玉敏回家卖弄，周强恰巧心情不错，恭维她有音乐天分，一曲弹来并不烦人，赵玉敏自是得意。

第二次上课，施老师又教大家一支新曲子，又给大家指点弹琴的技巧。临下课，施老师说，古琴要有琴架，把琴放固定了，弹起来音才准，也使人有正确的姿势。她建议大家买个琴架，她可以替大家订购。大家一听，施老师自然说得对，于是又纷纷拜托她帮忙订购。一统计，十八个人都要买。

第三次课后，施老师建议大家买个琴套保护古琴，不然积了灰尘对琴不好。要是大家愿意，她也可以替大家订购。大家听了，都说有道理，又拜托施老师给大家买。一统计,十七个人要买。赵玉敏笑着说:"施老师,我先不买。"施老师笑笑,没有说什么。

自那以后,每次上古琴课,施老师都建议大家买点什么。有一次是建议大家买定音器,学着自己调音定音。有一次她建议大家买她制作的CD,可以在家边听边练习,还有一次她建议大家买像她穿的那样的唐装,以后上台表演穿起来精神自然不用说,就是在平时,换上这套唐装练琴,情绪也会不一样。最后一统计,全班十七个人都买,唯有赵玉敏不买。

有一次,在餐桌上,杰西卡问:"妈妈,今天你们的古琴老师又给你们卖什么啦?"杰西卡有几个小朋友的妈妈也在古琴班上,向施老师买了东西便嘀咕议论,有时嫌贵,有时觉得多余用不着。但又不愿意像赵玉敏一样与众不同,每次先买了,接孩子回家的路上却不免唠叨几句,孩子们都知道了这么一个教古琴兼卖东西的施老师。

赵玉敏笑着对杰西卡说:"施老师今天建议大家买上台表演的中式布鞋,我没买,因为我觉得用不着。"

杰西卡说:"人家的妈妈都买,为什么你不买呢?"

周强也插进来说:"花不了几个钱,该买你就买吧。"

赵玉敏看了看杰西卡,又看了看周强,说:"哎呀,这些个小事，你们俩替我操什么心呀。学古琴是自愿的，我自愿去学，越学越喜欢。我学得高兴，回家来也练，你们不嫌烦，我开着门练，你们嫌烦了，我关着门练。施老师建议大家买东西，也是自愿的，没有任何强迫的意思。我不想买，就不买。"

杰西卡说："人家的妈妈都买，你不买，人家会说你小气。"

赵玉敏拍拍杰西卡的脸蛋，说："没事，让他们说去。咱们小不小气是自己的事，不在乎别人怎么说。你也别和他们搭腔，装着没听见就是了。咱们自己做人有个坚持，不在乎别人说什么，也不和人吵架。"

她又转过脸来对周强说："说真的，我实在佩服施老师。她的琴弹得出神入化，那是没有话说。她教我们弹琴也是十分尽心，最懂得因材施教。我看她弹琴、教琴，气定神闲，从容自信，根本就是个超凡脱俗、一尘不染的纯音乐家。可一到下课前的十分钟，她建议大家买东西，还是那副神态语气，却纯粹是个顶尖的推销员。"

周强说："听你说得这么神乎，我什么时候来旁听旁听，见识见识你们这位施老师。"

赵玉敏说："哎呀，咱们一屋子女人清气，谁要你这个臭男人来捣乱呀！"

周强说："正是因为你们满室阴柔，才该让我的阳刚气冲一冲呢。"

赵玉敏在周强背上打了一巴掌，嗔笑道："别胡说了，赶快收拾桌子，到厨房去洗碗！"

施老师给大家教了十次，卖了十样东西，便说众学员都有了基础，以后自己在家尽量抽时间多练习，最好是每天都练一练。这个古琴班，就此结束了。

赵玉敏果真如施老师所嘱咐的，每天都花些时间练古琴，心中时时想着施老师弹琴、教琴的神态风韵，自己揣摩。又买了些古琴曲的CD回来，反复聆听，跟着模仿，自觉琴艺渐有长进，心里欢喜愉悦。

约莫过了一年多，忽一日，赵玉敏接到施老师的电话，很客气地请她帮忙。施老师说，她在附近一间社区大学教古琴，那间大学的校长很有兴趣，请她在学校戏院做一次正式演出，不仅她自己表演，还要请她教过的学生也上台表演。施老师想请赵玉敏来参加表演。

赵玉敏受宠若惊，连声说自己的琴艺还差，不敢登台。施老师口气稳稳地说："我教过的学生，谁能登台，我心里有数。你来吧，帮老师一次忙。"

赵玉敏听她这样的口气，已是把她当作亲近的学生。想起自己当初不买她卖的东西，应该说是不敬，但施老师却仿佛不在意，客客气气请她帮忙，心下又是感动，又是惭愧，于是惶恐不安地答应了。

施老师还是口气稳稳地说："这两个星期，你就练《阳关三叠》和《流水》。表演那天的服装，我给你带来。"

那天表演，施老师先出阵。她三曲奏过，全场如痴如醉。轮到赵玉敏上台，她觉得戏院已被施老师的台风和琴艺清扫成一片净土，自己胸中无半点俗虑，精神饱满自然而然地奏了一曲，在雷鸣掌声中谢幕下台。

表演结束，学校领导、社区名人纷纷上来祝贺。施老师春风满面，大方得体地一一道谢。一片乱哄哄中，施老师向赵玉敏微微一笑，轻声说了句："谢了。"态度略有师道之矜持，语气却是诚恳。赵玉敏很感动、感激，只说了声："谢谢老师。"便被其他人打断了。

不久之后，施老师来电话请赵玉敏夫妇到家里吃饭。赵玉敏连声说不好意思，怎么可以让老师请客，应该是自己先请老师到家里来吃饭。这时施老师端出老师的架子，说："要是你请我，我们两个老人要跑老远的路去你家，还不如让你们年轻人跑跑路，到我家来方便。"赵玉敏只得答应了。

施韵芬和她先生董兆铭住在布碌伦一栋两层楼的砖房里。见面之后，赵玉敏、周强才知道，董兆铭已年近八十，比施韵芬大十几岁。因为施韵芬皮肤天生光滑细润，看上去比实际年龄还要小很多，所以两人看起来像是父女，不像夫妻。

施韵芬、董兆铭家里陈设极为简略，除了客厅里一套简单的沙发、餐厅里一张木餐桌、六把椅子之外，就没有其他的什么东西了。所有房间的墙壁上什么都没有，干干净净的。周强原以为这是施韵芬艺术家的独特风格，但他在客厅沙发旁的台灯座上见到一幅镶在框子里的放大照片，是施韵芬、董兆铭和一个十来岁女孩的三人合影，背景是一个大客厅，里面有一个摆着各式古董的多宝格，墙上有董其昌的字，心下便隐然有感，这家人有很多故事。

大家上桌吃饭，施韵芬端出来几盘菜：红烧海参、海米焖嫩豆腐、清炒虾仁、蚝油芥蓝，还有一碗红烧肉。她笑着对赵玉敏、周强说："我们两人上了年纪，吃得不多，你们多吃。周强呀，你多吃肉！"说着便把红烧肉放在周强面前。周强、赵玉敏连忙道谢，又连说不好意思。施韵芬说："不要客气，你们多吃，我就高兴。平时我们有一个小时工，每天晚上来给我们做一顿简单的晚饭。今天这顿饭倒是我亲手做的。"她缓缓说来，语气里满带着对后辈的怜爱。

吃罢晚饭，董兆铭回房间休息，施韵芬和赵玉敏、周强到客厅坐下喝茶。说过几句闲话，施韵芬拉起坐在她身旁的赵玉敏的手，以她特有的稳稳的语气，缓缓说道："小敏，你弹琴很有天分。我今天特意烧顿饭请你们，就是想让你知道，我这句话是真话。"

施韵芬叹了一口气。认识她这么久，赵玉敏第一次听她叹气。叹完气，施韵芬幽幽说道："只是晚了。倒退三十年，我手把手教你，你一定可以成大器。"

赵玉敏完全没有想到施韵芬说出这番话来，她当初学琴纯粹是由于偶然的机缘和兴趣，现在听施韵芬这么一说，一时愣了，不知说什么好。

施韵芬见赵玉敏如此反应，倒对她格外亲切起来，仿佛赵玉敏这种懵懂原不出她的意料。接下来施韵芬不紧不慢地把她的身世大略给赵玉敏、周强说了一遍。

原来，施韵芬出自音乐世家，从小弹古琴，也练过其他乐器。由于她天生的古典气质，在各种革命口号和运动层出不穷的年代，吃尽苦头，受尽屈辱。"文革"结束后，她有感于年过不惑而一事无成，又倦于各种人事纠纷，心灰意懒，便嫁给来大陆做生意的香港商人董兆铭。在那之前不久，董兆铭的太太和儿子媳妇去泰国旅游，在一起车祸中全部死亡。年近六十的董兆铭多年做古董、字画生意，也略懂艺术、音乐，两人结婚以后，相濡以沫，越爱越深，施韵芬执意要生一个孩子，苦苦挣扎了两年，终于生下一个女儿，在香港过了十来年舒适日子。

临近九七香港回归，他们移民来美国，原来住在曼哈顿公园大道夹七十五街的一座豪华公寓里。后来，董兆铭做生意失手，贴掉所有积蓄，他们只得搬到布碌伦住普通民宅。幸亏当时房价跌到最低点，不然还买不起。当时他们的女儿正好上大学，于是施韵芬便重出江湖，到各地中文学校开班教古琴，有机会了也演出，赚钱养家送女儿上大学。

告别施韵芬之后，周强一边开车一边对赵玉敏说："施老师是真心喜欢你。"

赵玉敏点点头，流下泪来。

过了一会儿，周强又说："这老太太真有修养，又有涵养。她是怕你心里有疙瘩，才请咱们吃这顿饭，把她要赚钱养家的苦处说给你听。"

赵玉敏说："其实我心里特难受、特后悔，当初为什么硬着心肠板着脸子不买施老师的东西。"

周强说:"嗨,当初要是你买了,说不定施老师今晚还不请咱们吃这顿饭了呢。"

赵玉敏道:"不许你胡说!"

停了一会儿,周强问赵玉敏:"施老师那么喜欢你,你最佩服她什么?"

赵玉敏说:"我佩服她的地方,多了去啦!你佩服她什么?"

周强说:"我?我呀,我首先最佩服她做菜的手艺,这你不问也知道。她那道红烧海参,做得真好吃,还有那道海米焖嫩豆腐,真是绝了,我从来没有吃过那么有味道的嫩豆腐。你学着点,什么时候也给我做一碗吃吃。"

赵玉敏道:"瞧你那馋样,也不怕丢人。你就只是佩服施老师做菜的手艺呀?你就那么没有出息呀?"

周强说:"我就知道你会给我这一句。实话跟你说吧,我今晚上听施老师讲她的故事,越听越佩服她。我佩服她'失意而不忘形'。"

赵玉敏想了想,道:"你的意思是,有的人是'得意忘形',咱们的施老师是'失意而不忘形',是吗?"

周强笑着说:"正是。你到底是我的老婆,听得懂我说的话。"

赵玉敏也笑着说:"你呀,你那张狗嘴,居然有时也吐得出一只半只象牙。"

周强见赵玉敏的情绪缓过来了,心里高兴,接着说:"咱们是真幸运,能够有机会见识这么一位真正失意而不忘形的人。失意忘形之人,遍地都是,想不见都难。而那些得意忘形的家伙,我们也见过不少,最精彩的我认为是孟千仞。"

赵玉敏同意:"是,那人可真是一绝。"

21. 吃辣椒，上哈佛

孟千仞是一位传播学教授，在赵玉敏被施老师叫去表演的那家社区大学教书。那次施老师、赵玉敏古琴表演结束，孟千仞上前跟施老师道贺之后便对赵玉敏自我介绍，说他是那间社区大学工会的副主席、当地中文学校的董事、当地华人协会的副会长，为了这次表演，他不知花了多少心血时间，在当地报纸、电台、电视上做广告，还动员人到处打电话，所以来了这么多人。赵玉敏见施老师对他客客气气的，也跟着对他客客气气道地谢。那么多人一片乱哄哄争先恐后地上来握手祝贺，孟千仞也不管别人，缠住赵玉敏留下地址电话后，才放开她，又和其他人去道谢说客套话。

那之后不久，孟千仞打电话来请赵玉敏和周强去他家吃饭。他在电话上连珠炮似的大声说，他女儿今年从哈佛大学毕业，他儿子刚收到哈佛大学的入学录取通知，又得了一个应届优秀高中毕业生总统学者奖。他家双喜临门，他要设宴邀请中西朋友热热闹闹庆祝一番，请赵玉敏、周强务必赏光。赵玉敏那次和他打交道，嫌他是个咄咄逼人的自我推销者，想找理由推托不去。刚刚讲了几句委婉的话，孟千仞就听出她的敷衍支吾，立即说，他别人可以不请，但赵玉敏夫妇非请不可，他们一定要来。如果必要，他甚至可以改日期。周强听赵玉敏说完孟千仞请客原委，道："请客也有这么霸道的，倒不妨去见识见识。不管怎么说，人家的孩子教育得好，这么有出息，去看看吧。"

孟千仞住在离纽约市不远，靠近哈德逊河的奥逊宁。他的房子浅灰色，两层楼，在半山坡上，从街两旁停泊的车子来看，这是一个劳工阶级的居民区。那天周强、赵玉敏开车顺利，比约定的时间提前十五分钟找到了孟千仞的家。

孟千仞开门将周强、赵玉敏迎进家里，喜气洋洋地给他们介绍家人，又带着他们楼上楼下每个房间各处细看。

那天是周强第一次见到孟千仞，只见他五十多岁，个子不高,大约一米六左右,晒得黑黑的,戴一副细圆眼镜,眼神很逼人,整个人也是精力充沛的样子。他和周强握了手后,立即退后两步,以便可以不必仰视比他高出一个头的周强。周强下意识地觉得,这个男人也许有"拿破仑情结"——据说拿破仑是个矮个子,却是个最要强不服输的男人。

赵玉敏的直觉果然不错,那孟千仞真是个咄咄逼人的自我推销者。他带着赵玉敏夫妇看他的房子,一面嘴里滔滔不绝地说他自己的事、他家里的事,根本不用赵、周二人提问,也完全不顾他们是否愿意听。

客厅里有两个高及屋顶的木制书架,放满了书。孟千仞说书架是他自己做的。周强、赵玉敏恭维他的手巧,能够自己做木工。孟千仞得意洋洋地说:"关键倒不是木工,关键是客厅里有两架书,美国客人来了,给他们解释什么叫'书香之家',他们看着这两架书,才听得懂。"

孟千仞喟然叹道,光是他的名字,他女儿和儿子的名字,要是跟美国人解释,千百遍都解释不清楚,他们也根本听不懂。他说,他的曾祖父是清朝末年的举人,正笃笃定定要考进士时,科举制度却被废除了。他的祖父三十年代到欧洲留学,读了七八年,还没有拿到博士学位，便因为战争爆发回了中国，心里总是不服气，待到四十年代中他出世，祖父便给他取名"千仞"。孟千仞说："寓意深远啊！寓意深远啊！我祖父仿佛能知过去未来之事，算定了从我曾祖父起，我家三代都是'为山千仞，功亏一篑'——我曾祖父没有拿到进士，我祖父没有拿到德国博士，我父亲被送去苏联留学，突然中苏翻脸，他连副博士也没有拿到。到了我这一代，总算是来美国正儿八经拿了个博士。等我女儿、儿子也拿了博士，我和他们一起回乡祭祖，不要说在我祖父、曾祖父的坟前，就是到了我孟家老祖宗孟子的坟头，我把我们的博士头衔一一报出来，也不惭愧。"

孟千仞讲得高兴，带着赵玉敏夫妇走进客厅旁的一个房间，说："美国人住家，这间房子就会叫作起居室，里面放电视机、沙发。我们另有安排，把它给我女儿做书房。"赵玉敏、周强环目一看，只见四面墙上密密麻麻挂满了孟千仞女儿从小到大所得过的各种奖状，从小学到中学，数学第一名，作文第一名，小提琴比赛第一名，各类大小不一的奖状都用镜框装起来，一张挨着一张挂在墙上。

周强看见一张中文学校颁发的"华语歌曲演唱比赛大奖"，凑近仔细瞧了瞧，念出奖状上的名字来："孟三迁。"孟千仞在旁边接口说:"孟三迁,孟母三迁,这就是我女儿的中文名字的来源。可恨很多人中文根底太浅,常常把我女儿的名字写成'孟三千'或是'孟三谦',要跟他们解释半天才解释得清楚。很多人以为中国有个'杨百万',我女儿就一定是个'孟三千',真是要命。周教授,孟母三迁的故事,你知道吧?"

周强笑笑,说:"听说过,听说过。孟教授,你刚才给我们介绍你女儿,说她的英文名是Sandy,恰巧和'三迁'谐音,真是浑然天成。"

孟千仞听周强恭维他,心下舒服,却还觉得不过瘾,马上又接着说:"我儿子的中文名字和英文名字,也浑然天成得很。他的中文名字叫'孟迁迁',就是司马迁的迁。英文呢,James,你说是不是浑然天成?他们姐弟俩,真给我们争气。我女儿当年接到哈佛大学的录取书时,我们全家高兴得抱头大哭。多少年的努力,多少年的辛苦,总算没有白费。哈佛大学不容易进啊!多少人在竞争!全世界最拔尖的人才,眼睛都盯着哈佛,打破了头往里边挤,没有真功夫是进不去的。我女儿就是争气!我儿子也争气!现在他得了优秀高中生总统学者奖,马上就去上哈佛,我实在是替他高兴。原来我还替他担心,姐姐上了哈佛,对他压力太大,没想到这小子不仅也上了哈佛,还比他姐姐多拿了个优秀高中生总统学者奖,超过了他姐姐!你们知道的,总统学者奖每年全国只给五百名!这小子,我也不枉辛苦培养他这么多年。我现在想着将来和一女一儿哈佛双博士照张合影相,真是好开心,每天都活得很带劲,越活越带劲!"

周强见孟千仞手舞足蹈、得意非凡地大讲特讲,心想此人一双儿女确是争气,他自有得意的理由。可是他现在就吹嘘要照哈佛双博士相,未免是自戴紧箍套,万一女儿、儿子念完本科不想再继续读研究院,他这个要和哈佛双博士照相的念头,不就成了自寻烦恼和压迫孩子的一道恶咒?只是初次见面,又是在他家做客,周强不想扫孟千仞的兴头,只闲闲地说了一句:"你要送两个孩子上哈佛,学费负担不轻啊!"

孟千仞听了,马上笑得一脸灿然,说:"是,是,两个孩子上哈佛,学费不是一般家庭承担得起的。我算是有远见,早就把这件事安排好了。"孟千仞兴奋起来,仿佛感激周强给了他一个机会,让他讲他人生的又一件得意的成就,滔滔不绝开讲他如何会赚钱、如何会理财的本事。

孟千仞初来美国时是国家公派的访问学者。他一到美国就打定主意要留下来,观察一段时间后,他制定了切合自己实际的计划。他先是调整了自己访问学者的身份，改为读传播学博士，拿着奖学金慢慢读。然后他想尽办法，很快把妻子和女儿接来美国。妻子一来到美国，他马上在自己所念大学附近开了一家小杂货店，平时由妻子打理，他念书之余的全部时间都放在经营这间杂货店上。几年后，略有积蓄，便到奥逊宁付头款买了房子，又生了个儿子。这时有几位福州新移民老乡到奥逊宁来开自助餐馆，孟千仞看准这是一个好的商业机会，算定这一带的劳工阶层人士周末会到这种便宜的自助餐馆用餐，便入股和福建老乡一起经营那家自助餐馆。开张后，生意出奇的好，两年内就扩展了两次，赚得不亦乐乎。孟千仞便用赚来的钱投资股票。那几年股票市场像发了疯似的往上涨，他居然赚了几十万。

说来也巧，孟千仞的妻子朱书琴原来完全不参与管账，一切财务都由孟千仞决定，但就在二〇〇〇年三月份股票市场崩溃之前，她仿佛得了预感，苦苦哀求孟千仞把放在股票市场的钱撤出来，先还完房子的银行贷款，再给女儿、儿子各设一教育基金，放到没有风险的政府债券中去。孟千仞起初哪里愿意答应，给朱书琴细细解释，股票市场的回报是如何高，把钱撤出来是如何的不合算。朱书琴就是不听，好说歹说日夜磨缠，最终逼着孟千仞照她的主张办了。孟千仞将钱撤出后一星期，股票市场开始下跌，后来一落千丈，不知有多少投资者血本无归，哀鸿遍野。如果孟千仞不听朱书琴的话，多年积蓄肯定会随着泡沫经济的破灭而付之东流。孟千仞每每想起还万分后怕，只是现在向周强吹嘘往事，不提朱书琴有天生预感而说成是他自己理财有方。

"理财嘛，"孟千仞口沫横飞地对周强说，"我们中国人就是有一套，就是比他们美国人强。现在，那间自助餐店每月给我分红差不多五千元，加上我杂货店的收入，我的工资，我送两个孩子上哈佛没有问题。我看过一项报道，说美国一年赚十万元以上的家庭，只占人口总数的百分之六。我家现在是那百分之六的家庭之一，也算是打入美国主流社会了。来来来，上楼到我儿子的书房去看看，好吧？"说着就领先上楼去了。

这个时候，赵玉敏正留心到，孟三迁的这间书房里，只挂了三五张她小时候的照片，十来岁以后的照片，一张也没有。赵玉敏刚才进门时见到的孟三迁，已长得粗粗壮壮，比同龄少女要胖好多，脸色倒是茁壮健康，只是不像中国女孩那样细嫩晶莹。赵玉敏看着一张孟三迁约莫七八岁时的照片，仔细端详她清秀苗条水灵灵的可爱样子，心下颇吃惊，怎么这女孩子长大了竟是个胖姑娘。这时孟千仞的妻子朱书琴悄没声地走过来，站在赵玉敏身旁叹口气说："都是吃了那些喂了激素的鸡肉牛肉的结果，越长越胖。你看我和她爸爸都不胖，她小时候那么苗条，现在长成这个样子，肯定是和那些美国食物有关。我们不知道想了多少办法，都没有使她瘦下来。我们这个女儿，什么都行，什么都超过别人，就是因为身材差一点，中学时进不了学校的橄榄球啦啦队，不知道哭了多少场。"

赵玉敏听她这样说出话来，不由得吃了一惊，这个女主人竟是如此敏感如此坦率，一时不知如何接她的话，到底是奉承她女儿哈佛毕业了不起好呢，还是安慰她当年没被选上啦啦队队员也没啥。赵玉敏不是那种很能打圆场的人，只得尴尴尬尬随便敷衍了几句，就说要去追孟千仞、周强，一起上楼去看孟迁迁的书房，匆匆离开了。

儿子孟迁迁的书房，和女儿孟三迁的大同小异，也是满墙的奖状，只是多了些孟迁迁自己的照片，有打棒球的，也有踢足球的。孟千仞还是不住嘴地说，或是自我吹嘘，或是诱导周强夫妇吹捧他和他的孩子。周强见他这么爱听恭维话，心里好笑，就把那几句"你们真是会教育孩子""你的孩子真了不起，有天才"的客套话，翻来覆去讲了无数遍。孟千仞百听不厌，很受用的样子。赵玉敏有了楼下那场尴尬，不免警惕起来，不想再惹女主人起疑心，小心翼翼地不多看不多说。幸好其他客人陆续到来，孟千仞、朱书琴忙着一一招呼，赵玉敏赶紧拉了周强走到后院，看那一树繁花，轻松透了一口气。

来的客人多是华人，有地产商、牙医、律师、会计师，有的夫妇同来，有的单身而来，也有一两对夫妇带着孩子一起来。见了面，都连声恭维孟千仞夫妇教子有方，称赞孟家儿女聪明绝顶，上常春藤名校为华人争光。孟千仞夫妇笑逐颜开，喜气洋洋，那孟千仞个子虽矮，此时处于众人奉承的中心，挺着胸膛，扬眉吐气，颇有小雄鸡傲立鹤群之概。有两对华人夫妇跟在孟千仞后面，点头哈腰的，刨根问底请教孟千仞怎样教育孩子才有好成绩上名校。孟千仞笑得很开心，中气十足地说："我也没有什么秘诀，就是两条：一，下苦功。二，吃辣椒。"

来客中也有几位白人，其中一位是孟千仞学院里生物系的临时教师，俄罗斯新移民拉各斯，他长得白白胖胖高高大大，说英语带有极浓重的俄国口音。孟千仞吆喝他帮忙干活，叫他从地下室的冰箱里把啤酒、冷饮往后院阳台上搬。拉各斯二话不说满脸堆笑地去搬运啤酒冷饮,有华人客人看了,以为孟千仞请了个白人帮工到家里来干活,越发佩服他。

孟千仞看了看手表,嘀咕道:"这个亚当,说得好好的,四点钟来,怎么快到五点了还不来。"说着他便去打电话,催人家快来,打完电话,孟千仞对众客人说:"今天有这么多朋友来赏光,我实在高兴。我今天要给大家做一道我的拿手好菜,辣子鸡丁。辣椒营养很丰富,对脑子好,可以经常吃,吃了使人思维敏锐,反应灵活。我从小到大一辈子都喜欢吃辣椒,我老婆也能吃辣,我们的两个孩子从小就培养他们吃辣,现在也很喜欢吃辣。我推荐大家吃辣,好处说不完。"

孟千仞一边口若悬河夸夸其谈,一边到阳台上去做他那道辣子鸡丁。只见他用常见的美国家常烤炉,生了一炉通红的炭火,上面用圆形铁架,架了一只圆底大铁锅。孟千仞将一瓶油倒进锅里,待那油烧得有七八成热,便将早已切好的一盆童子鸡丁放入热油中去炝。过了一会儿,用漏勺捞起几块鸡丁,看看血水已消,便将鸡丁全部捞起,又另起油锅,油一热,便放一大把大红干辣椒到锅里煸炒,然后又放了些切片的大蒜,一时辣味油香四溢,旁边的人纷纷打起喷嚏来,"啊啾"之声不绝。孟千仞大笑起来，说："所以这道菜要到后院来弄，在厨房做不得，油烟太厉害。"他大概是经常做这道菜，习惯了，半个喷嚏都不打，利利索索地把鸡丁倒回锅里，颠翻几下，拿起旁边一个放了酱油和各种调味料的碗，把调味料往锅里一倒，再翻两下，就起锅了。

过了一会儿，开始吃饭，众宾客每人都拿了些辣子鸡丁，一口下去，都被辣得人仰马翻，有的直哈气，有的直吸气，只听一片"哈……呀……嘶……"之声，有人大呼辣得过瘾，有人直说味道道地。接着，大家一片声嚷着要冰水，纷纷又去添饭，每人都多吃了些白米饭。

且说孟千仞在后院阳台上炒辣子鸡丁时，赵玉敏在厨房给忙着炒芥蓝牛肉的朱书琴帮忙，正巧有人按门铃，朱书琴便请赵玉敏去开门迎客。赵玉敏将门打开，只见门外站着一个中年白人女子，高挑个儿，眉目清爽，打扮靓丽，留着齐整短发，手上提了个礼品袋。这白人女子一见赵玉敏便眼睛一亮，说："我见过你！你上次在我们学院弹古琴，我去看了你的表演，真是棒极了！本想演出结束时去向你道贺和致谢，见人太多就没上前去打扰你。你叫赵玉敏，对不对？瞧，我记得你的名字。你们和山姆、仙蒂是老朋友吗？我怎么不知道呢？"原来孟千仞有个英文名Sam，朱书琴则叫Cindy。

赵玉敏听她说话的声调语气,和比一般人快几拍的速度,立即知道她是那种心直口快、口没遮拦、见人说不上三句话就恨不得把肚子里的话全部说出来的白人女子,便说自己和孟千仞是在那次古琴演奏会上认识的,今天和丈夫是第一次到孟家来,只能说是新朋友。说着,把那女子让进了客厅。

进了客厅,那白人女子笑着说:"我们倒是山姆、仙蒂一家人的老朋友了。"接着她自我介绍说她叫丽莎,是个护士。她丈夫亚当·罗伯逊,是孟千仞的同事,都是教传播学的教授,两人经常在一起打网球。丽莎和亚当有两个孩子,女儿艾茱莉和孟家女儿孟三迁同岁,是中学同学;儿子丹尼尔与孟家儿子孟迁迁同岁,也是中学同学。由于这许多层的关系,两家来往了很多年了。

赵玉敏和丽莎边说边走进厨房,只见朱书琴手忙脚乱地在水池和灶火之间忙碌。丽莎亲亲热热向朱书琴打招呼,朱书琴也笑容满面地招呼她,又惊诧地问:"怎么就你一个人?亚当呢?艾茱莉和丹尼尔呢?"

丽莎把闻声而来的孟三迁搂进怀里,紧紧抱住,亲了亲她的左脸,又亲了亲她的右脸,祝贺她从哈佛大学毕业,然后对朱书琴说:"不巧得很,今天下午丹尼尔发烧,不能来了。亚当和艾茱莉都在家陪他。我觉得你们家今天双喜临门，我们不能来特别不好意思，所以我来给两个孩子各送一件小礼物，表示心意，我马上还得赶回家去，真是不好意思。"

说着丽莎从礼品袋里取出一幅装在玻璃框里的照片，照片上一个高个子白人少女，一头金发，穿着一件薄若蝉翼的粉色连衣裙，恰是十九二十岁的花样年华，美艳娇媚，极是抢眼。丽莎将照片交给孟三迁，说："是艾茉莉送给你的，希望你能喜欢。"孟三迁笑嘻嘻地接过去了。朱书琴扫了一眼那张照片，皱起眉头来。丽莎又取出一幅镶好的油画，说是她儿子丹尼尔画的，送给孟迁迁。孟迁迁正在地下室玩计算机，朱书琴便接了那画。

赵玉敏扫了一眼，见那幅画画的是朝阳初升时的池塘春色，用的是印象派手法，若是出自十来岁的少年之手，也算画得不错了。

丽莎对赵玉敏说，她女儿艾茉莉高中二年级起便去做少女模特，上了大学之后仍继续做，已经做了几年，赚了不少钱。那幅照片是模特公司的专业摄影师为艾茉莉拍的，她看了很满意，便印了一张送给孟三迁。赵玉敏听了，再看那幅少女照片，就看出那是丽莎的女儿，有她的眉眼和风姿。丽莎又说她的儿子丹尼尔喜欢画画，和孟迁迁很要好，顺便也送孟迁迁一张画。

说着，丽莎便向朱书琴告辞，说是要回家去照料发烧的儿子。朱书琴挽留了几句，也就让她走了。赵玉敏也和丽莎道了别。正要走出门口，丽莎又转回来问赵玉敏是否可以给她女儿介绍学古琴的老师，赵玉敏稍一沉吟，说她也许可以问问施老师。丽莎便很高兴，说艾茉莉很有音乐天分，如果赵玉敏不介意，她正好有艾茉莉弹钢琴的CD，可以跟她到车上听一两分钟。赵玉敏见她一派爽朗，便跟了她走。

一出孟家门口，丽莎便毫不掩饰地对赵玉敏大讲特讲孟千仞的坏话。丽莎说，她和亚当本来就不喜欢孟千仞自我中心、盛气凌人，但因为是同事，孩子又在一起长大，大家也就客客气气地来往了这么些年。亚当有时下班回家，向丽莎嘲笑孟千仞，说："今天中午系里开会，全系十几个人，孟千仞一个人发言就占了一半时间。讲过来讲过去，就是讲他孟千仞怎么了不起，又发表了论文啦，又到什么学术会议上发了言啦，又有记者访问他啦，孟千仞，孟千仞，全是讲他孟千仞！"

又有一次，亚当回家对丽莎说："今天下午我去上课，在走廊里被孟千仞拉住，得意洋洋地给我看一封他已经毕业了的学生的来信。他大概给那位学生写过找工作的推荐信，那位学生写信来感谢他，无非是些惯常的客套话，孟千仞却硬要我看，看完一段不算，还要再看另一段，烦死我，弄得我迟到了好几分钟才到教室。一个早已得到终身职的正教授，还这么爱在同事朋友面前自我吹嘘，真少见。"接着亚当那张嘴就刻薄起来，说孟千仞这个中国人，学起美式自我推销那一套，比美国人还要美国人。艾茉莉和丹尼尔从小就叫孟千仞"Uncle Sam（山姆叔叔）"，亚当就说孟千仞是"that Uncle Sam who is more Uncle Sam than Uncle Sam（比山姆大叔还要山姆大叔的山姆大叔）"，丽莎听了笑得要命。

背地议论归背地议论，丽莎、亚当仍与孟家往来，只是不愿常到孟家吃饭。丽莎、亚当带着孩子来吃过一两次，怕他们的孩子学会吃辣子鸡丁，以后便借故推托尽量不到孟家吃饭。丽莎对赵玉敏说，吃辣便多吃米饭，多吃米饭小孩子就会发胖。当下的社会，人们第一眼见了胖子，就认定他们是意志薄弱的人，所以丽莎和亚当把自己两个孩子的饮食看管得很紧。

赵玉敏笑着说："我看孟三迁虽然长得比同龄女孩子粗壮一些，也很可爱，看上去很有自信。毕竟她能进哈佛，谁能说她意志薄弱？"

丽莎听了，马上接口答道："孟三迁、孟迁迁能进哈佛，全是被孟千仞逼着整天做功课逼出来的，你不知道，孟家两个孩子，寒暑假从来不去旅游，不去参加夏令营，全是在家里由孟千仞辅导他们，把下一学期的新课全部学过。到新学期的时候，他们上课等于是第二次温习，成绩自然全优，谁的孩子能跟他们比？"

赵玉敏见她两片薄嘴皮子快速翻动劈里啪啦说个不休，心里到底怀疑她是心怀嫉妒。人家的女儿哈佛毕业设宴庆祝，她一家人不来赴宴也就算了，她偏偏特意跑一趟送张自己女儿的模特照片，说是礼物，明摆着是不服气，要以自己女儿的苗条美艳，来反衬别人女儿的粗壮肥胖，心里那点坏水，一览无余地明摆在脸上，还要跟一个第一次见面的人絮絮叨叨说个不停，不禁有点烦她。

那丽莎还是翻动着两张薄嘴皮子说个不休。她说，她丈夫亚当最是好脾气，不知帮过孟千仞多少忙，孟千仞再怎么爱吹嘘自己聪明能干有人尊敬会教孩子会理财，他也不过笑一笑，回家和丽莎说说就算了。上个星期，孟千仞对亚当说了一句话，亚当却真动了气，回家对丽莎说："今天我要是手上有刀子，我会一刀捅了孟千仞那狗娘养的！"

原来，孟迁迁得了优秀高中生总统学者奖之后，孟千仞欣喜若狂，跑去告诉亚当，还没等亚当说出道贺的话，他就接着说："现在孟迁迁得了总统学者奖，什么时候丹尼尔也拿这么一个奖啊？"当场把亚当气得脸色铁青，怒火中烧。

丽莎叹一口气，对赵玉敏说，他们的儿子丹尼尔，小时候得了小儿麻痹症，左腿不好使唤，智力也比一般孩子差些。她为了照顾好孩子，辞了计算机公司的高薪工作，从头去修习护士课程，转行做护士。为了丹尼尔的健康和成长，她和亚当不知花费了多少心血。每年暑假他们都要把丹尼尔送到瑞士一个专为轻度残障孩子办的夏令营，花多少钱都送，没钱借钱也送。现在，丹尼尔学习还需要特别辅导，但是他自己心态正常，不能参加体育活动也并不自卑，在夏令营学会了画油画，有时间了就高高兴兴地画画。

丽莎说："丹尼尔现在长成这样，已是我和亚当最骄傲和自豪的事了，我们哪里会想到要他去拿什么奖？他孟千仞运气好，孩子出生长大没有毛病，我们也不嫉妒他。他为孩子花心血、做牺牲，我们也为孩子花心血、做牺牲，大家都是为人父母，尽责就是了，他何苦出口如刀来伤害我们！"

赵玉敏听丽莎说完，大为震骇，这时她已全然相信丽莎说的都是真话，心下对她有无限的同情，又觉得孟千刃对老朋友竟如此张狂无礼,着实不可思议。

丽莎倒是平静,请赵玉敏到她车上听了一会儿艾茉莉的钢琴录音,和她交换了电话号码,就开车走了。

赵玉敏送走丽莎回到孟家,正撞上孟千刃听朱书琴说丽莎来了又走,气冲冲地在骂亚当,说他说话不算数,明明答应了要来,结果却不来了。"骗子!撒谎的家伙!"孟千刃用英文恨恨地骂。接下来又说亚当、丽莎不会做家长,让女儿去做啦啦队队员,给男生东摸西摸,丢到空中接下来抱住团团转,像什么样子,还去做模特,将来肯定不会学好。孟千刃又说亚当、丽莎不会理财,欠信用卡公司很多债,每个月光是交利息就花掉不少冤枉钱。说来说去,都是他比人家强,比人家能干,比人家会算,偏偏又在意别人不来吃他这顿饭,说着说着竟有些恼羞成怒起来。

忽听得孟千刃"嗷"的一声,仿佛恍然大悟的样子,对朱书琴说:"我今天请了拉各斯,亚当大概是知道了,怕大家说起话来杀他的威风,所以他不敢来了。"原来孟千刃和亚当打网球十多年,练球玩玩的时候多,若是比赛,十有八九都是孟千刃输。孟千刃表面上没什么,心里却最是在意,极不舒服。这两年忽然来了个拉各斯,也来和他们一起玩网球。拉各斯年轻力壮,身材比亚当还要魁梧,他发球凶狠猛烈,削球刁钻古怪,常常把亚当打得只有招架之功,无还手之力。孟千仞自然更不是拉各斯的对手,但他看拉各斯占上风,高兴极了,每每爱在亚当面前评述他俩的对手赛,故意渲染亚当怎样被拉各斯吊球而东奔西跑疲于奔命的狼狈样子。那拉各斯最爱吃中国炒饭和梅菜肉包子,孟千仞便不时送他几个包子,暗地里怂恿他和亚当比赛时下手更凶狠无情一些。孟千仞今天专门把拉各斯请来,原是准备聊天时有机会嘲讽亚当。

赵玉敏哪里知道这些故事,也听不懂孟千仞讲的那些话。走到后院,看看饭已吃了大半,众客人你一言我一语又赞起孟家女儿和儿子,跟着就开始比较各家的孩子,她害怕有人刨根问底问起她的女儿,拿她的女儿和别人的孩子比,又刚刚听了丽莎的一番话,对孟千仞已全无好感,便拉了周强,说是有事,向众人告辞,先走了。

回家路上,周强在车上听赵玉敏复述丽莎讲的话,也很吃惊,竟然连连问道:"真的?真的吗?她是真这么说的吗?"

赵玉敏说:"不是真的,难道是我瞎编的?我是会瞎编故事的人吗?你要是不信我,你打电话问丽莎好了。"

周强叹口气,说:"唉,我怎么会不信你。只是孟千仞如此得意忘形,确实少见。"

赵玉敏说:"他一心打入美国主流社会,一心要美国化,也实在化得太厉害了,化得连土生土长的美国人都吃他不消了,说他比山姆大叔还山姆大叔。"

周强说:"小敏,你这么一说,我倒另有些想法,不是要跟你抬杠,先说清楚了。我看孟千仞也没怎么美国化,他那股气味,好像还是出自咱们中国的老根。你说,那些从来没有来过美国、从来没有出过国的中国人中,就没有孟千仞了吗?我看,多得是。咱们中国的老根深哪,开得出施老师那样的花,也结得出孟千仞这样的果。"

赵玉敏道:"你怎么说他,我都不在乎。只是从此我不愿和他一起吃饭。你给我记住了,以后凡是孟千仞再请客,我们一定推掉。"

周强答道:"行啊。"

22. 一锅咖喱牛肉和两根胡萝卜

又是一个周末的早上,周强、赵玉敏又商量起请客的事。

周强道:"咱们要不要定个日子,把坎尼思、珍妮夫妇和吉米夫妇请来吃顿饭?"

赵玉敏叹一口气,说:"这事可真头痛。"

周强摇摇头,道:"有些事,一拖,就拖疲了。"赵玉敏低着头,不吭声。

坎尼思是周强学校两年前新上任的教务长兼管教学的副校长,五十多岁的高个子,英国后裔,据说是加州长大的,英国牛津大学的博士,专业是英国中世纪诗歌,说英文有英国口音。他的太太珍妮,和他差不多年纪,是北欧移民后代,一头黄头发,也是个高个子,年纪不轻了却依然苗条。珍妮的专业是心理学，职业是心理社会工作者。她在政府部门拿固定薪水，以社会工作者的身份帮助心理有毛病的人。珍妮每每要强调她的社会工作者的身份，不是私人开业赚大钱的心理医生。

当初学校聘选教务长，最后有三位候选人，许多教授觉得坎尼思是学者出身，他太太又是社会工作者，觉得他会较好合作，就投票给他，坎尼思于是拿到了教务长的工作。

坎尼思新官上任三把火，雄心勃勃地推动成立一些新的项目。不到一个月，就有教授后悔投票给他，认定他不是一个好的教育界领袖，却是个一心要为自己今后仕途铺路的官僚。他们议论说，坎尼思的野心是要做校长，因此他急着要表现他的才干，一方面赶快设立新的专业，另一方面是将现有的专业、项目合并或是扩大，稍加变动，却加个新头衔，听起来名声响亮。坎尼思专会在这些方面用心思，又最知道怎么用量化的方法计算他推动的新项目的成绩，用计算机制图表示上升曲线和百分比，显示他的魄力和能力，讨州政府教育官僚的喜欢。

坎尼思深知他推动各项新项目必须得到教授的支持，上任之后便安排每周两次和各系的教授吃午饭，依次见了全校的教授,摸清各人的态度。有一些教授,坎尼思认为对他的新学科项目有关键作用,便请到家里吃饭,争取他们的支持。坎尼思就这样笼络人心,上任后的第一个学期设置了"新媒体与当代社会""后现代艺术管理""当代宗教研究"三个新的专业,虽然只有一两个专任教授,大多数课程都是雇临时教师来上课,却有不少学生注册。坎尼思十分得意,大会小会都王婆卖瓜地自卖自夸,又请来地方报纸记者写长篇报道,说他是极有创新能力,做事雷厉风行的大学领袖,把他的名声吹出去了。

不久,坎尼思就请周强、赵玉敏到家里做客。周强对赵玉敏说,他听到一些关于坎尼思的议论,不知他为人如何,今晚和他们一起吃饭最好是多听少说。

周强、赵玉敏依约便装到坎尼思家,坎尼思身穿一件半旧衬衫,笑吟吟将他们迎进屋里,"随便,随便,请千万不要客气。"珍妮也在旁笑着说:"真的不要客气,你们要像到了家里一样。"

大家在沙发上坐下,坎尼思给每人端了杯白葡萄酒,发议论说:"我们美国社会,人情最淡漠,不轻易在家请客,和其他的文化很不一样。我知道你们中国人最好客,你们在这个国家一定会觉得很孤独、很寂寞。我有朋友去过突尼斯做访问学者,他说当地人热情好客,差不多每天都请他到家里吃饭。我们美国文化没有这种好客的热情,外国人在我们国家肯定是很不习惯的。"

周强听了,心下叹道,又碰到一个自我中心居高临下的老美了。一句话不问,先假定你是外国人,说什么你们要像到了家一样,一开口就把人推到十万八千里之外,然后他来可怜你。他和赵玉敏对望了一眼,彼此记得要守住多听少说的原则。

果然听到坎尼思说道:"今天我们为了招待你们,特意烧了一锅咖喱牛肉,我在英国读书时学会的。"他将周强、赵玉敏引到厨房,掀开炉子上的一个大铁锅的盖子,用一个木勺子搅拌里面的咖喱牛肉,他把木勺子拿出来,伸出舌头舔了一面,又舔另一面,直说:"味道好,你们一定会喜欢的。"又把木勺子放回锅里去搅拌。赵玉敏看了,顿时恶心起来,与周强又无可奈何地对看一眼。坎尼思原是要显示自己做家常菜招待周、赵二人,跟他们套近乎,他没想到周、赵二人已和席德尼、爱丽丝一类的美国人吃过无数次饭,不会将他的请客当作特别的恩赐。赵玉敏有洁癖,见不得坎尼思把搅拌菜的勺子放进嘴里舔过之后又放回锅里去的不干净的举动。到了餐桌上,赵玉敏借口说咖喱太辣不能吃,便只吃些面包、沙拉和甜点，周强为顾全主人面子稍微吃了一点点咖喱牛肉，也就不再添了。

坎尼思自己吃得高兴，也不管周强、赵玉敏吃多吃少，吃还是不吃。他问周强："你这学期教些什么课呢？"周强答道："三门课：一门社会学研究方法，一门中国改革以来的社会变迁，还有一门亚洲各国城市化比较研究。"坎尼思说："很好，很好。你在这里开这些课，为我们学校的亚裔学生服务，我代表学校感激你。"周强听了，觉得不是味道。本想对坎尼思解释，来修他的课的学生，百分之九十五以上都是白人，还有一些黑人及西班牙裔人，他既不是为少数族裔学生服务，更不是专为亚裔学生服务。但坎尼思只自顾往下说，滔滔不绝，周强哪里插得上嘴。

坎尼思说："东南亚在世界上是越来越重要了，人口那么多，经济发展又快，市场潜力很大，没有人能忽视东南亚了。现在我读报纸，几乎每天都有关于东南亚的报道。"周强知道，坎尼思想说中国，但说成东南亚。好些英国人喜欢把中国和东南亚放在一起，坎尼思当年在英国念书，想必是从那个时候沾染上的英国毛病，改不了啦。周强想到经济系教授托尼，六十多岁的英国人，每次见面就问："东南亚最近怎么样？"周强有一次认真给他讲"东南亚"和"东亚"的不同,托尼仿佛听懂了,只是下一次见面,还是问他"东南亚最近怎么样"。周强无可奈何,只得苦笑着答他:"东南亚很不错啊!"

这时珍妮插嘴进来,说她这几年看了好多有关中国的书,对中国人最有感情了。她说出几本书名来,问周强、赵玉敏是否看过,有什么意见。周强、赵玉敏对望一眼,无可奈何地笑笑。他俩已经碰到这样的局面不知多少次了。市面上有些畅销书,多是描写五六十年代的中国,美国人读了似曾相识,因为这些书所描绘的,和他们从小到大在报纸杂志上看到的中国差不多。描绘八十年代以后中国社会变化的书不多,能上畅销书榜的多少和意识形态有关。周强、赵玉敏常感尴尬的是,若说这些畅销书好,他们便认为你也是书中描绘的一个受苦受难的角色,对你同情怜悯起来;若说这些畅销书浅陋不全面,他们便以怀疑的眼光看着你,认定你已经被共产党洗脑,不可救药了。有一年,一位教文学的同事送给周强一件圣诞礼物,打开一看,是一本一位畅销书作家写的书。周强读了几页,便读不下去了,心想,这么粗劣的文字,怎么会有人读。找来一些报纸杂志的书评,发现这些书评推荐这本书,是赞扬作者"勇敢",心下倒略有会意。又读到一篇对作者的专访,才知道那作者真是勇敢得可以，二十多岁才从ABC起学英文，现在只能写最简单的句子，她从来没有用中文写过文章，却说她不用中文只用英文写作，是因为中文没有英文表达能力强。周强很生气，对赵玉敏说，一个人可以作践自己，但不可以作践自己的文化和母语。赵玉敏晓得周强的脾气，不接他的话，也不和他争论，也不向他解释，让他自己气哼哼地过了一个圣诞节。过节之后，见他气慢慢消了，才打趣他道："你只管生气，别人书照出，钱照赚。"周强听了，无可奈何，笑了笑，耸耸肩，就算了。

现在珍妮提起畅销书，周强、赵玉敏打算随便敷衍一下她，不想多说。珍妮听周强说只是听说过这些畅销书，没有读过，居然吃惊起来，建议他一定要读读这些书，还很热心地叫他把这些书列为他的课上的参考书，让学生们读。周强见她如此咄咄逼人，竟然教他给学生开什么参考书，心中开始不耐烦，决定反守为攻，先是礼貌地谢了她的建议，跟着就问她是怎么找到这些畅销书的，为什么这样喜欢它们。

珍妮答道，她是在她的读书俱乐部读到这些书的。她的读书俱乐部每个月读一本书，聚会一次。

周强又问："每个会员都认真读了，然后来交换心得？"

珍妮笑着说："当然不是每个人每次都把书读完了才来。实际上，每次都有百分之八十以上的人还没有读书就来聚会了。对这些人来说，定时聚会才是重要的，大家聚在一起，织织毛衣，喝喝咖啡，吃点饼干，听听别人的读书感想，挺好。我每次都是书一上市就买精装本来读，读了才去聚会。好多人不愿意买精装本，要等着买便宜的平装本，所以到聚会的时候就还没读书。"

周强说："听你刚才说织毛衣，好像会员中女人很多。"

珍妮说："不是女人很多，是没有男人，全部都是女人。"她朝坎尼思挤挤眼睛，接着说："男人来过，但全都待不长，最后都走了。女人喜欢聚在一起聊聊。我还没有听说过有男人的读书俱乐部。"

周强说："这么说起来，其实很多俱乐部的会员并不读书，只不过到俱乐部听别人的读书心得？"

珍妮说："可以这么说。"

周强见她先是认真地要自己把畅销书列为教学参考书，后来又老老实实说出读书俱乐部的成员其实并不读书，觉得她虽然说话口气霸道，却倒是个天真老实人，也就不和她计较，随便又问她的工作情况。

珍妮答道，她大学毕业之后就做心理社会工作者，已经做了差不多三十年了。她的工作主要是为有心理病的人做鉴定和咨询，有时候也到心理病医院去为病人做心理治疗。珍妮见周强有兴趣，便讲出一些例子来，听得周强、赵玉敏很吃惊。

珍妮说，上星期她为一个中年妇女做心理治疗，这位中年妇女生了七个孩子，突然有一天就跑到心理医院来，说她压力太大，承受不了啦，于是就在医院里住下了。

赵玉敏听了，觉得怎么会有这种事，便问："她这样到医院去，就可以在医院住下去？她以前住过院吗？她的心理毛病，是生孩子生出来的，还是原来就有的，或是由于其他的原因？"

珍妮说："那位妇女这样进进出出心理病医院，已经无数次了。每当她觉得压力大受不了的时候，她便会跑到医院来。有规定说，若是心理病人真犯了病，医院就得收留医治，所以她来了医院得先收留她，然后给她做鉴定治疗。这位妇女一般来说是住一个星期医院就走了，过一阵再来。"

珍妮还说了几个稀奇古怪的故事，周强、赵玉敏听了，觉得不可思议，评论道，这些古怪病人是不是钻制度的空子，把医院当作度假休息的疗养院？珍妮道，是有一些人钻空子，到心理医院白吃白住一段时间，这也是为什么美国的医疗费用越来越高的原因之一。

这时坎尼思在旁边接口说："所以医疗制度要改革呀，要在管理上下功夫，堵漏洞，开源节流，不然这样下去怎么得了。"

珍妮半开玩笑半认真地说："可惜我们的心理病医院系统没有你这样有魄力的人才，改革不起来呀。"她笑着对周强、赵玉敏说："你们大学的人都说坎尼思办事干练，有高超的领导能力，你们俩是不是这样认为呢？"

周强、赵玉敏在美国住了十几年，见惯了美国人夫妇之间互相吹捧，此刻听珍妮如此当面奉承她的丈夫，仍然觉得肉麻，也只得点头附和，不想失礼。四人这么聊着天，一顿晚饭便吃完了。

晚饭后，坎尼思用咖啡打磨机将咖啡豆打成粉，又用一个精致的咖啡壶制作了几杯香气扑鼻的咖啡，请周强、赵玉敏回到客厅沙发上坐下。

周强已经觉得有点累，本想早些告辞回家休息，碍于是第一次到坎尼思家做客，不好意思走得太早，只得端起杯子喝咖啡。

坎尼思笑着对赵玉敏说："听说你很会做中国菜，什么时候请你给我包饺子吃。"

赵玉敏也笑着答他:"行啊,你什么时候有空就来我家吃饺子,你要是愿意,我还可以教你包。你吃自己包的饺子,一定会很高兴。"

坎尼思高兴地说:"一言为定,我等你的邀请。"然后他转过头对周强说:"周教授,现在东南亚在世界上越来越重要了,你的学生也越来越多,我们好不好设立一个新的亚洲研究专业,由你来负责,下个学年起就开始招收这个专业的学生?"

周强听了,不觉一惊,没想到坎尼思会在家里谈公事,也没想到他是这样单刀直入,要立即设立一个新的专业。心想,众人传说的不差,此人果然是一个急功近利的官僚,凡事要立竿见影,不管三七二十一,先做起来再说。周强的直觉反应是,这样子来推动新学科、新专业,未免离谱,太不对学生负责了。于是他委婉地对坎尼思说,现在全校只有他一个人教几门有关中国和亚洲的课,马上设立亚洲研究的专业,条件还不成熟。要设立这样一个专业,最起码还得有一个人教历史、一个人教文学、一个人教语言,这样才算有些最基本的课让学生修、打基础。其实还应该有人教政治、经济和艺术史的课,不然这个专业的课太薄弱了。

坎尼思听他说了，马上答道："课程不是问题，关键是我们有没有决心。你教社会学，已经有好几门课了。我可以给你钱雇临时教师来教历史、文学、政治和经济课。至于语言课，我们可以下学期起就开中文课，让赵玉敏来教。"

周强、赵玉敏听了，更是吃惊。赵玉敏来美国之后，拿了一个化学硕士，恰好周强这间大学化学系的一位老教授弗兰克申请到一大笔研究经费，请赵玉敏做试验室助理，薪水虽不高，但毕竟是夫妇二人在一间大学工作，孩子又还小，这样彼此有个照应，两人很满意。赵玉敏一边做试验助理，一边继续读博士课程，说是慢慢读，果然是慢慢读，到现在也还没拿到博士学位。幸亏弗兰克教授连年申请到研究经费，赵玉敏的助理工作也就一年一年地续下来。

赵玉敏听坎尼思说要她去教中文，赶紧说她是学化学的，不是学语言的，教不好中文，也没有资格教中文。

坎尼思却说："你的母语是中文，这就是你的资格。你比谁都更有资格教。我知道，你现在做试验室助理每年赚不到三万元钱。你来教中文，我每年付你四万五千元，再加上医疗保险和退休福利。过两年再想办法让你拿一个终身职。怎么样，这样的条件你该满意了吧？"

赵玉敏听了，难以置信。心想有权的人果然不一样，三言两语就可以让她换工作，把她的工资增加一半。她又想到，女儿很快就要上大学了，如果自己能多赚些钱，也许可以送女儿进一间好的私立大学，心下不禁活动起来，嘴上虽仍是推辞，口气却软多了。

周强当然明白赵玉敏的心思，坎尼思开出的条件实在是太富有吸引力了。周强虽然担心将来会有变化，但想到赵玉敏的试验室助理工作本来也是一年一续，如改教中文，工资高了不说，还加上原来没有的福利，实在是没有理由不接受坎尼思给的这份工作。

坎尼思惯于做交易，精于察言观色，看他夫妇二人的样子，知道他们已经接受了，就笑呵呵地说："行了，敏，你明天就去学校的人事部门办手续。周教授，怎么样，我们今年把亚洲专业建立起来？这就是你对学校的贡献，也是你的成就啊，学校四年之后就可给亚洲专业的学士学位了！"

周强见他做事如此明快，心下既佩服又恐惧，更多的仍然是吃惊：一个学者出身的大学副校长，怎么能这样草率地设立一个新的专业学科，仿佛根本不考虑对学生负责的问题。周强虽然感激他如此痛快地给了赵玉敏一个工作，同时却也感到极不舒服，这个人有权，给你好处的同时也逼你按他的意志行事。按常情，周强该向坎尼思道谢，可是他说不出口；若是依他的良心，他本该清清楚楚地说明白，这间大学完全没有条件设置亚洲研究专业，但他现在已不愿正面顶撞坎尼思。于是周强转弯抹角，又把刚才说过的话，以更委婉的语气说了一遍。

坎尼思听周强说完，看得出他很不高兴，但周强的这种顽强也没出乎他的意料，只听他胸有成竹地说："周教授还有顾虑，我可以理解，我可以理解。这样吧，我们今年先不设置专业，我们先设一个亚洲研究的副修（minor），任何学生修了五门与亚洲有关的课及中文课，就可以拿一个这样的'副修'。你们两个人开的课，加起来足够了。我们再去找一两个临时教师，再开几门课，这样就好了。周教授，你明天写个'副修'简介，交到我的办公室，我们在学校新的课程表上印出来。同时我们成立'亚洲研究中心'，周教授你任代理主任，每年职务津贴两千元。等到设立了亚洲研究的专业，你就任主任，职务津贴五千元。好极了，好极了，今晚我们的谈话极有成效，极有成效。"

说完，坎尼思客客气气地送他们出门。上车后，周强对赵玉敏说："我们现在吃了他的胡萝卜，恐怕有一天要挨他的大棒子！"

23. 赵玉敏辞职

从坎尼思家吃饭回来之后,赵玉敏打趣戏称周强"周代主任",周强则叫赵玉敏"馅饼姑娘",说她凭空接到一块从天上掉下来的馅饼,慢慢嚼吧。

一边开玩笑,两人一边商量什么时候请坎尼思、珍妮来家里做客吃饭。他俩商量来商量去,总是决定不了,到后来两人都奇怪又吃惊,怎么这么一件小事居然过了一年还定不下来。

赵玉敏一开始就想拖延,她总是说,还不急,我们下周末先请谁谁谁,过一两个星期再请坎尼思和珍妮。下意识里她是嫌坎尼思吃相难看、脏。一提起坎尼思,她就想起他在厨房里舔勺子后又把勺子放回锅里去搅拌的景象,心理上很厌恶、排斥,因此害怕再和他一起吃饭。也许是由于赵玉敏太不喜欢坎尼思做菜舔勺子的举动，连带对珍妮也有了偏见，说她如果和坎尼思生活近三十年都容忍他舔做菜用具而不加以纠正，珍妮也一定是一个有脏毛病的女人。说着说着，赵玉敏会说那天她看见珍妮做沙拉，准备面包，也是经常吮指头，舔手舔脚，不干不净的。

周强也觉得，这顿饭难请。上次坎尼思请客，极为功利，吃一顿饭就马上成立了"亚洲研究中心"，不是一般的社交请客。若是朋友、同事之间请客，你请我，我还情请你，喝喝酒，聊聊天，随随便便大家高兴。坎尼思为人不同，做什么都讲究效率，他请你吃饭，或是他来你家做客吃饭，都是有机心的。周强和赵玉敏说道，吃饭一有机心，就麻烦了。我们上次去坎尼思家吃饭，他有机心，我们是没有的。现在我们如果请他们来家吃饭，就算我们没有机心，别人也会认为我们有。我们若是只请坎尼思夫妇二人，在我们是还他们的人情，礼尚往来，可他们会认为是给我们的胡萝卜起了作用，我们开始巴结他们了，甚至认为我们赞成他做事的方式方法了。我们要是请其他同事来作陪，请谁呢？坎尼思对有的人是给好处加以笼络，对有的人是施加压力，对另外一些人却是喜怒不形于色，让他们摸不着他的底细。在这种情况下真不知请谁来作陪好。你好心好意去请他，他却以为你是在炫耀和坎尼思的关系。这些小事，最难处理。

赵玉敏一边和周强商量，一边想，来美国十多年，请客吃饭，被人请去吃饭，也说不清有多少次了，大都是高高兴兴的，怎么这一次这么头痛。她又想到，以请人吃饭来表达谢意，本是自己最乐意做的事，怎么这次对请坎尼思吃饭如此没有兴致，难道不应该好好谢谢坎尼思吗？赵玉敏想起自己的老板弗兰克教授，一个单身爱尔兰人，这么多年对自己照顾得那么好，有些时候去接孩子早些下班，说好第二天再把时间补上，他总是笑眯眯地说，没有问题，没有问题。赵玉敏着实感激他，一直想烧顿好饭请他吃。谁知弗兰克只吃鸡胸脯肉三明治，不吃其他食物，从来没有吃过中国菜，也客气地表示不想试。而且他是个工作狂，对食物基本没有兴趣。赵玉敏对周强说："我愿意花三天的工夫，为弗兰克烧顿好饭吃，好好谢谢他，可是他没有兴趣。我怕和坎尼思、珍妮一起吃饭，可是他们已经自己下了请柬。天下事情，真是没有道理可讲。"

周强、赵玉敏夫妇犹犹豫豫、拖拖拉拉，总是决定不了什么时候回请坎尼思、珍妮，忽然新学期开始，赵玉敏开始教起中文来。虽然是这所大学破天荒第一次开中文课，居然也有三十多个学生报名，只好分成两个班，赵玉敏一周五次给他们上课，从拼音教起，慢慢又教汉字，有的学生觉得中文很难，到第二个学期就只剩下一半学生了，十来个人，只够一个班。

坎尼思把周强找去，跟他说中文班的学生数目减得太厉害，叫他和赵玉敏一起想办法，改进教学方法，吸引住学生，不让他们流失，另外还要争取新的学生来源，赶快把中文班的学生数字增加上来。

周强回去和赵玉敏一说，两人都隐隐感到麻烦来了。赵玉敏说，学生觉得难学，决定不再来修中文，实在是没有什么好的方法让他们改变主意，继续学下去。赵玉敏教了一学期书，才知道多数美国学生很在乎分数，喜欢用各种借口来争好成绩，却不愿意下功夫，很不容易对付。赵玉敏觉得，学生总要学到些东西，做测验做得不错，考试也考得不差，方才可以给他们分数。实在不行，只得给他们不及格。现在经坎尼思提醒，赵玉敏才晓得太严格了会吓跑学生。学生数目下降，学校就来查，施加压力。周强对赵玉敏说，现在你知道了，为什么大多数教授打分都有水分，没有办法，都是被量化考核、量化管理逼出来的。他又安慰赵玉敏说，你不要觉得太难为，你不妨这么想：这些白的、黑的、西班牙裔的美国学生来修中文，光凭他们的热情就可以给一些安慰分数，你给他们分数稍高一点也说得过去。赵玉敏说，有热情的学生我当然可以给他们安慰分，只是很烂的学生也要让他们及格，仅仅为了保住一个数字，这样做事我总觉得不妥。

周强看她委屈的样子，便安慰她，暂时这样试两年，等以后中文班的学生数字稳定之后，再慢慢提高质量。

不管赵玉敏怎样努力，第一年结束，大多数初级班的学生决定不再继续念中文了。第二年，周强、赵玉敏在开学前查了一下提前注册的学生数目，发现虽然初级班仍有三十多个学生注册，但报名修中级班的学生却只有九名。周强对赵玉敏说，十多年前，这所州立大学受市场经济管理原则的影响，立下了规矩，一门课注册的学生人数少于十五人，就会被取消，这条规矩立下之后不久，德语班就被取消了。现在我们的中文班课程初级班还不错，仍然可以分成两个班，只是中级班只有九个人，少了一些，达不到十五个人的标准。但是中文课程是坎尼思亲自决定要设立的，去找他解释一下，说中文课程对美国学生特别困难一些，需要一段时间慢慢来建立，他也许会考虑特别通融通融。

周强去找坎尼思，把中文班的这些事情向他解释了，请他考虑特别通融，不要取消只有九个人的中级班。坎尼思听了，说，你们再去想想办法，争取再多几个学生，九个人太少了一些。

周强听他这么说，觉得奇怪，怎么想办法争取多一些人呢？回去和赵玉敏说了，两人想来想去，想出一个办法，就是找出上学期初级班的学生名册，给那些成绩还及格的学生一个一个打电话，劝他们继续修中级班。赵玉敏打了两天电话，一个学生也劝不动，又气又急。

周强又去找坎尼思说，赵玉敏打电话努力过了，还是没有办法，能不能让中文中级班就这样有九个人也开起来？坎尼思说，不行。初级班的学生不来修，你去找那些需要修这门课的学生来修嘛。看周强不懂，坎尼思就直接说了："学校里有一些中国大陆来的学生，还有台湾、香港来的，不少是念音乐、美术或舞蹈的，都需要修一门人文科学的课。你让他们来注册，人数就够了。"

周强听了，惊讶得说不出话来。中文课设立之后，是有几个急着毕业的中国学生跑来找周强和赵玉敏，请他们帮忙，让他们修中文课来顶人文科学的必修学分。周强和赵玉敏都一口回绝了，对那几个学生说，这样做事是不行的。周强记得和人文学院院长莫里斯提过此事，当时莫里斯还开玩笑说，如果是周强这样的人做校长，他的父母当年就没法从大学毕业。原来莫里斯的父母是德裔犹太人，二战期间逃离德国来到美国，上大学时去修德语课，其实是混几个容易的学分。

周强猜，莫里斯大概和坎尼思说过这些事。他直直地注视着坎尼思，久久不说话。坎尼思见周强不说话，便放缓语气，慢慢说道："州政府正在讨论明年的预算，我所知道的消息是，形势对我们州立大学很不利，他们只会砍我们的经费，决不会增加。这几年股票市场不是很好，经济增长又很慢，我们的经费只会越来越紧，所以我们对各个班的学生注册数字不能不抓紧。我们所做的一切，报到州政府教育厅，他们就是看统计数字。如果我们允许人数不足十五人的班继续上课，他们就会说我们的生产力不高，削减我们的经费，把钱给其他的大学了。不管怎么说，我们要尽量争取到多一些经费。"

周强听了，心想这种话我从一来到这个学校起就开始听，耳朵都听出了茧。经费是要去争，教育生产力是要提高，可总不能弄出些自欺欺人的统计数字来提高吧。于是周强便说："我们毕竟要对学生负责，他们来修课，总得要学到些东西。"

坎尼思听他这样回答，差不多就是直接而正面的顶撞，顿时很不高兴，拉下脸来，说："让学生按时毕业，就是对学生最大的负责！谁能说我是不负责任的教育者？我去年上任以来，这间大学的学生按时毕业率提高了百分之三点七！"说完气哼哼地把脸扭过去不看周强。周强见他生了气，不愿意再说下去，便告辞出来。

周强从坎尼思的办公室出来之后，去找院长莫里斯商量。他记得以前学校的希伯来语、意大利语的中、高级班，人数也很少，一直都在开，仿佛不受每班必须十五个人的限制。周强想让莫里斯出出主意，想办法保住中文中级班。谁知见面一谈之后，莫里斯便直说现在坎尼思死抠数字，以前的变通方法都行不通了。

莫里斯因为周强过去曾经申请到一大笔经费，一直对周强很客气。他见周强不说话，就更进一步以多年同事的身份对周强说，坎尼思是一个强势领导，做事很果断。他上任这两年，大家都看清楚了，什么项目要上，什么项目要下，都是他做决定。凡事经他拍板，就会执行起来，不跟他合作，后果不好。

周强听了，一肚子气恼，没说什么便告辞了。晚上回家，慢慢把坎尼思、莫里斯的对话都告诉了赵玉敏。赵玉敏听完，顿时发怒，大哭一场。

赵玉敏哭了二十来分钟，慢慢开始平静下来。她表面上温柔恭顺，骨子里其实是个刚烈性格，最是吃软不吃硬，又是学自然科学的，一直都在做化学试验，脑筋很清楚机敏。她哭了一阵，将心中的委屈宣泄出来之后，擦干眼泪，慢慢地说："你坎尼思是个果断的人，我比你还要果断。我明天就辞职不干了，决不和你配合做那种骗人的勾当。"

周强听了，极为震撼。他最懂赵玉敏的脾气，若是她被激怒发起犟脾气来，那是谁都劝不了的。他深深同情和支持赵玉敏，在这种情况下实在是难以继续工作下去，而且他颇后悔当初没有思虑周密一些，叫赵玉敏缓一步辞试验室的工作，先不接教中文的事。他找不到什么话安慰赵玉敏，自责道："都怪我，不该接受坎尼思的请客。我们那次不去吃他那餐饭就好了。"

赵玉敏感激他的体贴，笑笑，依然平静地说："你别责怪自己，我也不用埋怨我自己。当时那种情况下，我们高高兴兴地接了这份工作，也没什么错。现在坎尼思的真面目露出来了，咱们把他看清楚了，不干就是了。"

周强张张嘴，欲言又止。

赵玉敏知道他想说什么，说："你也别担心，我辞了这份教中文的工作，就回试验室去做我的助理工作，如果那份工作没有了，再去找其他的工作就是了，哪里会找不到一碗饭吃？做这些工作工资不会很高，女儿过几年就要上大学，这几年我们手头上会有些紧。我要马上回去把我的博士念完，拿了学位之后找个好工作，送女儿上所好大学。我想清楚了，苦两年比受坎尼思的拿捏好。"她说着说着又生起气来，声调也高了，"他这明摆着是欺负咱们！他叫咱们去糊弄学生，他自己好拿数字去报功，说他做事有成效。你今年忍着受他欺负，他明年就更加逼你，叫你还得拿出更好的数字来。学生没有脑子吗？其他同事没有脑子吗？别人看不出这是作假吗？你能顺着他一路作假做下去吗？简直是欺人太甚！我决不和他坎尼思一起串通作假！他莫里斯也不用讲他父母骗德语课学分的故事，他父母来美国是难民，我不是难民！谁也别把我当难民！"禁不住眼泪又流了出来。周强上前将她搂进怀里，两人紧紧相拥。过了一会儿，赵玉敏从周强怀里抬起头来，望着他说："我不干了，你怕是要受委屈了。好在你有终身职保护，也不用怕谁。"

周强看着她，说："兵来将挡，水来土掩。"

赵玉敏又说："这事，也该和女儿说说。"

两人到女儿的房间，女儿正在一边戴着耳机听音乐，一边做作业。赵玉敏示意她把耳机取下来，对她说，因为不想和弄虚作假的人同流合污，明天就会把工作辞了。

杰西卡听了，接口说道，"哦，你又要换工作了。你去年不是刚刚换过工作吗？"说着，她准备又戴上耳机继续做功课。赵玉敏拦住她，跟她解释，辞去工作之后，家里收入减少，也许以后不能支持她上最好的大学。

杰西卡听了，耸耸肩膀，不是很在乎地说："我会争取考好成绩，拿奖学金。我也不一定非要上学费很贵的大学，我找一间公立大学，也不用你们交很多学费。你们去睡吧。"

周强默默听她母女对话，一句话也没说。两人回到卧室，洗漱完毕，上床熄灯躺下。过了很久，赵玉敏感到周强还在翻身，便挪身子凑过去，搂着他。忽然听得周强抽了一下鼻子，赵玉敏伸手到他脸上一摸，摸到他眼角湿乎乎一片。赵玉敏轻轻擦去他的泪，柔声说道："你怎么了？"

周强哽咽着说："我多么想用中文对女儿说，你妈妈是个有骨气的人。多么希望她能听得懂！"

黑暗中，赵玉敏没说话。她更紧地依偎着周强，说："睡吧。"

赵玉敏果然辞职，许多同事听说之后都吃惊不解。有好心的人找周强问，这样一来她的医疗保险怎么办，养老金也没了，这么做决定是不是仓促了一些。有人建议他们不妨和院长、教务长再谈判谈判，事情或许还有转变的可能。大家都说，何苦要这样立即辞职，学校反正不会解雇你，你想不干了，也先别自己辞职，边干边找工作，找到了新工作再辞多好。有同事打电话到家里给赵玉敏，赵玉敏听他们纷纷都是一个调子，好心固然是好心，但听了几次便不愿意再谈了，于是不再接电话。有同事找周强表示关心，周强笑眯眯地谢了，说："赵玉敏做的决定，我支持她。"

吉米毕竟是周强在研究院就认识的老朋友，略知道他们夫妇的性格脾气，做人客客气气的，从不得罪人，但若认准的事，一旦做了决定就不会改变。他见周强和和气气地婉言谢却同事们的劝告，心下明白他夫妇二人已不会更改他们的决定。吉米便找周强去学校附近的小餐馆喝啤酒聊天。

吉米问道："你还好吧？赵玉敏还好吧？看上去你倒是挺轻松的。"

周强笑笑答道："我们都很好。轻松？还算轻松，但也谈不上轻松。总有点失重的感觉。"

吉米开始评点坎尼思，以这种方式来安慰周强："坎尼思那种人，不值得和他认真。要叫我说，他是整个被他的英国牛津教育给毁了。他本是新西兰人，是英帝国边缘地带长大的，一直对中心有强烈的向往。"

周强说："什么？他是新西兰人？我以前听说他是加州长大的英国后裔，怎么原来是新西兰人？怪不得他有英国口音，我还以为是他去英国之后沾染的。"

吉米说："他在新西兰长大，念完大学后在加州住过两年，所以有人误会他是加州人。他这种背景的人，有一种强烈的欲望要往中心冲刺，要进入中心，急得不得了。但是在英国混不进那个圈子，跑到美国来，更急着出人头地，很快学会了些时髦的语言，追潮流的手段。一来二去，推销自己推销得技高一筹，换一个学校爬高一级楼梯，从系主任、院长，一直做到教务长。大家心里都明白，他这么着急要建立新项目，就是要赶着在三五年内赶出成绩来，以后到其他学校去做校长。"

周强听吉米贬抑坎尼思，心下痛快，说："希望他早点走。"

吉米道："他怕是还要在这儿待一阵。他这种人，不能跟他认真，却又不能不防着他。你今后对他要小心点。赵玉敏这样一辞职，中文课程只好全部取消，大家虽然不明说,但都知道这是赵玉敏和你不愿意跟坎尼思合作的结果,他很没有面子,必定很恼怒。还有,中文课都取消之后,亚洲研究中心就成了个空壳,坎尼思完全有理由不再给你经费,我看你这个代理主任怕是做不长了。至于以后他是否会用种种方法来刁难你,现在还难说,只是你得有心理准备。"

周强听了,心中生起万般感触,仿佛有许多话要说,却又不知从何说起,待了一会儿,先谢了吉米的友情和忠告,然后淡淡地说:"人生苦短,做人总要有底线。赵玉敏和我已经想通想定了,不愿意为任何理由公然做骗子。以后的事,走着瞧。坎尼思要来为难我,我再和他较量。"

吉米听了,没说什么。两人又各叫了一杯啤酒,边喝边谈起球赛来。

24. 可怜天下父母心

此后赵玉敏聚精会神做实验，写博士论文，有时很晚才回家，有时周末也得去实验室工作。周强包下大部分家务活，周末接送女儿去上芭蕾舞课也全由他一个人负责。

一个星期六，赵玉敏又去试验室工作，说是又要很晚才回来。女儿说上完芭蕾舞课后，要去一个同学家过夜。周强觉得心里有点堵，打电话给吴国忠，问他是否有空见面两人聊聊天。吴国忠爽快地叫他到唐人街来会面。

两人碰头后，吴国忠说，难得我们两个老朋友单独见面聊天，我带你去一家新开的川菜馆子试试。周强听了喜欢，想起两人念大学时去小餐馆吃面条，放很多辣椒，吃得满头大汗的往事。

周强随着吴国忠到川菜馆坐下，只见那是家小餐馆，坐落在唐人街边缘一个不起眼的角落，面积不大，屋顶挂着几个大红灯笼。吴国忠说："这家餐馆的川菜很道地，麻、辣都有劲，恰到好处。我来过几次，很喜欢这里的菜，越是简单普通的，越是好吃。我们今天就吃点担担面、水煮牛肉、泡菜全鱼，你肯定会喜欢。"

周强说："好，今天咱们就吃简简单单的家常菜。其实也只有家常菜才好吃，耐吃。我认识一个最馋、最好吃的印尼华侨，叫托尼，来美国念书毕业之后，在图书馆做事，单身一个人，他那种好吃，听起来不可思议。他如果想念某道菜了，会坐飞机去伦敦、巴黎，或是香港、雅加达，专为去找那道菜吃，为的就是要吃道地的家常菜。"

吴国忠说："这个人嘴这么刁，这么舍得花钱满足他的口腹之欲。"

周强道："所以说，世界之大，无奇不有。"

两人喝着啤酒，先这样慢慢闲聊。过了一会儿，吴国忠问道："有什么心事？"

周强答道："也没有什么大事。"遂把坎尼思逼他和赵玉敏作假，他们不从、赵玉敏辞职重回学校读博士的事说了一遍。

吴国忠听了，也不感到特别吃惊，说："到了咱们这个年纪，照孔夫子说的，是过了不惑之年，经历了些事，见识了些人，大体上也明白了，在这个世界上，很多事你想认真也认真不起来。你们俩夫妻同心，认真一回，也好。"

周强听了，心里舒畅，道："总算还有你这个老朋友了解我们。我们做人做事，只求自己心安，也不要别人理解。但是看到周围的人都把我们当傻子，自己女儿也不是很懂得我们，有时不免郁闷。我上星期跟赵玉敏说，等她拿了博士学位，我们不如回国算了。"

吴国忠说："回国？你开玩笑吧？"

周强说："要看有没有好的机会。这些年，有不少人回去了，听说都干得不错。"

吴国忠听周强说话的意思，仿佛是认真想过这件事，他呷了口啤酒，说："这事你们得再想想，最好不要匆忙做决定。人往高处走，水往低处流。我们念大学的时候，美国是高处，我们走来了。现在中国也是高处了，很多人往回走，外国人也一窝蜂到中国投资赚钱去了。说起来我们应该高兴，中国总算成了高处，可是我们是否走得回去呢？走回那高处，是否住得惯呢？这就难说了。前不久我见到李秀兰的一个表弟，她姨妈的儿子，回国内做了两年的生意又回来了。我见他脸色发灰，问他怎么回事，他说在国内做生意要打通很多关节，整天都要请客吃饭，从中午起就喝酒。这位表弟赚了点钱，就撤回美国来了，去考了份邮局的差事，拿着份低工资过日子。他妈妈骂他没出息，他却说他不愿再过那种整天吃宴席喝酒吸二手烟的日子，宁愿回美国做个小中产阶级，呼吸口新鲜的空气，还想多活几年呢。咱们回头说你和赵玉敏的事。你们俩和那个教务长斗，他叫什么来着？"

周强说："叫坎尼思。"

吴国忠接口念道："坎尼思，坎尼思。"他笑起来，说："要是用四川话来念他的名字，就是'砍你死'。"

周强道："那家伙是要砍人死。"

吴国忠接着说："中国现在搞市场经济，很多东西都学美国，政府官员纷纷来美国培训，学美国这一套学得快得很。你们要是打算回中国，就得做好精神准备，弄不好走到哪里都会碰到像你们那位教务长一样的人，那些被数字压迫着也拿着数字逼人的'砍你死'，恐怕比你那位新西兰杂种还难缠，砍得你死也死不了，活也活不成，到时候看你怎么办。"

周强听了，想想，吴国忠说的果然有道理，他叹了一口气，仿佛想说什么，却什么也没说。

吴国忠慢慢说道："算了，别多想了。你们和老美已经较量打交手打成这样了，干脆继续较量下去，在这儿做一个百炼成钢的老美算了。而且我记得你说过的，你女儿的脾气最是美国化，现在又快上大学了，她能跟你们回国吗？你们又怎么能丢下她自己在美国念书呢？"

周强说："女儿倒是说了，我们要是决定回国，她自己一个人在美国念大学没问题。我这个女儿是很独立，只是……只是……"周强摇摇头，欲言又止，最后模模糊糊地说："孩子大了，我也管不了那么多了。"

吴国忠道："孩子大了，能够独立，不用你操心，多好啊！我的儿子太弱了，实在让我担心。对了，今天咱哥儿俩难得一聚，我把我儿子的事跟你说一说吧。"

吴国忠接着说："我这儿子，从小念书就不用我操心，成绩一直都很好。只是性格内向，不爱多说话。起初我见许多在美国出生长大的孩子说话太多，想叫他们停都停不住，还觉得我儿子不错，没有那么肤浅，不说那么些废话。现在他慢慢长大了，我才发现他很不合群。他小小的年纪对许多事情居然有些自己的看法，我听他说出来，不免高兴，但是看他那不合群的样子，又不免担心。比如说，谁都知道，华人家庭的一项重要娱乐是看电视连续剧，我们家也不例外。有时候是李秀兰她伯父的儿子带着他们的孩子到我们家来，有时候是我们带着儿子去他们家，大家一起坐在沙发上围着电视机看租来的电视连续剧录像带，大都是香港、台湾拍的，有的可以一看，有的很烂，大家边看边骂。可我儿子从小就拒绝看。那时候我虽然觉得很奇怪，却也沾沾自喜，我儿子天生对看电视连续剧有抵抗力，我不用费神督促他做功课，也不必担心他学电视剧和其他电视节目里那些庸俗的东西。我们一家周末、节假日坐在一起吃瓜子看电视，我儿子会找个地方静静地读书，有时也玩玩计算机游戏。偶尔有朋友来家里玩，见我儿子不看电视，都连声夸奖，我们自是得意。

"有时候我儿子的表哥表姐会拖他一起来看电视连续剧，他看一会儿之后就会说，这个戏的导演也太看不起人了，这样来瞎编故事。他的表哥表姐，还有我们这些长辈，听他这样批评，都很吃惊。他的表哥表姐，和他差不多年纪，嫌他这样较真儿，减了大家看戏的兴致，逐渐也就不再叫他来一起看电视剧了，我儿子也乐得自己做他喜欢做的事。

"我老婆的伯父李明圣，有一次说，我这个儿子恐怕得让他来帮助培养。以前我跟你略微说过李明圣的事，他和我岳父完全不一样，是个为人粗糙凶狠的赌徒。我和李秀兰结婚十来年之后，他对我的态度才慢慢改变过来。现在他有两个孙子、一个孙女，常常来找我补习功课，他这才算对我有了些尊敬。他那次对我和李秀兰说，我们的儿子太弱，要常常去见见他，让他教导教导，多点阳刚气，不然以后到社会上恐怕很难立足，我们会很辛苦。我老婆最疼儿子，哪里肯信她伯父的话。她伯父不说还好，说了之后，我老婆把儿子更加看得紧了，不让他和李明圣多接触。李明圣找我谈话，叹气道：'我的孙子贪玩又淘气，你要帮助他们的功课；你的儿子这么聪明，就是不够皮实。'我承认他说的有道理，但觉得孩子还小，慢慢长大总会壮实起来。

"但是，前不久发生的一件事，却使我真正开始忧虑起来。我儿子有个女同学雷贝卡，和他挺玩得来，有时他们一起去雷贝卡家玩，有时也请雷贝卡和她的父母一起来我们家玩。雷贝卡有个姐姐，叫珍妮芬，在念高中，上学期去法国念了一学期的书。在珍妮芬搭飞机去法国的前一天，她父母在家里给她安排了一个'惊喜party'，让珍妮芬和她妈妈出去买东西，雷贝卡和珍妮芬的两个好朋友把家里趁机布置了一下，又请我和儿子还有几个朋友到她家藏了起来，等珍妮芬和妈妈回来的时候，突然开灯，门框上暗藏的花带子什么的都掉了下来落在珍妮芬的头上身上肩膀上，大家一哄而上，口里叫着'惊喜！惊喜！'珍妮芬果然又惊又喜的和大家一一拥抱致谢，最后特别感谢了父母送给她的礼物——让她去法国念一学期的书。那时大家都喜气洋洋，我儿子却阴沉着个脸。总算耐着性子吃完了饭，客客气气地向雷贝卡一家道谢告辞。一出雷贝卡家，他就问我：'爸爸，人为什么那么浅薄？人为什么要自欺欺人地假装快乐？'

"我听了，立即觉得被他这一问，问得透不过气来。我无言以对，拉住了他的手，默默地走。过了一会儿，我儿子抽泣起来，用未被我拉住的那只手抹眼泪。我心中大为震撼惶恐，慢慢地对他说：'人总是在追求快乐，人喜欢分享快乐，人的快乐有各种形式和仪式。'心下却是只有一句话要对儿子说：'儿子，你要皮实一些。'"

周强听吴国忠说他儿子的故事，心下大奇，问道："你儿子才十来岁，怎么就有这种敏感？"

吴国忠深深叹一口气，说："不知道。我真的不知道。"

周强说："看起来他好像是遗传了你的基因，骨子里是个认真的人。"接着他便告诉吴国忠，听人说过他为了一字之差和洪伟翻脸的事。

吴国忠说:"嗨,那事也不是我特别认真,只要是有一点自尊心的中国人,都不会让步,管他是洪伟蓝伟,黑伟白伟。这种事,过了就算了,我不愿说,别人也不要听。就像你和赵玉敏跟那个'砍你死'斗,你们也不愿声张,只是跟我这个老朋友说说而已。像你刚才说的,咱们做人求个心安,也不打算改变洪伟、'砍你死'那种人。这世界上,像洪伟、'砍你死'那样的人,多着呢。可是大路朝天,一人半边,咱们不受人欺负,也不招谁惹谁,自由自在的,有什么不好?所以咱们说是不认真也认真,说认真也并不认真。咱们在中国、美国一路跌跌撞撞走过来,到了现在总算是皮皮实实的,经得起摔打。你看唐人街的新移民,全是些经得起摔打的皮实人。只是像我儿子这样的孩子,怎么才能让他受些磨炼,长成个男人,经得起摔打,也能够享受生活中种种不相干的小乐趣呢?"

周强听吴国忠说儿子的事,句句都有忧愁,不知道怎么安慰他,也想不出什么办法可以帮他儿子皮实起来,遂说道:"你儿子内向敏感,也许到青年时期会转变。我女儿的毛病,我这个当爸爸的都羞于启齿,连对你这样的老朋友都说不出口。"

吴国忠笑道："不至于吧？你一直都说女儿独立自信，活泼外向，她能有什么大毛病让你操心呢？"

周强说："不好说，不好说，真是不好说。这半年来她变得简直像是另外一个人了。唉！"

吴国忠见他唉声叹气的，奇怪道："你女儿怎么啦？"

周强摇摇脑袋，几次欲言又止，最后边摇脑袋边说出话来，只是一个字："骚。"

吴国忠见周强如此，便安慰他说："现代的女孩子，自然开朗，热情奔放，该笑就笑，该笑多大声就笑多大声，你女儿也就是其中一个，我看你恐怕是有点过度反应。"

周强还是摇摇脑袋，说："所以这种事，说不出口。也没有人可以安慰我。你也不用开导我。我是爸爸，也是男人，我知道活泼外向和骚的区别。"

吴国忠看看周强，本想说，我们年轻念大学那阵，私下里嘀嘀咕咕，谁不喜欢那眼神勾人、嗲声撩人的女孩子？他又看看周强，见他是认真得尴尬，尴尬得认真，猛然醒悟，当年在一起恣意评点女孩子的青年朋友，已是心事重重的壮年父亲，遂欲说还休，点头示意，两人闷头喝酒吃菜。

25. 人在变，请客不变

"咱们请一次客！"有一天晚上，赵玉敏从实验室回到家，一脸喜气，对周强说。周强问："实验结果做出来啦？"赵玉敏说："做出来了。"周强高兴地说："好！"他知道赵玉敏集中精力做这个实验已经几个月了，现在结果出来了，她可以轻松一下了。

赵玉敏说："咱们原来经常请客，热热闹闹的，这几个月我关在实验室里做实验，不但自己停了一段时间不请客，而且也不到别人家做客。我今天在回来的路上就想了，咱们要请客！日子该怎么过还得怎么过，免得让别人说，坎尼思捉弄咱们一回，咱们连生活方式都变了呢。咱们该怎么做人就怎么做人，该怎么过日子就怎么过日子，该请客就请客，谁也别想改变咱们。"

"好啊,"周强笑着说,"我举双手赞成。这要请的第一个客人,要我说,是坎尼思。请他早点来,到厨房陪你炒菜,你炒一会儿菜,把勺子递给他舔一舔。"

赵玉敏跟周强大笑起来,笑了一会儿,嗔道:"别恶心我了!咱们商量商量,看请些什么人。时间就定在下周末,星期六、星期天都可以。下星期正好女儿要和学校的啦啦队到波士顿去,为他们的橄榄球队助威,不在家,我们请客也不用顾虑她的想法。"

第二天,周强按两人商量的名单逐一打电话,先找到吴国忠、钱宇,两人都答应了夫妇一起来。钱宇说是星期六有事,周强便将日子定在星期天。

周强给王岚岚打电话,请她来吃饭,王岚岚却说她不能来了,她正好星期六要飞去大陆。王岚岚气呼呼地在电话里告诉周强,秦汉唐去大陆做访问学者,本来说好是一年,现在他又续了一年,还想在大陆待下去。最近她和秦汉唐通电话,隐隐约约听到仿佛有女孩子的说笑声,便问秦汉唐是怎么回事,秦汉唐支支吾吾地说是有学生到他的宿舍来请教问题。王岚岚说着说着哭起来,说她思来想去好几天,最后决定辞了工作,把女儿交给她爷爷奶奶照料,立即飞大陆去和秦汉唐聚合。周强听了,也不知说什么好,便道她这个决定做得对,夫妻分开太久不是个办法，祝她一路顺利，以后回美国大家再聚。王岚岚听周强语带安慰，越加委屈起来，抽抽咽咽越说语气越狠，说是要给秦汉唐一点颜色看看，也要好好教训一顿那些狗胆包天引诱秦汉唐的小妖精们。

周强接着打电话给刘文正，谁知他夫妇俩原已定好了船票，要陪赖玉珍的父亲去加勒比海游览几天，也不能来了。

晚上，等赵玉敏回来，周强告诉她王岚岚和刘文正夫妇都不能来，问她还想请些什么人。赵玉敏："那你去问问吉米、琳达看能不能来，而且你不妨去找找罗森夫妇，萨克斯夫妇，咱们也很久没和他们一块吃饭了。"周强道："以前我们不是担心把中国人和美国人请到一块吃饭，气氛不融合吗？今天你好像不担心了。"赵玉敏笑说："担心什么呀，我不担心。中国人也是人，美国人也是人，中国人要吃饭，美国人也要吃饭。只要没有像坎尼思那样的混蛋，咱们请自己的朋友来家里吃饭，欢欢喜喜的，担心什么呀，不担心。你放松好了。"周强见妻子工作顺利，心情如此舒畅，说话如此爽快，心里也是高兴，就顺着她的意思，轮着给这几位美国朋友打起电话来。

吉米夫妇收到邀请很是高兴。琳达在电话里甜甜地说，敏一定记得我们喜欢吃什么菜。我都等不及了，星期天见。

罗森夫妇却不能来。席德尼在电话上告诉周强,他们的女儿贝蒂终于要结婚了,他们正在张罗,准备好好庆祝一番。老头子心情好,在电话上和周强还聊了一阵。他说,纽约有很多三十岁以上的未婚女子,其中有不少是犹太人。周强说,好些年前,中国有个词,"大龄青年",就是用来指这种到了年龄还拖着不成婚的男女。席德尼说,我们这个大龄青年小女儿,使我们不知操了多少心,她妈妈常常半夜起来,独自垂泪。现在总算了结一桩心事,我们自然高兴。怎么样,到时候你们过来喝杯喜酒?周强没想到要请他们请不成,反而被他们请去参加婚宴,连忙谢了,答应一定去。席德尼还说,三个月后的一个星期六,是他和爱丽丝结婚五十周年纪念,请周强、赵玉敏把那个日子留下来,到时候参加他们的金婚庆祝盛宴,周强也满口答应了。

忽然周强接到吉米的电话,说他和琳达临时有事星期天不能来吃饭了。周强听了,也没说什么,简单说句我很失望,但没关系,以后再说吧。放下电话,周强叹口气,摇摇头,知道吉米因为他和赵玉敏与坎尼思闹翻了,有意和他疏远。想到和吉米交朋友已有十几年,周强不觉有些伤感。他知道,学校里纷纷传言,他拒绝设立亚洲研究专业,赵玉敏又突然辞职不教中文,是故意和坎尼思过不去。很多人都想巴结坎尼思,背地里便议论他和赵玉敏不识时务,不能适应新的形势和新的领导。周强对所有这些议论都一笑置之,懒得应对,也不告诉赵玉敏,免得影响她的情绪。现在连老同学、老朋友吉米也开始疏远他,周强便知道坎尼思的种种操作手法已经起作用了,已经影响到这间大学的生态环境了。他想起以前读过一位美国作家的书,有这么一段话,美国是个民主国家,可是到处都有凶狠的小恶霸,你得用民主的武器和他斗争。周强一时记不起这位作家的名字。现在想起这段话,已经能够体会了。又想想吉米支支吾吾推托不来吃饭的腔调,不由得心里叹道,小恶霸之凶狠,也是由于有人顺从配合,有人害怕躲避,有人见风转舵,有人浑水摸鱼。心下对这些人生出鄙夷,也不愿多想他们。虽不愿多想,可是他一人在家,满室寂然,不知不觉心中恍恍惚惚想起许多事情来。他想起年轻时对美国的憧憬向往,这近二十年来在美国生活的种种经验,都模模糊糊的,记不太清楚了。倒是坎尼思请的那顿咖喱牛肉饭,现在不知为什么却真切地老是浮现在脑海里,耳里还很清晰地听到吉米支吾推托不来吃饭的声音,仿佛若有所感,思绪却是理不清楚。

周强长吁一声,心下倒是镇定。他想到赵玉敏几个月来辛苦做实验,难得这次高兴想请客,就又给萨克斯夫妇打电话。

萨克斯太太接电话,听周强邀请他们周末来吃饭,很高兴地说:"好啊,我一定来。你叫敏一定要做道麻婆豆腐给我吃。"

周强说:"行啊,没有问题。朵蕊丝,请你问问哈瑞,他这次是想吃羊肉还是牛肉?"萨克斯太太名叫朵蕊丝,先生叫哈瑞。

朵蕊丝说:"哈瑞?你也许不相信,他两个月前和我离婚了。他还住在附近,星期天你可别叫他一起来吃饭。你要叫他来也行,只是你要告诉他,我见了他肯定还要骂他。"

周强听朵蕊丝说话的口气不像是开玩笑,这一惊非同小可。他实在难以想象,这对结婚四十多年的老夫妇怎么突然就离了婚。哈瑞是东欧移民的后代,家里第一个大学毕业生,做皮毛生意起家,四十来岁时就已经是个千万富翁。他们住在离周强不远的一个小镇,几年前在报纸上看到周强出书的报道,通过记者拿到周强的电话,请他们到家里做客。哈瑞出身贫寒,全靠自己努力进大学做生意,发财后在母校纽约大学设立了一个奖学金奖掖后进。有一年，这笔奖学金给了一位大陆学生，据他自己说是三代士族之后，但他念了半个学期便中途辍学，不知何往。哈瑞很失望。他在地方报纸上读到周强是华南工人家庭的后代，读了博士出了专著在本地大学教书，也是个无所凭借全靠自己努力的人，便来找他交朋友，请他们夫妇到家里做客吃饭聊天。哈瑞说起那位"三代士族之后"，痛骂那年的奖学金委员会被字面履历蒙蔽，不讲真才实学，又直夸周强、赵玉敏诚实能干，和他父母一辈是同样的人。

哈瑞、朵蕊丝二十多岁结婚之后，朵蕊丝一直在家带孩子，后来孩子长大上了高中，她才去一家旅游公司做事。周强、赵玉敏每次到他们家做客，都会听到他们为各种现实政治、经济、社会问题争论不休。哈瑞支持共和党，朵蕊丝赞成民主党，哈瑞看《华尔街日报》，朵蕊丝读《纽约时报》。两人争论起来，朵蕊丝常常会用讥讽的口吻说："哈瑞，别说了，我知道那不是你的意见，那是你从《华尔街日报》社论上读来的。"

周强等赵玉敏回家，把朵蕊丝和哈瑞离婚的事告诉她，赵玉敏很吃惊，两人讨论半天，也猜不出他们离婚的原因。赵玉敏听说朵蕊丝很高兴要来吃饭，倒觉得欣慰，一心要好好招待她。

26. 这次客没请好

到了星期天，一早起来，赵玉敏写了个单子，将要买的东西列在上面，让周强开车到各店铺去买，自己在家收拾客厅、后院，准备下午招待客人。

五点多钟，钱宇夫妇先到了。当天秋高气爽，太阳也很明亮，赵玉敏、周强请钱宇夫妇到后院坐下，端来冷饮茶水，摆上几小碟杏仁、夏威夷果、日本辣青豆等，请他们随便饮用，轻松聊天。

过了一会儿，周强起身，在院子里捡了些枯树枝，折断后放进一个烤架里，点火烧起来。待那火慢慢烧得旺了，火苗蹿起老高，周强起身回厨房拿出一长条腌好的猪里脊肉、一盘带骨羊里脊肉块，放在大火上烤。烤了几分钟，又翻过来烤另一面。看着那肉在大火烘烤之下已经吱吱发响，开始往下滴油，周强赶紧把它们捡回盘子里，然后用锡箔纸把那长条猪里脊包平实了，又放回烤架上烤，那几片带骨羊里脊肉块，也同样一块一块用锡箔纸包起来放回烤架上。这时那些枯树枝已烧了些时候，火苗虽已全退，但烤架里却还是热烘烘的，慢慢烘煨那肉。周强又端来一盘洗好擦干水分的新鲜野蘑菇，翻转过来，每只顺着根部挤上几滴柠檬汁，也用锡箔纸严实包好，放在烤架上去烘烤。接着他用锡箔纸包上几个西班牙洋葱，直接就丢进火堆里去了。

廖爱莲看周强步履轻快地走进走出，不紧不慢地在烤架旁边做这一切，不由得羡慕地对赵玉敏说："周强怎么这么勤快，这么利索呀？我们家钱宇，只要是我在家，他是绝对不下厨房的。"

钱宇在旁边有点不好意思，说："我做的饭菜，你总说难以下咽，所以我索性不做，省得被你埋怨。照我看，周强今天的这种烤肉，倒是有些独特，我以前没见过，他是在哪儿学到这套功夫的？"

周强走过来笑着说："嗨，这哪有什么功夫啊？这是我的懒办法。我们吃过美国人的烤肉，觉得有时候不注意会烤焦了。我见过有人用锡箔纸把要烤的肉先包好，再放进厨房里的烤箱烤，就琢磨着把二者结合起来，试过一两次，觉得味道不错。先大火烤再慢火煨，肉的两面都烤得香脆，里面的肉汁却都还留着，最省事的是不怕把肉烤老了。你看，现在我过来坐着聊天，也不用管它，不费劲。"

说了些闲话，廖爱莲问起赵玉敏最近工作怎样。赵玉敏很愉快地说，工作挺顺利，实验结果做出来了，博士论文也写得顺手，不久就会写完了。钱宇问她做什么实验，赵玉敏说，她做的实验是一个小实验，是在她导师领导下所做的抗衰老研究的各项实验中之一项。现在她的实验结果出来了，导师特别高兴，要她赶快把论文写出来，接下来再做其他实验。

钱宇半开玩笑地说："研究抗衰老？你不是在做壮阳药、女子回春药的研究吧？"

赵玉敏爽快地答道："你问得倒是巧。我做的实验，和壮阳药没有直接的关系。但是我的实验结果，那些现在正在研制长效壮阳药的药商倒是极感兴趣。我的导师最得意的就是我的实验结果比别人早做出来了。"

钱宇听了，认真起来，说："你的实验听起来很重要，你要不要赶紧申请专利，带回中国去，找个大药商，大量生产长效壮阳药，赚的钱会数都数不过来。"

赵玉敏说："我的研究兴趣是人的生理机能的变化，

做的实验原来是导师安排的,从来没想到会和什么壮阳药联系起来。我现在不想那么远,先把博士拿了,然后再考虑将来做什么。"

钱宇说:"你现在做成功了那么重要的实验,哪还能这样说,不想那么远?你得赶快想远一点,慢了怕是被别人赶上来了。要不咱们合作?我替你到国内联系联系?"接下来钱宇很诚恳认真地对赵玉敏和周强说,他这几年一直在暗暗做一桩生意,和国内的人合作,要把一种戒毒瘾的中药介绍到美国来。他已经认识了不少的人,有愿意投资的有钱人,有药厂的经理,有外贸部门的主管。他们原想这是一桩极大的生意,美国有毒瘾的人那么多,戒毒中药绝对会有市场。做了几年才知道,美国联邦食品药物管理局对进口的中药卡得很严,规定要有该药物确有成效的科学报告,才发给进口准许证。

钱宇接着说:"我算是有惨痛经验了,要拿到美国食品药物管理局的进口准许证,比登天还难。要生产一种新药,也非常不容易。可是要在中国,就没有这么麻烦了。你的实验专利拿到中国去,生产出长效壮阳药,光是中国,市场就够大了,要是再销到亚洲、欧洲,那还得了吗?"

钱宇越说越起劲,仿佛他已经成了赵玉敏的生意合伙人:"你真的要赶快动作,不能慢。你要是不介意,我今晚回去就打电话和国内的朋友联系,咱们马上动起来,找人投资,找工厂生产?"

赵玉敏听钱宇越说越认真,不禁笑起来,说:"别着急,别着急,慢慢商量商量吧。我刚才说了,我做的只是个小实验,那些做长效壮阳药的药商对我的实验结果有兴趣,也不见得最终沾得上边。最后到底能派上什么用场,我也不知道。"赵玉敏说着,心下颇后悔,不该提做实验的具体结果。钱宇见赵玉敏对他的主意不很热衷,大失所望,心里觉得赵玉敏看不起他,不愿意与他合作,脸上开始露出不高兴的神色。廖爱莲看他这样子,不知说什么好,坐着只是喝茶。周强没料到大家聊着聊着居然尴尬起来,心里便想为什么吴国忠夫妇还没有到,盼着他俩早点来。

正在此时,朵蕊丝拿着一束鲜花,来按门铃。赵玉敏高兴地将她迎进门,拉着她的两手说了好一会儿话,接着引她到后院给钱宇夫妇介绍了。看看表,已经过了六点,赵玉敏就说吴国忠夫妇也该快到了,她便去厨房炒菜去了。

朵蕊丝今天穿得整齐大方,戴了一串珍珠项链,一头银发梳得齐齐整整,嘴唇涂得很红。她脸上皮肤保养得很好，基本上没有什么皱纹，如果不看她脖子上的皱纹，根本看不出她已是七十二岁的老人。廖爱莲和她寒暄，恭维她气色好，精神佳，看起来很年轻。

"看起来年轻没有用！"朵蕊丝说，"我结婚四十多年的丈夫就跟一个真正年轻的女人走了！嫌我老了！和我离婚了！"

廖爱莲、钱宇、周强三人听老太太大声说出她离婚的事，一时面面相觑，作声不得。周强本和钱宇夫妇打过招呼，还提醒他们，朵蕊丝来了，大家不要提起离婚的话题，谁想到朵蕊丝刚坐下就自己嚷起来。

只听朵蕊丝接着说："那女人才二十多岁，比我们的孙女还小！你说说，哈瑞是不是鬼迷心窍，中了邪了？我听说，那女人拿了'伟哥'给他吃，哈瑞吃了，就满屋子走动，在楼梯上爬上爬下，一直跑到动弹不得，瘫倒在地为止，可性功能却完全没有增强。"

大家听朵蕊丝气哼哼地刻薄形容她的前夫，都知道她心怀恼怒，说话夸张，但听她说完之后，想象一个七十四岁的男人服药之后药性发作的样子，都不禁发笑。周强边笑边觉得似幻似真，何曾想到贫寒出身的哈瑞会和糟糠之妻离婚，又何曾想到朵蕊丝那么慈祥和蔼的一个老人，会变成现在这么一个口出恶言的怨妇，心下叹道，人是会变的。他看着朵蕊丝，想起席德尼和爱丽丝不久要庆祝他们的金婚纪念日，心下又叹道，也有人不变。

看看已近七点，吴国忠夫妇还没有到，周强去给他打电话，没人接。周强就到厨房里去和赵玉敏商量，是再等他们一会儿还是请已到的客人先上桌吃饭。赵玉敏说，吴国忠他们从不迟到，今天到现在还不到，肯定是路上堵车了，再等他们一会儿吧。

过了七点钟，赵玉敏对周强说，恐怕不好再等了，好在吴国忠是老朋友，我们边吃边等他们，给他们留些菜就是了。周强说，他们早点来，大家可以聊点其他的话题，不然等会儿钱宇恐怕还会提要你回中国生产壮阳药的事情。两人对视，无可奈何地一笑。

大家到餐厅上桌吃饭，朵蕊丝尝了一口周强在烤架上煨出来的野蘑菇，赞不绝口，说是再鲜美也没有了，忙问是怎么做的。周强便慢慢给她解释，说用锡箔纸包起来在烤架上烤出来的，原是要吃蘑菇的原汁原味，只滴一两滴柠檬汁就可以了。朵蕊丝吃得高兴，见赵玉敏端上麻婆豆腐，眼睛一亮，得意地说："敏呀，你果然为我做了麻婆豆腐，我最喜欢你做的麻婆豆腐了，天下无双，世界第一！"赵玉敏喜盈盈地说："那你多吃一些。"

周强见朵蕊丝高兴，便和她随便聊天："朵蕊丝，我们最喜欢你这样的客人，你最懂得欣赏家常菜的好处。你喜欢的这两道菜，麻婆豆腐是靠调味料调出来的，既麻且辣，把原本没有味道的豆腐调出味来。这道蘑菇，还有那几个洋葱，原汁原味。其实天下菜式，千变万化，无非就是这两种，或是原汁原味保得住，或是用调味料调得好。你两种都喜欢，两种都能欣赏，你的品味高啊。而且你也挺会做菜的呀。以前我到你们家做客，最喜欢你做的土豆泥了，拌上鲜鲜的肉汤，多好吃啊！也是原汁原味和调味料的配合。"朵蕊丝听周强这样恭维她，满心高兴，嘴上却说："我哪里懂吃，只是嘴馋而已。我是没法和你们比的。你和敏两人这么会做菜，会做这么多菜，要是你们开餐馆，保证天天客满，我也会天天到你们的餐馆吃饭。要是我开餐馆，只有一道土豆泥，开张半天就倒闭了。"廖爱莲在旁边听周强和朵蕊丝这样边吃边聊天，不紧不慢的，议论这两三道平淡无奇的菜居然讲出好些名堂来，颇觉有趣，便边吃边听他二人闲聊。

桌子这边，钱宇对周强和朵蕊丝的对话全然没有兴趣。他吃了些东西，待赵玉敏终于坐下，就低声用中文对她说："长效壮阳药绝对有市场，你还是好好考虑考虑我说的主意。你想想,这市场多大!不用往远处说,就拿这老太太的前夫来说,七十多岁的富翁,钱多得没地方使,在这方面,花多少钱都不在乎。像他这样的人,美国很多,欧洲很多,日本很多,中国也会越来越多。如果再想想现在的专业人士,都忙碌不堪,二三十岁就觉得力不从心了,也愿意花这个钱。全世界都一样。现在是全球化的时代,一国不做另一国做,你与其把这实验结果让美国公司拿去,还不如带回中国。我确实觉得你应该赶快把专利带回国去做起来,我国内的朋友绝对可靠,一定做得起来,这样咱们也算是为中国争利益、为国争光。"

赵玉敏见钱宇始终揪住这个话题不放,怎么跟他说自己做的实验也许和壮阳药根本没有关系,他就是不信,心下不禁有些不耐烦。但他是客人,不能和他拉下脸来过不去,就仍然客气地敷衍他,说以后再慢慢商量吧。钱宇劝来劝去劝不动赵玉敏,心里着急,闷着头吃饭,却完全吃不出滋味。

几道菜吃完,吴国忠夫妇还没到,周强、赵玉敏都开始担心起来。

晚饭吃毕,九点已过。朵蕊丝说年纪大了,要趁早开车回家,钱宇夫妇见话不投机,也告辞走了。

周强再给吴国忠家里打电话,还是没有人接,很是担心,希望他们不是出了车祸。这时周强才后悔没有早些和吴国忠交换手机号码,现在联络不上,着急也没有用。

周强和赵玉敏一边担心吴国忠夫妇,一边收拾碗碟杯盘。

赵玉敏说:"这次客没请好。"

周强望着妻子,不知说什么好。想到她难得最近心情愉快,愿意请人到家里来高高兴兴地吃顿饭,自己是尽心尽力地配合。没料到吴国忠夫妇直到席终还未露面,钱宇又从头到尾只关心长效壮阳药的事,倒惹得她心烦起来。

赵玉敏叹口气,道:"请客吃饭,要像你刚工作那几年,我刚来美国那几年,那多好啊!咱俩去别人家吃饭也好,请别人到咱们家吃饭也好,都高高兴兴的。咱俩也许是懵懵懂懂,浑浑噩噩,混混沌沌的,可真是快乐了些日子。现在不知道怎么回事,好吃的东西越来越多,会做的菜也越来越多,请客吃饭却不带劲了。这到底是怎么回事呢?"

周强想安慰她,就说:"朵蕊丝今天好像挺快乐的。"

赵玉敏摇摇头,说:"哈瑞那样离开了她,她能快乐吗?也就硬撑着吧,这老太太。"

赵玉敏又说:"今后咱们避开点钱宇,他烦起我来没有完。"

周强看着她,笑笑,说:"避得开钱宇,避不开其他的人。只要你的实验做得好,你就得准备今后有人这么烦你。"

赵玉敏一想,周强说得果然不错,她倒抽一口凉气,又叹了一口气,没有说什么。

两人收拾完,已是十一点半,正准备上床睡觉,电话铃响,是吴国忠打来的。他声音低沉地说,他儿子埃力克自杀,送医院抢救无效已经死了。他刚从医院回到家。周强、赵玉敏听了大骇,请他多保重,说第二天去看他,就挂了电话。

周强、赵玉敏百感交集,彻夜未眠。

此后很长一段时间,他们不再请客。